スティーヴン・ハンター／著
染田屋茂／訳

●●

銃弾の庭（下）

The Bullet Garden

扶桑社ミステリー
1652

THE BULLET GARDEN (Vol.2)
by Stephen Hunter

Published by arrangement with Creative Artists Agency
through Tuttle-Mori Agency, Inc.

銃弾の庭（下）

登場人物

アール・スワガー————海兵隊一等軍曹、陸軍少佐
ジム・リーツ————戦略事務局所属の中尉
デイヴィッド・ブルース————戦略事務局所属の大佐
ミリー・フェンウィック————中尉、ブルース大佐の秘書
フランク・タイン————少佐
エドウィン・セバスチャン————伍長
ジャック・アーチャー————二等兵
ゲイリー・ゴールドバーグ————二等兵
ベイジル・セントフローリアン————英国近衛騎兵連隊大尉

第2部　最前線で（承前）

33 Ⅳ号戦車

米軍の佐官クラスで、みずから偵察を買って出る士官はおそらくスワガー少佐ただ一人だろう。その彼が、一段下がった道路から二百メートルほど離れた生け垣を盾にしている部下たちのところへなめらかな足どりで戻ってきた。

「リーツ、地図を」

中尉は地図を出して広げ、懐中電灯を近づけて、少佐と並んで身をかがめた。

「よし」少佐は言った。「Ⅳ号戦車に、三十五人程度の装甲擲弾兵の援護。全員、例のオータムカラーの点を使った迷彩服、つまり親衛隊だ。重武装している。ＭＧ42機関銃がやたらと多い。リーツ、おまえの昔なじみのダス・ライヒだ」

「うまくやり過ごせるでしょうか？」と、アーチャーが尋ねた。

「それは問題ではない。問題は、やり過ごすべきかどうかだ」彼はその点をしっかり理解させた。全員が理解した。

「よろしい、実はおれたちにはあいつを始末する必要がある。なぜか？　理由は二つ、いや三つ。まず、迂回（うかい）すると地図から外れてしまうからだ。これはマルフォ軍曹の地図で、偵察ルートに限定した狭い範囲しか記されていない。迂回すれば〝銃弾の庭〟のような荒地に入る。どこへ行き着くかは誰にもわからない。ベルリンかもしれない、サンフランシスコかもしれない、地獄かもしれない……」

彼はそこで間を置いたが、何も返ってこなかった。リーツの返事も。ゴールドバーグのジョークも。

「二つ目。この作戦は、一キロほど西で穴を掘っているきみたちの中隊を急襲するために立てられたものらしい。陣地の奪還を目的にした大規模な襲撃ではなさそうだ。機関銃の数が多い割に、人数が少ないからな。夜明けに戦車を穴から三百メートルのところへ一気に前進させ、そこから砲撃を始めるつもりなのだろう。戦車の七十五ミリ砲と四、五挺（ちょう）のＭＧ42で。Ｄ（ドッグ）中隊を襲撃し、可能なかぎりの数を殺し、砲兵や航空援護が対応する前に引き上げる気だ。側面攻撃。嫌がらせ（ハラスメント）戦法の一つだ。こっちがスナイパーを恐れて夜間偵察に出ないのがわかっているから、撃ち放題だとやつらは考えている」

「三つ目は？」ゴールドバーグがおずおずと尋ねる。

「戦車を吹き飛ばすのは楽しいぞ」と、少佐は言った。「ゴールドバーグ、例のバズーカをポケットから出しておけ」

「別のズボンに入っています」

一行は身をかがめ、数秒ごとに足を止めながら、生け垣沿いに百五十メートルほど進んだ。それは境界線の役割を果たしている生け垣で、道路を隠している生け垣ほどの厚みはなかったが、一段下がった道路があるのを示す繁みまで続いていた。今回はスワガーが先頭に立ち、ゴールドバーグ、アーチャー、中尉の順であとに続いた。アーチャーがその妙なものを運んでいた。それを装置と呼ぶべきか？　爆弾か？　破壊物か？　それとも対戦車ミサイル？　いや、専門用語を使いたいなら〝野球のボール〟と言うべきだ。

あくまで急場しのぎだ。スワガーは一行に、パイナップル型手榴弾を地面に置いていくよう命じた。次に防寒帽を脱いで袋の形に開いてから、マークⅡ手榴弾のレバーを留めておいたテープを剝がし、信管キャップを外して、フレーク状ＴＮＴ爆薬各四十二・五グラム八個分、計三百四十グラムを慎重に防寒帽のなかに注ぎ入れ、全体をボール状にまとめた。次はもちろん、戦争で最も有効な武器である粘着テープの出番だ。野球のボールと呼べる大きさになるまで、爆薬と羊毛の塊に巧みに巻きつけていく。戦車を吹き飛ばすのはちょっと無理だが、注意深く仕掛ければ十分に無力化できる。

「戦車の周囲には鉄条網が張られるだろうから」と、スワガーは説明した。「おれはそれをくぐり抜けて、戦車の後部まで行く。どんな戦車でも、砲塔の側面が最大の弱点になる。このボールを砲塔の左側、低いところにテープで固定する。装甲の厚みは十四ミリくらいしかないから……」

なぜそんなことまで知っているんだ、とゴールドバーグとアーチャーは不思議がったが、スワガーが勤務時間外にグローヴナー七〇番地の図書室でドイツの兵器と戦術の技術情報マニュアルを読みこんでいるのを知っているリーツは不思議に思わなかった。

「……爆発すれば貫通する。それ以上に重要なのは、そこに砲塔の旋回モーターがあることだ。それが砲塔を回転させている。そいつを粉々にしてやる。あれがないと、主砲の狙いが定まらなくなる。主砲がなければ、三十七ミリ以上の砲と対戦したら一巻の終わりだ。つまり、やつらは修理のために撤退を余儀なくされる」

「どうやって爆発させるんですか？」と、リーツが質問した。

「この手榴弾用の信管の一つを、テープと毛糸のすき間からなかの爆薬へ押しこむ。ピンを抜いたら、後方の地面に飛び降りて戦車のわだちに身を伏せる。四秒後に起きる爆発が砲塔を切り裂き、モーターを破壊し、七十五ミリ砲を大破させ、配線その他を引きちぎり、あちこちに小火を起こし、大量の煙を発生させるだろう」

「少佐」と、リーツが言った。「ドイツ軍が黙って見ているとは思えないが」

「そこで、きみの出番だ。おれが戦車に移動するとき、一緒に来て道路の反対側へ回りこみ、おれを援護しろ。爆発のあと、何メートルか先にあるドイツ野郎たちの野営地に注意しろよ。大混乱に陥っているはずだが、それに拍車をかけるために弾をまき散らせ。そのすきに、おれはきみたちのところへ戻る。おれが着いたら、みんなで出発だ。機敏な動きを心がけろ。いずれ追っ手が来るだろうが、こっちには大きな時間的リードがある。質問は？」

「敵の歩哨はどうするんです？」

「歩哨はいない。今夜この一帯に偵察活動はないと思っている」

「しかし……」

「気にするな」と、スワガーは言った。「おれたちがここにいることを、やつらは知らない」

「あなたはなぜ……」

「中尉、質問が多すぎる。Ⅳ号戦車を鉄屑にすることに集中しよう。いいな？」

二人は十メートルほど間隔をとり、最後の五十メートルは匍匐前進した。あちこちにテープを巻いているため、音はしない。カチャンとも、カタンとも、ジャランとも。

やがて、二人ともへこんだ道路のすぐ上にある低木の繁みに着いた。すると、そこにあった。

ＭｋⅣ号戦車Ｈ型、つまりパンツァー・カンプフヴァーゲン（ＰｚＫｐｆｗⅣ Ａｕｓｆ.Ｈ）――これもドイツ国防軍のまともとは言えない命名法の一例だが、重量は二十六トンで、弟分ティーガーの半分強、同じ遺伝子を受け継いでいるとはとても思えないかたちをしている。いかにも戦車界の花形、ハインツ・グデーリアン上級大将（ゲネラールオーバースト）らしい作風だ。流線形を軽んじて、あらゆる角（すみ）が四角いそれは、ドイツの工業力と輝かしい技術力の中核をなす魂から生まれたクルップ社の製品である。鉄の論理に支配され、冷たい野心に突き動かされ、原料となった鋳塊（ちゅうかい）のように堅固な、ゲルマン民族の精華とも言える。さらには、晩秋の風景を背景に、茶色とベージュ色と緑色の点を並べることで車体の細部を点と色のリズムに埋もれさせた説得力ある迷彩技術で、一種不気味なカリスマ性も帯びている。すべてを熟知した人物の手になるものであるのは間違いなかった。

その有能な人物がハインツ・グデーリアン将軍なのは明らかで、彼こそが、砲塔から突き出たゴシック様式の大聖堂ともいうべき七十五ミリ砲の長筒を考案した張本人にちがいない。敵戦車の鋼鉄が手強（てごわ）かったために、以前のもっと短い砲に代わって登場してきたもので、この時代のレジェンドたる弟分ティーガーの並外れた八十八ミリ戦車砲の弾速や威力にはおよばないにせよ、それでも恐ろしい兵器であることは、美しい田園に燃え殻となって散らばる数多くのM4シャーマン中戦車が証明していた。車長用キューポラのMG42機関銃も同じ必要から生まれたものだった。こうした武器で瞬時に敵を始末してきたことで、やすやすとこの戦争最高の機銃という名声を得た。ゴールドバーグはいまでも、これは一分間に五千発を撃てると信じていた。右側フロントハッチの下にも機銃が潜んでいる。超高速でさらに命が奪われる。ドイツのくそ野郎ども！　どうしてこんなにすごいものを持ってやがるんだ？

しかし、たちまち問題が明らかになった。戦車の周囲に張られた鉄条網はアメリカ軍の素人が無頓着に巻いたものとは違い、地中深くまでしっかり張り巡らされ、きわめて密度が高かった。これも、自分のすべきことを理解している誰か、おそらく上級大将その人の仕掛けだろう。いつもながら、すばらしい戦争遂行能力だ。

スワガーはそこに目を凝らした。これを通り抜けたら、身体のあちこちに切り傷ができて地獄を見るはずだ。まあいい、深傷にはなるまい。血はかなり流れるだろうが。予定どおりに行けば、明日には縫合用の糸や、包帯、消毒用アルコール、もしかしたら多少の血漿や大量のペニシリンも手に入るはずだ。奇妙にも、彼はペニシリンを何より恐れていた。注射が嫌いなのだ。

「少佐」身体のなかにいる誰かがそうささやいたが、ゴールドバーグは自分の口から出たものとはとても思えなかった。「あの鉄条網は絶対通れない。他の誰であっても。

すき間が狭すぎる。身動きが取れなくなって、ズタズタになる」

スワガーは鉄条網に目を凝らした。小僧の言うとおりだ。鉄線を巻いたものというより、棘に覆われた生け垣のようだ。そして、ドイツの鉄条網は世界のどの鉄条網より鋭く、深い傷を負わせ、痛みが大きく、残忍につかんだ獲物を離さないこともわかっていた。おそらくクルップ社の鉄条網だ、くそいまいましいクルップの！

「こいつの言うとおりです」と、リーツ中尉が言った。「あれでは生きたまま食われそうだ」

「ちくしょう」と、スワガーは言った。「なら、どうする？　野球のボールを投げつけるか？」

「少佐」と、またゴールドバーグのなかの別人が言った。「ぼくならくぐり抜けられます」

「ゲイリー、正気か？」と、アーチャー。「こいつには無理です」と、士官たちに向かって言った。「体重は五十三キロで、ずぶ濡れで、制服も装備も似合わないほどがりがりにやせている。銃さえまともに構えられないんだ」そして、振り返ると、「ゲイリー、おまえにやらせるわけにはいかない」と言った。

口論が続いた。

「ぼくにはできる」と、ゴールドバーグが言った。「やせっぽちだからな。大男じゃだめだ……」

「そもそも砲塔が何か知っているのか？」

「ああ、うえのほうにある、箒（ほうき）が突き出ているやつさ」

「黙れ」と、中尉が言った。そして、「こいつの言うとおりです、少佐。ここはこいつしかいない」と続けた。

「それみろ、ジャック。中尉はぼくと同じ意見だ！」

「わかった、ゴールドバーグ」と、スワガーは言った。「おまえはいいところに気がついた。グリースガンを中尉に渡し、ピストル・ベルトを外して銃剣と水筒を捨てろ。いったんくぐり抜けたら後方の死角から近づけ。野球のボールは歯でくわえて運べ。砲塔のうえでつぶしてテープで固定しろ、左側、三分の二くらいの……」

「できます」

「装甲は砲弾をそらせるよう、うえに行くほど角度が大きくなるから、落ちないように気をつけろ。アーチャー、テープを切ってやれ。太腿（ふともも）に巻くんだ。ゴールドバーグ、テープを剝がして野球のボールを貼（は）り付けてくるだけだぞ。きれいに貼らなくてもかまわん。信管の突起を爆薬に差しこめ。もう一方の手で信管ハウジングを固定するんだが、レバーを覆わないようにしろ。それから、ピンを抜く。ゆるめておくから問題ない。ピンを抜き、レバーが外れたら、戦車から転がり落ちろ。地面に落ちたら戦車のそばへ身体を転がせ。そうすることで爆風をよけられる。爆発したら、立ち上がって……」

「ああ、でもそこが難しい！」と、アーチャーが言った。「鉄条網をどうやって引き返すんだ？　ドイツ軍だってブルックリンのちびのコメディアンに戦車を爆破されてうれしいわけがない。ドイツ兵の銃撃を浴びる長い十分間が待っている……」

「おれが鉄条網のうえに寝て平らにする」と、少佐は言った。「ゴールドバーグ、おれを踏みつけろ。あるいはうえを這うなりなんなりしろ。そのあときみたちがおれを引っ張り出したら、みんなで姿を消す」

「こいつはぼくの友だちだ！」と、アーチャーが言った。「鉄条網にはぼくが寝そべる。ぼくのほうが背が高いから、いっぱい押しつぶせる」そこで彼は、自分が嚙みつくように話しかけている相手が士官であるのを思い出し、「失礼を省みず……」と言い添えようとした。

「かまわん、アーチャー。仕事をしたいならさせてやる。みんな、納得したか？」

全員納得したらしい。

「ゴールドバーグ」と、スワガーは二十三年ぶりかもしれない微笑みを浮かべて言った。「ズボンにバズーカはあるかと聞いたとき、まさかおまえ自身がバズーカだとは思っていなかったよ」

34 鉄条網

思ったような痛みではなかった。もっとずっと痛かった。ゴールドバーグは首と背中、両腕、胸、耳、手、指、骨盤、太腿(両側)、ふくらはぎ、すね、そしてブーツから足の甲にかけて傷を負っただけで、鉄条網の垣根を通り抜けた。血が五十リットルは流れた気がした。実際、あまりの苦しさにドイツ軍のことを心配するのも忘れていた。

最悪だったのは右上腕の深い刺し傷で、思わず動きが止まった。棘というより釘が刺さった感触だった。ある時点で、ドイツ軍の攻撃ではなく、このまま動けなくて餓死するのではないかと思った。しかしそこで考え直し、死ぬならドイツ人の手にかかって死のうと決意し直した。

そして、外へ抜けた。泥道に横たわり、荒い息をつきながら、力と意志と神経を結集した。口でくわえた野球のボールの重みが、顎の下側の筋肉に新たな痛みを与え始めている。こんなものをくわえたことは一度もなかったから、新しい感覚だった。爆弾を口から外すと、咳きこみ、喉を少し詰まらせた。顎を回して麻痺した感覚に活を入れ、爆弾をくわえ直す。うう、ひどい味だ。羊毛とテープでくるんだＴＮＴが食欲をそそるなんて誰が言ったんだ？

腹這いでゆっくり前進した。戦車の数十メートル先で野営しているドイツ軍から、ニューヨーク州のキャッツキル山地にいるみたいな笑い声が聞こえてきた。バナナを食っていて、ＳＳのバナナの歌をひととおり歌って元気を出そうとしているのかもしれない。アコーディオンやチューバ、げっぷに似た重低音に合わせて、「そうさ、今日はバナナを殺さない／代わりにユダヤ人をどっさり殺そう」みたいな歌を。

そのとき戦車の軌道にぶつかった。すぐ近くから見上げると、大きな不安が押し寄せてきた。これまで砂利や石、木、土、人の頭蓋骨など、ありとあらゆるものを押しつぶして傷だらけになった鋼鉄だ。まるで悪魔の靴底だった。ドイツ人のすべてを表している。頑固、無表情、残忍、意地悪、糞まみれ。ゴールドバーグは目をぱちぱちさせた。よし、おれはまだ生きている。これは夢でなく、現実だ。

やるんだ、やれ、やるしかない！

身体を起こすと、この鋼鉄の獣がどれほど巨大かを実感できた。とりわけ、自分が身長百六十八センチ、体重五十三キロ、生まれてこのかたバスケットボール・コートでシュートを決めたことが一度もないだけに。一度身をかがめてから立ち上がると、つかまるところを探した。一つ見つかったので、手近な車輪に左足のブーツをかけて身体を引き上げた。十分でない。もう一度だ、もっと上へ飛びつかなければ。今度はもう少しで乗れそうだったが、また足がすべった。爆発しませんようにと祈りながら、手近なものをつかんで身体を引き上げる。

　息が苦しく、顔にもっと汗が噴き出てきた。調理の焚き火からナチのウィンナーとザワークラウトの香りが漂ってくるような気がした。ほんとうにあれを食ったのか？　ほんとうに？　泳ぐようにして前へ進み、平らな後部を渡りきったところで、ドイツの効率性を示す断片に遭遇した。スペアの車輪はラックにボルトで固定され、格子がエンジンの呼吸を助け、シャベルがいくつか頑丈な金属製ロックで固定されていた。何もかもが硬く、金属的で、無骨だった。あらゆる角度が鋭く、柔らかさを感じさせるものは皆無だ。戦車だから当然じゃないか、この間抜け。何を期待していたんだ？　羽枕か、テディベアか、ユダヤ料理のクニッシュか、エッグクリームか？

　ようやく砲塔にたどり着いた。少佐が言ったとおり急な角度がついている。あらためて巨大さを実感した。フェイスクリームを塗ればいいのに、秋のタペストリーのような美しいまだら模様の下の金属は荒れていた。指を走らせると、精錬によって鋼に生じた波が感じられた。接合時に、溶接機のトーチでプレートを一時的に液化してつないだ部分だ。荒々しい獣め。どこから来たんだ？　そう、こいつは荒々しい野獣だ。

さあ、その野獣を始末するときが来た。

〝ゆっくり動くんだ。速い動きは目を惹いてしまう。急げばドイツ兵の視野の端にぼんやりその動きが映る。相手が振り返ったら、おまえは死ぬ〟。スワガーが授けてくれた知恵だ。何がスワガーを走らせているのだろう？　スワガーを走らせるのはスワガーだけだ。彼は常に正しい。何でも知っている。何も恐れない。身長百八十センチ、体重八十二キロ、非ユダヤ人的な正義感と使命感、ボクサーの傷だらけの拳、ワーナー・ブラザースのジョージ・ラフト（アメリカ人俳優。ギャング映画に多数出演）・コーナーから拝借したボールベアリングのような感情のない目。生まれてこのかた、一度も恐怖を感じたことがないのだろう。弾丸のほうが恐れるほどの勇敢さ。

スワガーを憎み、スワガーを愛し、スワガーのような軍神になりたいと願いながら、じわじわ前へ進み、急がずにぴったり砲塔に張りついているよう努めた。面白いことに、胸に感じる砲塔のざらざらした感覚が心を落ち着かせた。全然、不愉快じゃない。

こんなこと、誰が想像しただろう？

世界は終わっていない。誰もドイツ語で〝気をつけろ！　ユダヤ人だ！〟とは叫んでいない。代わりに大きな笑い声の合唱がわき起こった。誰かがよほど面白い屁のジョークを口にしたのだろう。

着いた。砲塔の四分の三下。口から野球のボールを取り出して鉄に押しつけると、少しつぶれる感じがした。左手で固定し、右手を下に伸ばして、アーチャーが太腿に巻いてくれた粘着テープを一枚剝がした。簡単に剝がれ、ボールの脇と周囲と反対側にそれを貼りつけてしっかり固定する。もう一枚。あっ。剝がしたら、なぜかスコッチテープのようにくるりと元へ戻って二面がくっついてしまった。慎重にそこを剝がしてボールに巻きつける面倒な作業に何秒か余分の時間を費やす。しっかり固定されたように見えた。あとはくそ信管だけだ。

シャツのポケットに手を入れ、信管を抜き出す。悪い知らせだ。試練の道のどこかでシャツに泥がついたらしい。それが乾いていた。信管を引き抜いたとき、泥が固まった小さなかたまりが割れた。

泥のかたまり＋圧力＝？

＝土埃。

くしゃみが出た。

Ⅳ号戦車の右前ボギーホイールの近く、鉄条網の輪のすぐ外にしゃがんでいたスワガーらにも、その音が聞こえた。

ハクション！

そのあと、くしゃみをこらえようと息をのみこんで、溺れかけているような音がしたが、くしゃみが勝ち、高速の大きな湿った音になった。一度、二度、三度と立て続けに。まるで機関銃のようなくしゃみの連射だ。

SSの野営地でそれを聞きつけた者がいた。自然の色そのままの迷彩服を着た男がおそるおそる立ち上がり、黒い大型の銃を吊り革から外すと、味方の巨大なマシーンに目を凝らして何が起きているのかを理解しようとした。兵士が「アメリカの工兵（アメリカーニシェ・ピオニーア）だ！　アメリ……」と叫んだところで、スワガーがトンプソンのサブマシンガンを連射して男を倒した。

「殺せ」スワガーが叫び、米兵三人がフルオートで一斉射撃した。小さな星がいくつも爆発しているような閃光が走り、真鍮の破片が渦を巻き、砂利が地獄の二輪戦車もどきの騒音を立てるなか、銃はガチガチ、バリバリと鼓動のように弾を吐き出し、視界が悪化した。次々と襲いかかる弾がテントを引き裂き、もうもうと土埃を巻き起こし、細かいところはほとんど見えなくなった。やがて静かになった。三人は弾をこめて標的を探す。

「全滅させられたかな？」アーチャーは長い弾倉をグリースガンに差しこみ、コッキングレバーを引いた。弾倉と銃床、ボルト、弾丸が息を合わせて自分たちの仕事をしていることを示す音がした。煙が立ち昇り、埃が舞う。そのとき、見えにくかった目標地点で銃口炎がいくつもひらめき、多くが無傷のドイツ兵が目標地点をすばやく抜け出し、道路の縁に位置を定めて反撃を開始した。

「やつらが機関銃を撃ち始める前に、あいつにあれを吹き飛ばしてもらう必要がある。でないと、おれたちは動きがとれなくなる」と言うと、スワガーはドイツ軍の弾が彼らの近くの……すぐ近くの……土を切り裂くなか、武器を構え直してドイツ兵の銃口炎を追い始めた。

戦車のうえのゴールドバーグはあまりのすさまじい音に身がすくみ、手榴弾の信管を落としそうになった。だが落としはしなかった。銃撃音の近さから、仲間がナチの野営地（キャンプ・ナチ）を一斉攻撃しているのはわかったが、急がないと（ゲッド・ザ・リード・アウト）、自分が鉛（リード）の玉を浴びることになる。

それでもいまのゴールドバーグは、驚くほど集中し、驚くほど神経過敏ではなく、驚くほどコメディのことを忘れていた。戦闘時にはそういうこともある。手榴弾の信管の仕組みはわかっていた。これはライターくらいの大きさの金属装置で、真ん中の下に細長い筒があり、片側に下へ湾曲したレバーがある。心配になるくらい原始的だ。それでも、筒をボールの心臓部に突き入れると、難なく刺さった。

戦車の砲塔に弾が当たった。レンチで管をたたくような音がし、さらにもう一発当たった。また埃が舞う。いや、金属の微粒子のようだが、今度はくしゃみが出なかった。忙しくて気にしていられない。左手で信管を固定して、レバーが跳ね上がる余地を確保し、右手でピンを抜くと、意外にも簡単に抜けた。レバーがポンと外れ、MGMのコメディ映画短編シリーズに出てくるおバカ亭主がキッチンでトーストを焼いている場面が思い浮かんだ。すぐに、シューッと音がし始めた。

さあ行け！　脱出だ！

斜めに移動し、重力の助けを感じながら高さ二メートル弱から地面へ落下した。落ちた衝撃は大きかったが、離れるのではなく戦車のほうへ転げ戻らなければならないことを忘れるほどではなかった。そのとき……

爆発だ。

近すぎたせいで、音より圧力のほうが強烈だった。激しい振動を生み出したようで、大地そのものが震えている。ドイツ軍が誇るクルップ社製の二十六トンの鋼鉄も、超高温のガスを大気中に噴出させながら、支えのバネのうえで揺れていたことだろう。

「アーチャー、あそこへ戻って、鉄条網に乗れ。あいつが乗り越えられるように。リーッ、アーチャーを援護しろ。おれは少し移動して、もう少し弾薬を使ってくる」

とんでもない少佐だ。頭がおかしいのか？　みんな、逃げたがっているのに、スワガーだけはもっと損害を与える必要があると考えている。彼は十五メートルほど突進すると、膝撃ち姿勢で連射を始めた。鉄条網のジャングルに着いて振り返ったアーチャーの目に映ったのは、まさにトロイの門を出てきたアキレスだった。黒く塗った顔が銃の閃光で浮かび上がり、肩に密着させた床尾から空の薬莢が飛び散る。サブマシンガンを弾倉一個分撃ち終えると、それを下ろし、同じく吊り革で掛けていたゴールドバーグのグリースガンを構えた。こうして弾の再装塡に時間をかけることなく撃ち続け、ドイツ軍の野営地に土埃と死をまき散らした。

アーチャーはドンという衝撃を感じた。もう一度。スワガーの勇姿に見とれていたせいで、ゴールドバーグが全力疾走で近づいてきて、自分の背中に飛び乗り、もう一度強く踏みきって、飛び降りるところは見なかった。そのあとリーツが、鉄条網のもつれから彼を引っ張り出した。棘が刺さる感覚が百回くらいあったが、まだ痛みは感じなかった。

「大丈夫か？」

「はい」と嘘をついたとき、一つまた一つと刺し傷に痛みの炎が点火した。

「ゴールドバーグ、援護してこい」とリーツが言い、彼自身は少佐を援護しようと、時間と弾薬とチャンスが許すかぎり多くの親衛隊のモンスターを始末している少佐のところへ走った。

ところが、何秒もしないうちに二人が戻ってきた。

「みんな、大丈夫か？」と、少佐が聞いた。

「はい、大丈夫です」

「ちゃんと動けるか？　深傷や、太い血管からの出血、骨折はないか？」

「すべて良好です」と、ゴールドバーグは言った。

「よし、さっきと同じだ。リーツが先頭、次がゴールドバーグ、それからアーチャー。おれはしんがりを務める。ただし今回は倍速だ。さあ、脱出するぞ。やつらは本気で怒っている」

35 ヴィヴィアン

このときばかりはミリーも、その場で最も美しい女性の栄誉は受けられなかった。その栄誉は映画スターで、つい最近演じた『美女ありき』のなかのハミルトン夫人のように周囲の忠誠を集めるヴィヴィアン・リー嬢に与えられた。すばらしい美貌に、絶妙の立ち居振る舞い、機知に富んだいたずらっぽい表情にきらめく目。冬のように長く花の茎のように細い肢体を、ぴったり張りついた緑色のシフォンドレスが愛らしく見せている。そのエメラルドの色合いはすばらしいコントラストで、石膏のように白くなめらかな肌を際立たせていた。

彼女はラリーと呼ばれる夫——またの名をローレンス・オリヴィエという映画界の大スターの腕のなかにいた。この部屋だけでなく、世界で一番容姿端麗な男性と言っても過言でない容貌の持ち主だ。割れ目のある顎、艶やかな黒髪、ナイフの刃のようにほっそりした身体、粋で魅力的な割れ目のある顎、美しく仕立てられたツイードのスーツ、情熱的な目、そしてもちろん、割れ目のある顎。

夫妻はどちらも崇拝者を惹きつけてやまなかった。ヴィヴィアンは中東ツアーから最近戻ってきたところで、三カ月のあいだテントの簡易ベッドで眠り、どこへ行ってもサソリやシラミがいて、砂だらけで、水はどこにもなかった。オリヴィエはアイルランドで撮影されアジャンクールの熱い戦いを再現した映画『ヘンリー五世』を編集中だった。ヴィヴィアンが北アフリカでロンメル率いるドイツ軍と戦った〝砂漠の鼠(ねずみ)〟部隊を慰問して励ましたように、オリヴィエも映画で祖国の士気を高めようとした。仕事以外にも多くのことに力を注いでいるオリヴィエ夫妻。そんな夫妻を崇拝せずにいるのは、たとえそれが間違っていても難しかった。

だからミリーは大佐の腕に寄り添って微笑みながら、彼の疲れた裕福な妻役を務めていた。それが任務の一つだ。彼女もまた自分の役割を果たしていたと言っていい。上品な彼女は決してそんなことは口にしなかったが。

周囲には、階級と格式と退廃が渦を巻いていた。ピンク色の顔や、ほっそりした身体、美とその副産物である欲望や羨望(せんぼう)、憎悪、畏怖(いふ)も。それらは、ふれたり感じたりこすったりできそうなくらい明白だった。タバコの煙、ダイヤモンドと毛皮、シルクとシフォン、華やぎと呼ばれる漠然としたもの——そうしたものがシンプルさや平面性、対称性、単調な要素の繰り返し、未来の探求の速度をほのめかすなめらかな流線形ときらめきで表現される輝かしいモダンなスタイルと対立するなかで、すべてがハーレム出身の本物の黒人ジャズトリオのビートに乗って動いている。戦争中であろうが、平和時であろうが、舞踏会で踊られるワルツはいまだに、流行のスイングジャズに合わせて踊るダンスを凌駕(りょうが)していた。誰にも部族的アイデンティティがある。最上流階級、太陽を崇拝する人々、大佐とミセス太っちょ(ブリンプ)たち、ときおり現れるヒーロー、ときおり現れる天才、そしてスパイたち。おしゃべりとゴシップ、誹謗(ひぼう)中傷、嫌み、熱意が空気中に漂い、大小の野心という微風を受けてあちこち移動している。セックスも潜在している。セックスの幻影と言うべきか。こうした人々と実際にセックスすることはない。年を取りすぎているし、うぬぼれが強すぎるし、男女を問わず四〇年代の服は、ボタンや留め金を外したりファスナーを閉めたりするのが面倒すぎるからだ。

　ブルース大佐は、アメリカの戦略事務局（OSS）に相当する英国の特殊作戦局（SOE）の長コリン・ガビンズ卿(きょう)に招かれて、ここに来ていた。コリン卿は部下のモーリス・バックマスター（Fセクション責任者）の要請で息子を連れて(アベク・フィス)出席しており、バックマスターがここにいるのは彼の妻が上流階級の暮らしを好んでいるからだ。つまり、すべては一人の愚かな女の気まぐれで起きたことなのだが、まあ世の中とはそういうものなのだろう。

「ミリー」と、大佐が言った。「私が腕時計を見たら、退屈しているみたいに見えてしまう。きみが腕時計を見てくれないか？　つまり、控えめに？」

ミリーの長い首は、一九三九年に流行したマダム・シャネルの襟ぐりの大きなネックラインによって優雅な磁器の花瓶を思わせた。彼女にとって、その首をわずかに回し、自分の鳶色の髪を確かめるようにして、カルティエの小さな文字盤を一瞥するのはたやすいことだった。

「十一時二十分です」と、彼女は大佐のピンク色の耳元にささやいた。

「あと十分もすれば」と、彼は言った。「この試練は過ぎ去る。私はコリンやバックと一緒に、ホストたちに感謝と別れの挨拶をしなければならない、ええと……」

「フィッツレイリー夫妻です。夫はスーパーマリン社に油濾過機を提供していて、妻は無名の詩人。まったく無名の」

「よくある話じゃないか。いずれにしても、きみがわざわざ来る必要はなかったかな。ただ、美しく謎めいた女性に見えるだけで、みんな片膝を折って敬意を表する。きみはうちのオフィス最高の殺し屋という噂を流しておいたから、金持ちの老いぼれどもが近づくことはあるまい」

ミリーは笑った。以前から、大佐は一緒にいて楽しい人だった。魅力的で、機知に富み、気どりがなく、どんな地位のどんな人にも気楽に話しかけられる政治家の才能を備えていた。彼が社交ダンスの集いから巧みに姿を消すのを見て、ミリーは上等のワインをひと口飲み、美しい脚からもう一方の脚へ体重を移した。

「ああ、あなた」

彼女は振り返った。

「ミス・リー！　あなたにお会いできるとはなんという光栄でしょう！　なぜ私が……」

「シーッ。私たち女子どうしのときは、いつもヴィヴィアンよ。よかったら、ヴィヴでもいい。思わず声をかけてしまった。なんてきれいな人なの。映画に興味はある？」

「実は」と言いながら、ミリーは赤面した。「RKOの撮影審査を受けたんです。木の切り株みたいにそこに突っ立っていました。台詞(せりふ)をいくつか読まされたけど、ただ棒読みしただけ。台詞に命を吹きこむことはできませんでした」

「馬鹿(ばか)言わないで。午後いっぱいを一回だけ使えば、スクリーン上の演技について必要なことは全部教えてあげられる」

「契約の申し出はいただいたんです。でも、映画は大好きですけど、それは私向きじゃなかった。もちろん、一番好きなのは『風と共に去りぬ』ですわ」

「そうね。あれは大成功した。全部がそうとは限らないわ。まっすぐゴミ捨て場に直行する作品もある。そこにふさわしい中身だから。不安定な世界だし、近づかないほうが賢明かもしれない。それで、いまは何をしているの？」

「ブルース大佐の個人秘書をしています。大佐が諜報員の一人であることは、あなたに話してもいいと思う。今夜はここにスパイがたくさん集まっているわ」

「そう聞かされているけど、軍服を着ている人たちと変わりないみたいね。ここロンドンで行われているのはゲームよ。将軍たちや諜報機関のお偉方らしき人はみんな、あなたのお尻をさわりたいだけ。それで何が手に入ると思っているのかしら？　どれだけのスリルを味わえると？　だって、お尻はお尻であって、スカーレット・オハラのお尻でも、魚屋のルル・ジェーンのお尻でも同じでしょうに、まったく」

ミリーは笑った。ヴィヴィアン・リーって、面白い人ね！　あんなに有名で、あんなに才能があって、あんなに成功しているのに、どうしてこんなに愉快なの？

「おお、神様」と、ヴィヴィアンが突然言った。「あらあら、ラリーがこっちへ来るわ。私に会うためじゃなく、お目当てはあなた。彼、三杯目のシャンパン・カクテルを飲んでいるときは、自信がみなぎっているらしいわ。でも、ベッドのお供にどうかと言えば、まあ、人並みってところかしら」

「私はそんな……」

「もちろん、そんなことはしないでしょう。でも彼、言うなれば、このたぐいのことになると、なかなか引き下がらないわ。私なら、逃げ出す準備をしておくわね」

だが、そのときブルース大佐が救出に駆けつけてくれた。

「ミス・リー、申し訳ありませんが、助手をお返しいただかなくてはなりません。さあ、ミリー、もう時間だ」

「もちろんですわ、大佐。彼女を大事にしてくださいね、すばらしい人ですから」と、ヴィヴィアンは九千ワットの笑顔で言った。

彼はスター女優からミリーを巧みに引き離し、スター男優の突進を巧みにかわし、ドアと階段へしっかり彼女を誘導した。

ところが、その高貴な顔立ちには動揺の色が浮かんでいた。「どうしました、大佐？　何か心配されているお顔ですが……」

「緊急事態ではないんだが、状況が思わしくない。たったいまアメリカ人将校が殺害されたとの知らせを受けた。こともあろうにメイフェアで。ゲイが絡んだ事件のようだ。彼には、そういう傾向があったらしい」

ミリーは何も言わず、顔を曇らせた。

「その人物はアラン・ヘッジパス、戦時情報局（ＯＷＩ）の放送専門家だ。ラジオ・レポーターのエディ・マロウが何か掘り出していれば別だが、それ以外、ヘッジパスは何の秘密も持っていなかったから、戦争と関係があるとは思えない。彼と会ったことがあるかい？」

「ニューヨークのパーティで会った気がします」
「やれやれ、ずいぶんショックを受けたような顔つきだな」

36　狩人（ハンター）

カレンは白い服を着ていた。英国人女性のように日焼けはせず、代わりにそばかすがあって、真夏にはイチゴ色の髪の下から覗（のぞ）く顔が、アメリカの広大な川でいかだに乗っている少年のように見えた。身体はしなやかで、動きは敏捷（びんしょう）、輝く黒い目の持ち主だった。もっとも周囲に大勢いた崇拝者は黒人ばかりで、彼らはカレンに愛と畏（い）敬（けい）の念を抱き、彼女の笑顔を見るために生きていた。

そして明るい太陽。琥珀（こはく）色の大地。押しつぶされそうな熱気、虫のすだく声、乾いたブラシの音。動物の臭跡（しゅうせき）。足跡。若者を興奮させる血の臭（にお）い。彼らの熱意、彼の正直さと気づかい。この過程には注意が必要だ。急いではいけない……

銃声が彼を現実に引き戻した。

近くから轟音（ごうおん）が聞こえたとたん、彼は闇（やみ）のなかで目を覚ましてまばたきした。上方を覆っていたテントのキャンバス地が突然震えると、銃弾がそれを切り裂き——サブマシンガンの連射だ——そのうちの一発が、彼のほうへ向かってきて、キャンバス地にひと筋の曲線を描いた。

彼は長銃身のライフルをつかんで左の方向へ転がり、杭が地面から抜けかけたテントの一端をくぐり抜けて、外へ身体を押し出した。テントから出た瞬間、戦車が爆発した。彼くらい経験豊富な人間の耳にも、釘を刺されたような痛みが走った、すさまじい音だ。白熱の光が闇を貫き、戦車の砲塔が爆風に耐えられずにねじれ、少し持ち上がったように見えたところでもとへ戻った。修理のしようがないくらいゆがんでいる。自慢の砲は使えなくなった。傷ついた鋼鉄から煙と炎が噴き出し、ホースが溶けてゴムの燃える臭いがした。

誰かがまだ撃っていた。頭上を飛ぶ、あるいは近くに命中した弾丸のうなり声とささやき声があたりに充満した。土埃が舞い上がり、夜気のなかを漂う。叫び声、反響音、乱射する音、ドイツ語の怒鳴り声が交錯するなか、ウブレヒト親衛隊少佐は正常な状態を取り戻そうとしていた。

襲撃者たちが銃撃をやめたのに、第二SS装甲師団ダス・ライヒの装甲擲弾兵はさらに一分間、撃ち続けた。やがて、自分たちが撃っているのは記憶であることに気づいた。全員、身を伏せたまま、誰かが決断を下すのを待っていたが、唯一発揮された決断と言えば、燃え上がる戦車——ソ連のT - 34を数多く破壊してきた親衛隊中尉ロスマンの美しいマシーンが、フランスのどことも知れぬ地で不名誉な最期を迎える覚悟を見せたことだけだった。やがて埃が収まり、煙とガスが漂い、風が吹き渡って現場がはっきり見えるようになると、攻撃後の混乱が明らかになった。多くのテントが倒れ、多くの兵が傷を負うか、命を落とした。倒れたテントから大急ぎで武器を引っ張り出そうとしている者もいる。使用ずみの火薬と血の臭いが空気中に漂っていた。

ウブレヒト少佐が立ち上がると、ロスマンが五人の部下を率いて追跡の準備をしていた。

「中尉、だめだ、行ってはならない」と、ウブレヒトは言った。

「やつらのしたことを見ましたか?」と、若い将校は苦痛に満ちた顔で応じた。「十一人が即死、十人が負傷、車両も失った。あのできそこないの情報部は、今夜攻撃はないと言っていたのに。ロシアではこんなこと、一度も起こらなかった!」

「今回の相手は違う」と、彼は言った。「通常、アメリカ兵がこれほど攻撃的になることはない。空挺部隊ならあるかもしれないが、ここにいるのは、ほとんどが英雄的行為に興味のない一般兵だ。つまり、この集団はきわめて戦闘に熟練している」

ロスマンはMP‐40をいじるのをやめてタバコに火をつけた。マッチの火が武装親衛隊の筋金入りの突撃隊員五人を映し出す。武器とハーネスをととのえ、森の色を模したまだら模様の戦闘服を着て、険しい顔は汗と汚れにまみれ、怒りの表情を浮かべていた。それは、レニ・リーフェンシュタールがこれから撮影する映画の一場面のようだった。

「何であれ、やつらはわれわれをズタズタに引き裂き、その攻撃がやんだ。歩いて前線へ戻り、負傷者を担架に乗せていきましょう。くそっ、なんという混乱だ。しかし、その前に……」

「やつらは捕まらない」と、ウブレヒトは言った。「いま頃は遠くへ行っている。そうれに、暗闇のなかでは部下を制御できず、音を立ててしまう。ひょっとしたら待ち伏せを受けて、さらに犠牲者を増やすかもしれない」

「しかし少佐、このまま逃げ出すわけにはいきません。だぶだぶのズボンをはいたアメリカの悪魔、われわれを破壊したやつらに待ち伏せされたので、ベーコンとパンケーキが待っているおうちへ帰ってきましたなどと、上司に報告できない」

「もちろんだ。負傷者は診療所に搬送しろ。私が闇にまぎれて追跡し、代償を払わせてやる」

若い将校は彼を見た。

「どうぞお好きに。ハイル・ヒトラーでもなんでもいい。とにかくやつらを殺してほしい。全員を」

「それは難しい。しかし、あちらの指揮官は必ず殺す」

一年以上、雨の日も晴れの日も、夜も昼も、秋も冬も春も夏も、毎日探検して地図を作製した。彼はいま一人だった。そのほうがいい。この土地は知り尽くしていた。一つ一つの生け垣の形や高さ、そのどこに柔らかく貫通しやすい場所があるか、牧草地の市松模様の構成や並び、一段低くなった道路がどのように土地を横切っているか、小川の深さ、中世から生き残っている小さな森の木々の太さなど、すべて心得ていた。

狩りをするのに、月の光は必要ない。噂で言われているようには、科学的な装置も必要ない。必要なのは五感だけだ。地形を見てそこから地図を描き出す能力、逃走中の動物がいかに本能的に土地を読み、必然的な選択を行うかを理解する力だ。

しかし、一番必要なのは視力だった。ずっと前から、いつでも視力は卓越していた。薄暗い場所でも、これまで会ったなかでほんの数人しか持ち合わせていなかったレベルで、細かいところまで見ることができた。三千メートル上空の飛行機を識別することも、こちらへ向かって飛んでくるサッカーボールの回転を見抜いてどんなカーブを描くか予測することもできた。この才能を生かし、一流のゴールキーパーだったこともある。しかしライフルこそ最も得意とする分野、能力を最も完璧（かんぺき）に表現できるものだった。

父親は狩人で、彼と同じような視力にも恵まれていたが、亡くなるずっと前にその力は失われた。

彼が十二歳のとき、父は「おまえは私を超えるだろう」と言った。「私が持つ小さな才能のどれについても、おまえにはその倍の力がある。一日中追跡しても、一つの兆候も見逃さない。土地と獲物の習性を記憶できるし、仕留める瞬間に狩人の冷静さを保っていられる」

「だったら、あとはどうすればいいの、父さん？」と、彼は尋ねた。

「ここを去らねばならない。ここでは幸せになれないし、おまえの才能を十分の一も表現できない。ここでは才能がおまえの身を滅ぼす。才能のある人間は誰しも謙虚さに欠ける。彼らは自分の優位を理解している。能力に劣る者たちのなかにいて、忍耐と厳粛さと威厳を保つのは難しい。当然のことだ。だからおまえは旅に出なければならない。この土地はおまえを収容しきれない。おまえと同等の技量を持つ人々が行くところへ行く必要がある。彼らのあいだにいるときだけ、おまえは安らぎを得られる。ここで愚か者たちの責任を負ってはならない。よそへ行け、動物に満ちあふれた土地へ。彼らの最も危険なやり方を学ぶのだ。死と隣り合わせの状況に身を置いて自分を試すことで、初めて自分に可能な何者かになれる。おまえが彼らの血を流し、彼らがおまえの血を流さないかぎり、充実した人生を歩むことはできない」

傷跡が物語るとおり、彼は充実した人生を歩んできた。引き裂かれ、引っかかれ、踏みつけられ、（二度）溺れかけた結果、身体は大型猫の爪とぎ用スクラッチポールと化した。ある意味、スクラッチポールそのものとも言えた。だがその一方で、重傷を生き延び、苦痛や出血、外科医が傷を縫い合わせる緊迫の場面、ペニシリンに命を与えられる安らぎをひそかに楽しんでもいた。痛みこそ人生。死は命の素だ。彼は生態系の頂点に立つ捕食者だった。

その彼が最も誇りとしているのが、〝千〟という数だった。その数に達した者はほんの数人しかいない。長い年月、思いもよらぬ危険、規律、知識、揺るぎない使命感、そして何より意志が必要になる。最強を狩るには最強でなければならない。さもなければ逆に狩りの標的に倒され、生きながらにして鳥に内臓を食われる。その前に死んでいればいいのだが。

彼は襲撃者たちの話に耳をそばだてた。彼らはこれまで会った誰よりもはるかに熟練していた。無用の音を立てず、足跡を残さず、飲み物や休憩の時間を取らずにすばやく移動した。彼と同じプロだった。

空挺部隊か？　彼らが戻ってきたのかもしれない。あるいは、オック岬で銃撃に耐えながら岩壁を登ったレンジャー部隊か？　あれも本物の兵士だった！　そのどちらかかもしれないし、どちらでもない可能性もある。アメリカ軍にこれほど大胆不敵で、これほど熟練した技能を持つ者が他にいるのだろうか？　彼らは好戦的な民族ではなく、尽きることのない補給品の巨大な潮流があるからこそ勝利できる。だが今度の事態は実に興味深い、と彼は思った。

おそらく四人、多くて五人と彼の耳が教えてくれた。縦列で移動し、二つ先の生け垣の陰にいる。彼らは何の痕跡(こんせき)も残さないだろう。一行を率いる者は、音を熟知しているだけでなく、痕跡を熟知しており、夜を恐れないからだ。その男も最高の目の持ち主にちがいない。

追跡という選択肢がないことを彼は知っていた。追ったところで、狙える距離まで差を縮める前に、彼らは前線に着いてしまうだろう。それではまずい。

だから先に着いて、来るのを待たなければならないが、それは好みの戦術ではなかった。それでも、調整しなければ。土地勘のある彼は、襲撃者の一行が通る牧草地は右へ曲がっていることを知っていた。移動のしやすさと、左側にある低木の繁みの壁がもたらす安全を求めてそのルートに固執すれば、五百メートルを前進するのに一キロ歩くことになる。彼の解決策は単純だ。その五百メートルをまっすぐ進めばいい。

彼は前方に疾走してから、左へ逸(そ)れ、安全などお構いなしに牧草地の真ん中を突っきった。スナイパーに狙われるかもしれない。機関銃に仕留められるかもしれない。歩哨の集中射撃で倒されるかもしれない。だが、スナイパーも機関銃も歩哨もいなかった。道路に着くと、急いで横断し、土手をよじ登る。すると、目の前に林があった。

暗い夜にたいていの人がするように林を迂回するのではなく、まっすぐ前へ突っ走った。松の木の落ち葉の層に閉め出されて下生えがほとんどないことを知っていたから、一分もするともっと広い野原へ出られた。前方には小川の存在を示す木々の並びがあって、そのすぐ向こうがアメリカ軍の陣地だ。双眼鏡でそこを確認した彼は、一番近づきやすい場所はどこか、彼らが銃撃を受けずにすむよう合言葉を発するのに十分な距離まで接近するのはどこかを見てとった。藪（やぶ）や繁みからの射撃はない。自分のいる木々のあいだからは遠すぎるし、光量も少ない。野原だとどちらの端からも角度が鋭角になりすぎるし、動く標的を撃つことになる。暗闇のなか、遠くから偏向角を読むのは事実上不可能だ。

解決策は、死んだように野原に突っ伏して動かないこと。自陣が近づいてきたのを喜びながら、彼らはそばを通り過ぎる。致命的なミスだ。しかし、彼らは安全だと思って川床で立ち止まる。合言葉を発し、パンケーキとベーコンの朝食を目指して一人また一人と川を渡っていく。

日が昇り始めていた。東の空が明るくなってきた。彼は腕時計を確かめ、ちょうどいい具合に夜が明けて、射撃に適した光を与えてくれることを確信した。

37 幸せな日

人生で一番幸せな日だったかもしれない。コニーアイランドよりいい。エンパイアステートビルの最上階よりも。『イジー・モートン・ラジオ・ミュージック・アンド・コメディ・アワー』で初めてジョークを聞いたときよりも。

このぼくがドイツの戦車を爆破したんだ！

そのひと言で十分だった。彼、ゲイリー・ゴールドバーグは生まれてこのかたバスケットボールのシュートを決めたことは一度もなく、体重五十三キロ、身長百六十八センチで、そばかすだらけ、髪は赤毛で、視力は両目とも二・〇、常軌を逸するほど喧嘩(けんか)を避け、マックス叔父さんとシルヴィア叔母さんはもちろん、ママとパパにまで馬鹿にされ、ダウンタウンを走る地下鉄の轟音におびえ、ダウンタウンそのものにもおびえ、ジョーク作家（みたいなもの——実際に売れたジョークは三つで、コメディからの総収入は十二ドル五十セント）をしているちびのゲイリー、その彼がドイツの戦車を吹き飛ばしたのだ。

英雄？　まあ、そんなところかな。砲塔のうえで一人、ドイツ軍から銃撃を受けながら、野球のボール状に丸めたものを粘着テープでくるみ、そこに信管を差しこむまでずっと仕事に集中し、信管の扱い方もちゃんと思い出した。ピンを抜くと、レバーが跳ね上がり、彼自身は地面に転げ落ちて、戦車を盾にした。

あの音。あんな大きな音がするなんて誰が思うだろう？　すさまじい音だった。戦車の下で身を縮めながら、地面が振動するのを感じ、鋼鉄が引き裂かれる音を聞き、強烈な閃光のなかに正午の明るい日差しを見てとり、煙の臭いを嗅ぎ、熱を感じた。誓ってほんとうだ。もしかしたら、でっち上げた感覚もあるかもしれない。燃えだすのに少し時間がかかったから熱はなかったかもしれない。煙？　たしかに煙は上がっていた。しかし、ほんとうに臭いはしただろうか？

まあ、どっちでもいい。次に起き上がったとき、仲よしのアーチャーがソファにかけたオーバーコートみたいに鉄条網に長々と寝そべっていた。全速力でそのうえに駆け上り、二足で越えた。そのあと自分と中尉でアーチャーを鉄条網から引き剝がした。

「やったな、ゲイリー」と、アーチャーが言った。

「大丈夫か？」

「痛いのは全身だけだ、たいしたことはない」

突然、軍神の少佐がそこに現れた。冷静沈着な南部人――どこをとっても軍神そのものの男。

「われわれが第一〇一空挺師団ではないのがばれないうちに行こう」

そのあとは少佐に続いて暗い野原を進み、身をくねらせながら田園地帯に開いた穴をいくつか通り抜け、道路の谷間に入り、樹木の連なる地帯をすべり抜けたという漠然とした印象しか残っていない。彼は頭のなかで自分の英雄的行為（英雄的行為？うん、そうかもしれない、勇敢な行動？かもしれない、才能か？　間違いない！）を再生し、この経験をどうしたらさりげなく日常に取りこめるかを考えていたため、自分がどこへ向かっているのかまったくわかっていなかった。こういうことは、自分以外の誰かが話をして世間に知られるようになるほうがいっそうすばらしい。彼はそう思いついた。

「ところで、あなたはあの……」

「ああ、あれかい。ずいぶん前のことだし、ほとんど覚えてないよ」

いや、彼は覚えていたし、あれについては何もかも一生覚えているだろう。戦車がどんなに高く感じられたか、駆動輪の足がかりを使ってどう上ったかも覚えている。戦車が這い進むあいだ戦車後部の鋼鉄がどんなに鋭かったかも覚えている。鋼鉄で両膝を切り、すねを痛めた。砲塔の傾斜も覚えている。鋼鉄の波打つ感じ、溶接の粗さ、戦車そのものを走らせるガソリンの臭いも。一部始終を……しかし、奇妙なことに、戦車そのものの姿は覚えていなかった。そこで彼は、もっと都合のいい状況で見たティーガーの記憶とすり替えた。ティーガーにそっくりだっただろ？　少佐はなんて呼んでいた？　そう、Ⅳ号戦車だ。いやはや、Ⅲ号よりずっと大きかった。Ⅳ号戦車は巨大な非ユダヤ的（ゴイッシュ）マシーンだ。地下鉄車両と同じくらい大きく、そのうえ大砲を備えている！

「止まれ」と、リーツが言った。

暗がりの平原にいるかのように、四人は立ち止まった。東の方角に光があり、まもなく太陽が地球の縁から顔を覗かせそうだ。涼しい風が吹き、音はほとんどせず、牛の姿もなく、木立や木々のざわめきも皆無に近い。足を止めたとき、ゴールドバーグはあまりの痛さに仰天した。どこもかもが痛い！　頭にメモしろ――今後は鉄条網を避けること。

スワガー少佐がそっと彼のところへ近づいて来た。

「何か聞こえたか？」

「ええと、いえ、聞こえません」

少佐はアーチャーにも同じ質問をし、リーツのそばに行って二人でひそひそ話をした。彼は集まるよう身ぶりで示した。

「よし、五百メートルくらい来た。あの木の並びが見えるか？　見分けられるか？

あそこがわれわれの前線だ。みんな、どんな気分だ？」

「問題ありません」と、アーチャーが言った。

「おまえは？　殺し屋？」

「全身穴だらけなのに、まだ五百メートルも残っているのか」

「何か聞こえましたか？」と、アーチャーが尋ねた。

「いや。うまく脱出できたと思う。よし、よく聞け。銃撃を受けた場合、私は右斜めへ移動する。きみたちは林に着いたら、装備を着け直せ」

「まだ銃撃があるんですか？」と、以前のゲイリーに戻ったようにゴールドバーグがぼやいた。

「われわれを追ってくる偵察隊はいない。来れば音でわかる。一人なら？　そんなに早く来られるとはとても思えないが。それでもドイツ軍のことだ、何があるかわからない。だから落ち着いて、ゆっくり進む。急な動きをしないこと。姿は見えなくても、動きは見える。それだけで標的にするには十分だ。低い姿勢を保て。高い姿勢は死、低い姿勢は生だ。最後のひと踏ん張りだ、いいか？　日が昇る前にすませたい」

「了解」

「リーツ、私が先頭を引き受ける。こいつらを頼むぞ」

「了解」

彼らは低い姿勢を保ち、曲がりくねった道を進んだ。生け垣の陰――この冒険最後の生け垣の陰に入った。前方に木々、そのあいだを流れる小川、そしてめでたくD中隊第二小隊第二分隊の腕のなかへ。疲れはない。サバイバルという名のモルヒネが痛みを鈍らせていた。まったく新しい世界が待っていて、そこは彼ら全員にとって良い場所であるはずだ。

最後の無防備な野原。標的となる場所を這い進んでいる不安もあったが、宇宙の隅々まで静寂が広がっている感じがした。周囲にあるのは、消えていく夜、薄れゆく星の光、昇ってくる朝日、日中の酷暑が訪れる前の真夏のフランスの穏やかさだけ。鳥さえ静寂を保っている。

たどり着いた。

樹木の列に。

「行くぞ」と、スワガーが〝大きなささやき声〟という矛盾した表現でしか言い表せない声で告げた。

「合言葉は？」

「ボイシ。答えは？」

「アイダホ」

「よし、リーーツ、きみからだ」

大柄な中尉が身を縮めた。二足歩行動物に可能なかぎりの低い姿勢で土嚢の積まれた土手まで進み、つんのめるようにそこを乗り越えた。トンプソン・サブマシンガンが先に見え、一秒後に彼の姿が見えた。無事だ。次はアーチャー。同じ要領だ。問題ない。

「準備はいいか、ゴールドバーグ?」

「はい」

「コメディはなしだ、いいか?」

「了解です」

しかし、コメディは金だ。ゴールドバーグの頭に台詞が一つ浮かんだ。放っておくにはあまりに良すぎて、いまこの瞬間に発しなければタイミングが台無しになる。コメディも戦争もタイミングがすべてだ。小川の途中、彼はほんのわずか立ち上がって、その台詞を口にした。「トト、おうちほどいいところは……」

そのとき、ゴールドバーグの左耳の五センチ右を弾丸が捕らえた。

38 拳銃

彼は銃のことを何も知らなかった。銃身にモーゼルとあり、次に7・65とあった。前者がドイツかオランダかどこかのメーカー名なのは明らかで、数字のほうはサイズを表しているにちがいない。猫背を思わせるかたちで、木製の握りがハンドルの周りにカーブを描いている。鋭さを感じさせない短銃身で、ほとんどの角が四角か、四角に近い。梱包（こんぽう）が小さな割に驚くほど重い。

一九三四年に、ロンドンのランベス地区の路地で自堕落な兵士から一ポンド十ペンスで買ったものだ。ボロボロの弾薬箱は淡い茶色で、〝自動装填拳銃用（ゼルプストラーダー・ピストーレ）〟と書かれており、そのうえにＫＡＬとあった。7・65ミリ。二十五発入りの箱だったが十九発しか入っていなかった。以前の持ち主に職業上の必要があったのかもしれない。銃弾は雀（すずめ）の小さな卵と呼ぶのがぴったりで、それぞれ別々の仕切りに入っていた。弾も大きさの割に重く、心地よい硬さがあった。手にしっくりくる重さで、翌日、部屋に射す陽光のなかで、このシステムがどう機能するかを理解するのにほんの数分しかかからなかった。バネ仕掛けのボックスに弾がスライドして入り、ハンドルにスライドしてロックされ、さらにもう一つスライドの仕掛けがある。これはある種のカバーらしい。引き戻し、またバネの力でポンと前へ送る。カチッと機械的な心地よい音がした。これで銃全体が最大限の力を発揮できる。川の近くで寝ていたホームレスに試してみたら、大量の血が流れたので、しっかり機能するのを確認できた。以来、彼はこの銃を七度撃ち、弾は十一発残っていた。撃つたびに銃は完璧な働きをし、標的をたちまち倒して永遠に眠らせた。方法は簡単だ。近づく。さらに近づく。頭か心臓に狙いを定め、引き金をひく。そして立ち去る。失敗は一度もない。

むろん毎回、拳銃を使うわけではないが、できるときはそうした。ナイフより簡単だし、ミスター・ヘッジパスの場合のように血が飛び散ったり、血まみれになったりすることもない。結び目をつけた絞殺魔のスカーフよりずっと簡単だし、もがき苦しむこともなく、息を詰まらせた結果起こるおぞましい騒ぎも、最期の瞬間に失禁や脱糞をすることも、事後に悪夢にうなされることもない。

いまそれはレインコートのポケットにあって、彼は手で軽く握って輪郭をなぞった。今日使うことになるのだろうか？　それはなさそうだ。それでも、銃にふれると安らぐし、それが使われる日は近いとわかっていたから、指を昔のように銃に慣れさせたかった。

しかし、今日の目的は殺すことではなく、見張って、尾行し、学習し、構想を練るだけだ。標的が前線から戻ったかどうかまだわからないし、後任が接触してくるまで、死んだミスター・ヘッジパスから中華レストランで渡された紙片の指示にもとづいて行動するしかない。

男は、そばに仕立てのいいアメリカの軍服に身を包んだ美しい女がいることで特定できる。女は背が高く、しなやかな身体つきをしており、映画に出ていてもおかしくない感じだ。彼女を逃してはならない。男も背が高く、均整の取れた身体つきで、アメリカ陸軍中尉の制服を着ている。肩章（けんしょう）には金か銀の筋が一本。最近戦場で負傷したため、少し足を引きずっているかもしれない。名前はリーツ。

夜八時ごろグローヴナー七〇番地から出てくる彼に出くわすかもしれない。二人は予定が合えば週に二度、食事に行く。少なくともこれまでは行っていた。まだ若く丈夫なので、たいてい歩いていき、近くにあるメイフェアのパブで食事をするが、豪華な食事ではない。食事のあと男は、彼女のような地位の女性が宿泊する〈クラリッジズ〉の部屋へ送り届け、そのあと自分の宿舎〈ザ・コンノート〉へ帰る。この区間がきみの計画には最適と思われる。

そうするうちに通りの向こうで営まれていた葬儀が終了した。本部からさほど離れていない、ここアメリカン・メイフェアにある英国国教会系の古い教会で営まれていた。適切な場所だ。ヤンキーが常々崇敬（すうけい）している英国の威厳がここにはある。この集まりは、彼が天国への道案内をしたミスター・ヘッジパスとのお別れの場だった。出席者の大半はアメリカ人だが、少数ながら英国人もいた。諜報畑の若い男性や、警官、それに重要人物も一人か二人交じっていた。

女はすぐ見つかった。どんな人混みでも同じだが、この群衆のなかでは特にわかりやすかった。制服を粋に着こなした年上の紳士が一緒だったが、彼女の魅力に気を留めるふうもない。しかし、他のみんなと同様、レイヴンの視線も彼女に向かい、長くそこに留まった。そしてみんなと同じく、彼もたちまち彼女と、そのたおやかな美しさに恋をした。美しい。気品に満ちている。だから自然とこの恋には憎しみが吹きこまれ、恋は憎しみに衝（つ）き動かされた。彼女の恋人を奪うのが自分の喜びだ。それはすべての美女にふさわしい。彼女は大量の苦い涙を流すだろう。自分と同じ痛みを知るだろう。

39 野戦病院

ジープの用意ができた。リーツとスワガーは第一軍、第Ⅶ軍団、第九歩兵師団、第六十連隊、第三大隊、D中隊に別れを告げた。外から見るかぎり、彼らは大成功を収めたように見えた。ドイツ軍の戦車を破壊し、ドイツ軍の攻撃を阻止し、そもそもOSSの士官二人をD中隊、第二小隊、第二分隊の小さな戦いに参加させることになった最重要任務の成功を示す情報を得ることができた。そしていま、新たに見つかった手がかりを追うため、二人は到着時と同じ方法で本拠へ戻ろうとしていた。

だが、スワガーもリーツも楽観してはいなかった。人は死ぬ。だから戦争と呼ばれるのだ。さらに悪いことに、人は愚かな理由で死ぬ。だが、気の利いた台詞のために死ぬのはどうなのだ?

彼を大隊の野戦病院に搬送する前、アーチャーは、「そんなに面白いジョークじゃなかった」と言った。

ゴールドバーグが撃たれた瞬間、スワガーはくるりと振り返ると、生け垣の一番遠い端に最後の弾倉二個分を撃ちこんだ。狙撃ポイントがそこであることを示すすべての証拠をいち早く察知したのだ。そうしているあいだに、戦線のあちこちからD中隊が攻撃に加わった。生け垣はつかのま、衝撃が舞わせた粉塵に包まれ見えなくなった。だがその日の午後、スワガーの指揮で丹念に行われた調査では、血痕も、足跡も、使用ずみの薬莢も、スナイパーがそこにいたことを示すものは何ひとつ見つからなかった。その人物はその場で消失してしまったかのように。

「透明人間だったのでしょうか？」と、リーツが言った。

「いや、こうしたことに少し知識があるだけだ。高度な野外生活技術の知識が。もうだいぶ遠くまで行ってしまっただろう。やつは痕跡を残さずに移動できる。犬なら追跡できるかもしれないが、人間には無理だ」

「薬莢くらいは見つかると思ったのですが」

「まずありえないな。薬莢はなかった、排出しなかったからだ。彼らは一度しか発砲しない。二次的な標的があっても、武器は再利用しない。彼らには射撃の規律がある。使用ずみの薬莢が見つかってはならない。ライフルの種類が割り出され、そこからどんな素性の人間かがわかり、そこからどうすれば彼らを始末できるかわかるかもしれないからだ。頭を撃った弾も同じだ。弾丸の速度を考えれば、外へ飛び出し、それて消える。証拠は残らない。これは念入りに組み立てられた行動だ」

リーツはスワガーのくれた情報をじっくり考察した。少佐は簡単にあきらめたりしない。必要なことを教えてくれただけだ。この海兵隊員が何を考えているかは誰にもわからない。

ジープが出発しかけたところで、スワガーが上級曹長に少し待つように命じた。

「どうしました？」

「アーチャーから連絡が来るのを待っている。彼は悩んでいるが、何が正しい行動かはわかっている。連絡してくるだろう。ゴールドバーグに借りがあるからだ」

リーツが顔を上げると、大隊の情報将校ビンガム少佐が中隊本部のテントから全速力で駆けてきた。

「スワガー少佐？」

「どうした、少佐？」

「いま、電話があった。アーチャー二等兵がきみに会いたいと言っている。話したいことがあるそうだ」

「わかった。聞いたか、上級曹長？」

「はい」と、老練の運転手は言った。

「どういうことです？」と、リーツが割りこんだ。

「彼はライフル銃を失ったほんとうの理由を話すつもりだ。笑えるような話だが、ゴールドバーグが困った立場に陥るのを恐れて、これまで黙っていた。いま、それをぶちまけるときが来たんだ」

「気づいていたのに、何も言わなかったのですか？」

「兵隊が隠し事をしているのをうすうす感じとれるくらいには、彼らのそばで長い時間を過ごした。だが、そこをつつけば口を閉ざし、守りに入るのがわかっていた。彼らには考え直す時間が必要だと思った」

「何ひとつ見逃さないんですね」

「見逃していないといいのだが。だが、ドイツのスナイパーは見逃してしまった」と、スワガーは言った。「昨夜、ようやく気がついた。スナイパーはSSで、戦車のそばにいたのはこの土地を熟知しているからだ。戦車と機関銃隊の手引きをするつもりで、あの野営地にいたのだ。こちらの攻撃で仕留められなかったのは残念だ。いったんわれわれが立ち去れば、自分のほうが地形をよく知っているから反撃可能だとやつは踏んだ。そして、そうした」

「そいつは私たちを待っていたと？」

「われわれはそいつのすぐそばを通り過ぎた。たぶん五十メートルくらい先の野原に伏せていたのだろう」

「でも、彼に発砲したとき、あなたは二百メートル先の生け垣を狙った」

「あれは賢明な判断だったと思う。野原に撃ちこんでも、やつに命中する可能性はまずなかった。もっと大事なのは、そうしていたら、私がやつの居場所を知っていて追ってくると向こうは思うだろう。だから、わざと場所を間違えた。私たちは何も知らないとやつは思っている。逆に、こっちはやつに厳しく目を光らせる」

「何者かご存じなんですね？」

「と思う。知る必要が出てきたら教えよう」

ベッド五十台用のテントに、簡易寝台が百台とナースステーション、低く吊された電球がいくつか詰めこまれていた。夏は風を入れるためにテントの側面を開き、冬は暖気を逃さないように閉める。屋根には赤い十字。負傷兵の顔はシーツのように白く、鼻孔は狭く、白目をむいていた。出血している大きな裂傷、砕けた手足、内臓の損傷、ズタズタになった顔。警戒を怠らない者もいれば、気を失っている者、モルヒネを打たなければならないほどの激痛に歯を食いしばっている者、死んでいるがまだ気づかれていない者もいた。看護師が通路を歩いて患者の様子を観察していた。ときおり医師がテント内を覗きこんでいく。死体が運び出されることもあった。患者の出入りはおおよそ同数のように見えた。クロロホルムとアルコールと血の臭いがする。

スワガーは看護師長に訊いてアーチャー二等兵のベッドを探し当て、頭上のキャンバス地をぼんやりと見上げた。暑かったので、テントの側面はめくられていた。外を男たちが行き来する間断ない騒音に、絶えず出入りする負傷者の運搬の音が重なる。この施設は悪戦苦闘しながら任務を果たしていた。

「アーチャー」

スワガーの呼びかけに若い兵士はびくりとした。少なくとも四カ所、包帯が見えた。首に二カ所、両腕に一カ所ずつ。

「少佐」と、アーチャーが返事をした。

「具合はどうだ?」

「ここにゲイリーがいたら、〝汝より神聖なり〟とか言うでしょう」

「何カ所だ?」

「十九カ所。深傷はありません。でも、どこもかしこも痛くって。少なくとも同じ数のペニシリン注射を打ってもらったので、すぐよくなると思います」

「それはよかった」

「ゲイリーを銀星章候補に推薦したそうですね」

「推薦した。彼の両親のために。しかし、受章はないだろう。青銅星章なら、ひょっとするが。銀星賞は陸軍士官学校の卒業生や将軍たちの甥のためのものだからな。それが現実なのだ」

「あなたにお礼を言いたかった。あいつは喜んだでしょうから」

「おれもそう思った。しかし、アーチャー、おまえがおれに会いたいと言ったのは、それが理由ではないな。おれにはそれがわかっているし、おまえもわかっている」

「事実を明確にしたかったのです。ぼくを召喚する必要があるなら、それはあなたの判断で……」

「召喚などくそ食らえだ。必要なことを教えてくれたらそれでいい。ライフルの一件だな？」

「はい」

「男が二人いて、両方ともライフルと六個の手榴弾全部と弾薬ベルトを失くしたなどという話は聞いたことがない。娼婦やウィスキーと交換したのなら別だが」

「違うんです。ぼくらは、その、〝捕虜になった〟んです。武器はドイツ兵が池へ捨ててしまった。すごくおかしな戦車隊だった。ぼくらが報告したティーガーのことですよ。でも、ぼくらを撃たなかった。やつらは、そう、バナナをくれました」

アーチャーが語るあいだ、スワガーはじっと耳を傾けた。ところどころでうなずいてみせたが、目玉が飛び出るかと思うくらい集中していた。

アーチャーが話し終えると、スワガーは口を開いた。「ドイツ軍は、できるときは必ず敵を捕虜にする。そいつらはドイツ人じゃなかったんだ。ラトヴィア人か、エストニア人か、あるいはウクライナ人という可能性もあるが、何とも言えない。おそらく、大義ってやつをそれほど重く考えていなかったのだろう。おまえらを捕虜収容所に送るのは、任務外だったんだ。処刑する気にもなれなかった。ゴールドバーグを九歳ぐらいだと思ったからかな。まあ、運がよかったんだろう」

「はい。ぼくはただ……」

「一つだけ訊きたいことがある。話を戻そう。おまえらを釈放したとき、みんなが腹を抱えて笑ったジョークがあったと言ってたな」

「英語を話せる男でした。そいつがそのジョークを教えてくれた。彼らは大笑いした」

「思い出せるか?」

「ええと……」アーチャーは考えこむふりをした。ジョークの中核にある単語が頭を離れたことはこれまで一度もなかった。

「彼はこう言いました。〝クルトが言うんだ、……に気をつけろ〟どうも、そこが妙なんです。彼は英語がうまいのに、何に気をつけるのか英語で言わなかった。とにかく、彼の母国語では何か愉快な意味のある言葉だった。ナー・ジェズ・ニク・イーだったか……」

「子供をさらう小鬼(ブギーマン)が来るぞと警告しているみたいだな。幽霊。吸血鬼。軍隊の日常には出てこない力の持ち主だ」

「ぼくもそう思いました」

「綴(つづ)りを教えてくれ」

「ええと、nとzがおもで、最後にkとyが来る。N-A、J-E-Z、N-I-K、EEといったところでしょうか。ロシア語かな?　スターリンを憎んで出ていったロシア人なのか。NIK-EEはロシア語っぽいですよね」

「おれはロシア語に強くないんだ、アーチャー。しかし、堪能な人間を見つけよう」

「わかりました」

40 第二六六歩兵師団

もちろん、彼には名前があった。武装親衛隊の管理上、名前が必要だったからだ。いまの時代と場所にふさわしく、彼はマルティン・タウゼントになった。つまり、ドイツのノルマンディー作戦に八十八ミリ砲と七十五ミリ砲の攻撃力を提供する第二SS装甲師団ダス・ライヒに所属するタウゼント突撃グループ（シュトゥルムグルッペ）のマルティン・タウゼント親衛隊少佐に。そしていま、同僚将校一名とテーブルを囲み、二人で近況を確かめていた。はるか彼方（かなた）に小火器の音が聞こえ、ときおり砲弾が爆発し、男たちが戦い、死んでいった。田園地帯（ボカージュ）で送るドイツ国防軍らしい一日だった。心地よい温かさで、小鳥がさえずり、チーズとワインが熟成し、タウゼント少佐とプフェッフェルコルン大佐のプロフェッショナル二名が問題を解決していく一日。

「大佐」と、タウゼントは言った。「ダス・ライヒは戦車一台と兵士十一人を失いました。さらに悪いことに、基本的に軽率な部隊であるはずのアメリカ軍に嫌がらせ（ハラスメント）をする目的すら果たせなかった。この攻撃は新しい突撃隊形に対し敵に軽率な行動を促し、不安定化させることが目的でした」

「それはわかっている、タウゼント」と、もとは第二六六歩兵師団、現在は森林地帯の戦闘に特化した第八四歩兵軍団、三五三歩兵師団に属する擲弾兵連隊八九七大隊長、プフェッフェルコルンは言った。彼はドイツの鋼鉄のように強靭なプロフェッショナルで、細胞レベルまで軍服の灰緑色に染まっていた。第一次世界大戦の歴戦の兵士であり、一九一八年の降服後も陸軍に留まり、一九一九年にはミュンヘンの街路でボルシェビキと戦ったが、独ソが協力関係にあった二〇年代にはソ連でライフル代わりの箒でひそかに訓練を行った。恥知らずの再軍備が行われた三〇年代に公的な立場に戻り、ウクライナと東部戦線で二年過ごして三度負傷している。

「答えを探す手伝いをしてもらえますか」と、茶色の点——豆のようだ——と憂鬱そうな黒の波をあしらったSSの迷彩服姿で、タウゼントは言った。「私の見るところ、この惨劇は誤情報がもたらしたものです。その夜、アメリカの偵察活動は行われないと伝えられた。そのせいで私はダス・ライヒに対し、活動の必要はない、楽しい朝を迎えられるように兵士たちにしっかり睡眠をとらせてやれと助言した。その後、襲撃を受けて、戦車一台が破壊され、十一人の兵士が戦死した」

「その点について、私は謝罪しなければならない立場なのだが、同時に残念ながら私自身、よく理解できないことがここで起きたとしか言いようがないのだ。きみがベルリンに私を東部戦線へ送り返すよう要求する絶叫調の非難の電報を打たなかったことには感謝している。あそこに戻りたいとは思っていないのでね。きみの行動は、いまの状況を受け入れようという意志の表れだな」

「私は受け入れるのを好みます。そういう性分なのです。言うまでもなく、こういう場だから申し上げるのですが……」

二人は第二六六歩兵師団第三大隊の本部テントにいた。いまなお敵に抗戦しているサン＝ローの街から三十数キロ北、前線の八キロ東に位置している。テーブルには、ルガーの拳銃ではなくシュナップスの瓶が置かれていた。ドイツ風に言えば、いい具合に酔いが回り、少し甘草が効いた状態だ。

「……ご存じのとおり、私は根っからの軍人で、でたらめを狂ったようにまくしたてたり、小さな口髭を生やした小男を崇めたりする政治家ではない」

彼自身はアーリア人の特徴をほどよく備えた見本だった。髪はブロンドだが少し小太りで、目は青いが適度に穏やかだ。見たところ、狂気や悪意や動揺を感じさせるところはまったくない。やや肉のついた身体は力強さでなく豊かさを感じさせた。

「間違いがあったことは認めよう、親衛隊少佐殿。しかし、間違いは必ず起きるものだ、そうじゃないか？」と、プフェッフェルコルンは言った。左目から耳にかけて放射状の瘢痕がある。スターリングラードで銃剣を持ったロシア人が彼の頭を突こうとして、失敗したのだ。プフェッフェルコルンはP‐38三発で男を仕留め、失血で気を失うまでそのまま指揮を続けた。百三十三針も縫ったのに傷口をふさぎきれなかった。下水溝さながらだった。彼は笑いながら、妻に「これが戦争だ」と言ったという。彼はそんな軍人だった。

「私自身、味方の情報源はきわめて信頼性が高いと信じていた」と、彼は説明した。「誰がその情報をどうやって手に入れたのか、私は知らない。無線を傍受したのか、暗号を解読したのか、はたまた支配者民族アーリア人の過激なポルノに目がない哀れな人間につけこんだのか。あるいは、ニーチェに弱い人間に。だが何はともあれ、その人物の情報が一〇〇パーセント正確なんてことはありえない。だからどうしても、現代の組織は複雑になるのだ」

「大佐、あなたがおっしゃっているのは、アメリカの軍事機構も頼りにならず、貧弱で、ときには愚かになるということですね。だから、一つの部門は別の部門が何をしているのかを知らず、協調も行われず、理由もなく何かが起きることもあるということでしょうか？　要するに、われわれの機構と同じであると？」

「そのとおり。完璧を求めれば深い失望を招くことになるんだ、タウゼント。きみのこれまでの成功は称賛に値する。やつらの夜間偵察は停止している。タウゼント突撃グループとタウゼント軍事作戦の手柄だ。おかげでわれわれは、ほとんど意のままに演習や要塞(ようさい)化ができる。これは戦術上の大きな利点であり、わが軍が他の地域では撤退していても、この田園地帯(ボカージュ)では撤退せず、まだサン＝ローを手放さずにいられる理由の一つだ」

「あの日の行動は例外的事例と考えろとおっしゃっているのですか？」

「どうか、そう考えてほしい。私はＳＳに対して何の権限も持っていないので、強く言い張ることはできない。だから、こう言っておこう。どうか積極的な努力を続けてほしい。われわれ正規軍はきみたちの突撃グループに恩義がある。できれば、情報部のへまは統計的に意味のない稀(まれ)な出来事——変則的事例だと、部下を説得してくれ」

「これで安心して帰れます。それ以外の考え方は健康的とは言えないから」

「どういう意味だね？」

「あのアメリカ人たちがたまたまあそこにいたから、あるいは情報機関が無能だったからという理由であれば、あっさり忘れることができる。それ以外の説明だと、士気を下げる恐れがある。特に私の考えている説明だと」

「というと？」

「彼らがあそこにいたのは、私を追っていたからだと考えています」

41　ボス

飛行場へ到着する前に、知らせが届いた。計画変更。イシニー＝シュル＝メールから南東六キロほどのヴイイに置かれた第一軍司令部に、大至急出頭することになった。二人の士官と話したい人物がいるという。

その人物は第一軍司令官、オマール・N・ブラッドレー少将その人だという。前線の後方を走る米軍車両のうえで、停止と発進を繰り返しながら高速道路を走る冒険を経験したあと、司令部に着いたのは遅い時間だったが、将軍はすぐに彼らに面会した。

参謀第二部（G‐2）の中佐が二人を司令トレーラーへ案内し、ノックして大声で呼びかけた。「OSSの者が来ています」

「よし、なかへ案内しろ。どっちにしても寝てはいなかった」

衝撃その一――陸軍士官学校の古いバスローブを着た将軍がタバコをすっていた。

衝撃その二――将軍は火を吐いてブーツを踏み鳴らし、愛校心むきだしで、やつらを地獄に突き落とせと吠えるありがちな男ではなかった。長身痩軀で、禿げ頭、下顎はやや大きめで、目は小さいが、深い知性をたたえていた。かつて野球の天才的プレイヤーだった面影はない。いまは、大きな問題を抱えてげっそりやつれた年配の男でしかなかった。目の下の隈（くま）はモンスーンのようで、新たに刻まれた皺（しわ）はモハーヴェ砂漠の小峡谷（アロヨ）を思わせ、わずかな身体の麻痺は魂の奥底の疲弊と大きな重圧をほのめかしていた。この将軍が笑顔を見せるのはひさしぶりだった。骸（むくろ）と化した部下の兵士があまりに多すぎたせいだ。

リーツもスワガーも気をつけの姿勢を取ったが、形式的な儀礼に興味のない将軍は手のひと振りでやめさせた。将軍の背後の壁には縦二・五メートルのノルマンディー南西部の地図が掛かっていて、彼の配下の軍隊の位置にピンが刺してあった。地図はにらまれすぎて色褪（いろあ）せてしまった感じがした。

「座って、よかったらタバコをすいたまえ。コーヒーはどうだ？　大変な長旅だったと聞くが」

「大丈夫です」と、スワガーが言った。

「少佐、きみの経歴は知っている」と、彼は言った。「島はいくつ行ったんだったかな？」

「三つです。ガダルカナル、ブーゲンヴィル、タラワ」

「激戦地ばかりだな。きみが自分の仕事を熟知しているのは明らかだ」

「恐れ入ります」

「数日前、夜間偵察中に即席の爆弾で敵戦車を破壊したと聞いた。勲章を授ける必要がある」

「われわれには必要ありません。同行した下士官兵二名を、一名は死後ながら銀星賞に、もう一名は銅星賞に推薦しておきました。それが認められるのを見るのがおれの最上の喜びです」

「書き留めておこう」

「感謝します」

「私は独創的な取り組みが好きだ。残念ながら、あのいまいましい田園地帯(ボカージュ)にはそれが欠けている。初めてボカージュを見たときは想像もつかなかった。何か思い出したか、少佐?」

「ガダルカナルを」

「そうか。とにかく、直接会って話をしたかった。最新情報の報告や作戦遂行中の現況報告のためではなく。きみにはきみの仕事をしてもらう。ただ、その重要性を知っておいてほしい」

「了解しました」

「全体的な状況も考慮しなければならない。アイクが激怒している。英国が激怒している。大統領が激怒している。マーシャル将軍が激怒している。われわれがこのような形で足止めを食い、これだけの犠牲者を出すとは、どこの誰も予想しなかった」

「はい、少将」

「私に言わせれば、最悪なのはそれがわが軍にもたらしている犠牲だ。第一軍全体の歩兵を見渡すと、交戦による消耗人員の四人に一人は神経をやられている。自傷行為が五百件以上。海兵隊はこの重圧に耐えられるし、少佐、きみも知ってのとおり、空挺部隊やレンジャー部隊も同じだ。しかし、半年前まで畑を耕したり、ソーダ・ファウンテンの番をしたりしていた徴募兵には難しい」

「わかります」

「スナイパー恐怖症が蔓延（まんえん）している。戦闘中にはいろいろな死に方があるが、なぜかスナイパーは、特に新兵たちを震え上がらせる。敵のスナイパーは捕らえた時点で処刑せよという命令を出しかけたくらい、私はそれを深刻に受け止めているし、それほど彼らはわれわれを苦しめている。この話は耳に入っていたか？」

「はい」

「それなら、これだけ言っておこう。きみたちがこれまで時速百キロで走ってきたとしたら、今後は百五十キロで走ってもらわなければならない。一日二十時間働いているなら、今後は二十二時間働かなくてはならない。移動手段、火力、他の司令部の協力など、わが軍、英国軍問わず後方支援が必要なら言ってくれ、すぐに手配する。だが、どんなかたちになるにせよ、スナイパー戦の勝利を味方にもたらさなければならない」

「はい」

「詳細は省くが、いま大規模な突破作戦を間近に控えている。新しい戦略、新しい兵器、空軍との新たな協力……まったく新しい勝負(ボール・ゲーム)が始まろうとしている。だがそれも、暗闇で物が見える謎の男に頭を撃ち抜かれることはないと前線部隊が確信できなければ、すべてが揺らいでしまう」

「われわれにおまかせください」と、スワガーは言った。

その夜の宿舎へ向かう途中、スワガーが言った。「明日、予定どおり戻ってこられたら、例の女性を夕食に誘え。次の朝、セバスチャンにロンドン警視庁(スコットランドヤード)の弾道学研究所へ車で送ってもらい、回収した弾の組成についてわかったことを聞いてきてくれ」

「了解しました」

「英国情報部に友人は？　公爵とか卿とかがつく、立派な人々のなかに？」

「トニー・アウスウェイスという〝ジェド〟作戦に参加した中尉がいます。頭脳明晰(めいせき)で、一緒に訓練を受けました。ロンドンに戻ってＭＩ６にいます」

「けっこう。その男に頼んで、オックスフォード大の外国語学部か、そのたぐいのところへ連れていってもらえ。翻訳してほしい言葉がある。何語かはわからない。正確な意味だけでなく、ジョークやくだらない迷信話、おとぎ話といった、普段着の状況でどう使われるかも知る必要がある。できるか？」

「語源学ですね。はい、少佐。もちろんです」

「プライベートな場では〝少佐〟なんてたわ言はやめてくれ。〝アール〟でいい。ところで、きみはほんとうによくやった。優秀な将校だ、リーッ」

「ありがとう、アール。でも、ちょっと訊いてもいいですか？」

「もちろんだ」

「よくわからないんですが、なぜブラッドレー将軍にタインの件を話さなかったのですか？　話せば、明日にでもタインは夜明けにインドへ発つことになるでしょう。でも、あなたは話さなかった」

「それをやると、おれたちはブラッドレーの部下と見られることになる。それがどう作用するかわからない。ブラッドレーを憎むパットン派は彼を追い落としたいから、われわれに協力しなくなるだろう。もしかしたら、将軍の評判を聞いておびえた人間が、失敗の危険を冒すくらいなら隠蔽しようと考えるかもしれない。ときが来れば、タインのことはおれたちでなんとかできる」

そのときが来た。彼らが宿舎に着くなり、使い走りがラジオ・テレタイプを三台運んできた。二三四二時にブルース大佐から、二日後の午前十時に出頭するようスワガーに連絡が来ていた。二一一七時、フェンウィック中尉からリーツ中尉に届いた電文には、タインは〝写真〟を持っており、それでリーツのキャリアを破滅させてやると息巻いていると書かれていた。そして一七二二時、セバスチャン〝大佐〟が、フェンウィックとブルースの伝言の内容以外に、マルルーニー下院議員が執行人として英国に飛んできたことを伝える通信を送ってきた。

第3部

第一滑走路

42 馬車（Ⅱ）

顔に割れ目の入った男は、彼女のホテルから二人が出てくるところを観察していた。二人はいかにも恋人らしく、うつむき加減で肩をふれ合わせ、小声で話しながら、親しげにゆっくり歩いた。男は女を守ろうとするように身を寄せている。特に男のほうは疲れている感じがした。ためらうようなしぐさやおぼつかない足どりに疲労が読みとれた。彼には、前線は厳しい試練だったのだろう。

もっとも、そういったことがすべて実にありがたい、とミスター・レイヴンは思った。男の反射神経は鈍くなり、注意は持続せず、エネルギーは大幅に低下するだろう。仕事を果たした余韻に浸りながら、ミスター・レイヴンはメイフェアの路地へ消え、地下鉄駅を見つけ、ライムハウス地区にある自分の部屋に戻って、美しい女性が悲嘆に暮れる情景を想像して楽しむことになるはずだ。気の毒なミスター・ヘッジパスと同様、リーツの葬儀もここで行われる可能性がある。彼女を苦悩させる甘美な破壊の跡を通りの向こうから眺める、そのためだけに自分も参列するかもしれない。どんなにゾクゾクするだろう！

ミスター・レイヴンが道の反対側で距離を置いて立っているあいだに、二人はゆっくり漂うような足どりで歩いた。目的地がないわけではない。ここからほど近い、とあるパブだ。二人はそこへ入った。スタウトを一杯やってくつろぎ、軽く食事をし、そのあと男は女をホテルへ送り届け、自分のホテルへ戻る。そこで待ち伏せをする。すでに偵察をすませ、頭のなかで詳細を詰めていた。あの大きな建物の反対側にいても、大した距離ではない。リーツは一方向からしかグローヴナーへ帰ってこられないから、一ブロック離れていても見失うことはない。

おれは完璧なタイミングで動く、とミスター・レイヴンは思った。これほど細かいことに気がまわる賢明さを持っている。うつむいて彼のほうへ近づいていく。山高帽に妙な外套をはおった、冴えない小柄なイングランド人の姿だ。アメリカ人の英国に対する親近感に敬意を表し、「こんばんは」とか「やあ」と挨拶を交わすことになるかもしれない。すれ違って一歩踏み出した瞬間、ポケットからモーゼルを取り出しながら振り返り、身を乗り出すようにしてリーツの後頭部に銃を近づけ、発砲する。そこでもう一度身体を回転させ、グローヴナーの路地を離れ、ロンドンの大きな迷路へ紛れこむ。仕事をすませ、報酬を手にし、自分は無傷であれば、全世界を相手に勝利を収めたのと同じことになる。

行動に移る前に位置を定めようと、ミスター・レイヴンはリーツの宿泊先〈ザ・コンノート〉へ向かった。遅れるより早いほうがいいに決まっている。

このパブでは連日〝ＯＳＳの夜〟が開かれており、リーツはそこへミリーを連れていった。今夜は店の奥にアイリッシュ系は集まっておらず、煙臭い空気にゴシップの波がうねってもいなかった。陰謀、陰謀、また陰謀と、明日になればまた過酷な四時間睡眠の一日が待っている。その前に憂さを晴らそうと、疲れた諜報員たちがビールとフライドポテトを求めて来ているだけだ。いつもの〝おお、社交的(オー・ソー・ソーシャル)〟は今夜、〝まあまあ、社交的(ソーソー・ソーシャル)〟といったところか。

英国人が滑稽(こっけい)にもビールと呼ぶ茶色のぬるい粘液を飲むと、その不快な濃度には辟易(へきえき)しながらも、多少はリラックスした気分を味わえた。

薄暗い店内で、彼女はいっそう美しく見えた。ふだん世界に向かって閉ざされている明るい瞳(ひとみ)が、生き生きとしていた……輝いている？　きらめいている？　光を放っている？　そんな感じだ。なぜこんなに睫毛(まつげ)が長いのか？　なぜこんなに肌がなめらかなのか？　なぜこれほど幾何学的に正確なシンメトリーを描いているのか？　なぜこんなに唇が……赤いのか？　ぷっくりしているのか？　キスの欲望をかき立てるのか？　彼はぴったりの言葉を知らなかった。それが現実に存在したとしても。

「まったく、今夜のきみは素敵だ」

「あなたは疲れた顔をしているわ、中尉。戦車を爆破するのは疲れるお仕事なんでしょうね」

　彼は笑い声を上げた。

「あれは少佐の独壇場だった。ぼくはトミーガンを持ったただの端役だよ」

「どこもこの話で持ちきりよ。リーツの英雄度がまた一つ上がったって」

「そのせいで若者が殺された。いい若者だったのに。おかしな話だ。そのことを誰も語らない。まあ、語ったところで〝これが戦争だ〟と言われるだけだからね。それでも、ベイジルを失って以来、こんなに気が滅入ったことはない」

「私が何より好きなのは、ジム」そう言って、ミリーは両手でリーツの手を握った。「醜い状況をいやほどくぐってきたのに、あなたが思いやりと気配りを忘れないことよ。彼の死にあなたは心を痛めている。つまり、みんなと違って戦争に押しつぶされていないんだわ」

「かもしれない」と、リーツは言った。

「だったら、スワガーのことを教えて。謎の男ね。オフィスの女性は全員、彼とデートをしたがってるのに、外出もせず、パーティにも行かず、散歩にも出かけない。週八日、ただ仕事をしているだけ」

「アールの場合は九日だね。休みのときはドイツの戦車に関する技術情報報告書を読みこんでいる。偉大な兵士だ。最高の。このうえなく頭がいい。面白いことに、彼はバイリンガルなんだ。冗談じゃなく」

「フランス語が第二言語なの？　アーカンソー州の出身なのに？」

「違う。彼の第二言語は〝下士官（NCO）〟語さ。海兵隊にいた頃は、粗野で、荒々しい、不屈の男だった。〝根性のかたまり〟とか呼ばれそうな。きつい南部訛り（なま）で話していた。文法には嫌われるだろうが、表現としては驚くほど生き生きしていた。子供がみんな丘（ヒル）のうえまでついていってしまうような戦士王の軍曹だった。彼がこっちの〝社交界（ソサエティ）の丘（ヒル）〟に馴染（なじ）めるかどうか、ぼくは心配していた」

「そうしたら……？」

「そうしたら、手袋のようにしっくり馴染んでいた。彼が動詞を縮めたり、文法の間違いをしたりしているのを聞いたことがない。どんな会話にもついていけるだけでなく、相手の先を行くことができる。戦争のことも、スナイパーのことも本質を見抜いている。誰も疑問にさえ思わなかった問題の答えを導き出す」

「ブルース大佐がＦＢＩに彼の調査を命じたのは知っていた？　結果は、傷一つ見つからなかった。でも、奇妙なことが一つあった。ＦＢＩは彼の家族の調査もしたのだけれど、父親のチャールズの欄には〝この件に関する情報はない〟と書かれていた。

ＦＢＩの報告書を数多く見てきたけど、こんなことは初めてよ」

「ふーむ」と、リーツは言い、泥のような茶色いビールのお代わりを頼んだ。

「私たちは陸軍省の記録も手に入れた」と、ミリーは先を続けた。「彼の父親は教員養成大学に三年通っていた。アールは正しい英語を使う家庭で育ったはずなの。でも、のちに父親のチャールズは出征した。一九一七年ではなく、一九一四年に！　カナダ軍に入って三年間戦った。その後、米軍に移籍し、数多くの勲章をもらった。塹壕急襲を指揮したと言われていて、少佐で退役し、のちにアーカンソー州ポーク郡の保安官になって、拳銃の名手として名を馳せた。一九四一年、小さな町で名もない強盗に撃たれて亡くなっている」

「アールが自分の過去や家族、子供時代、アーカンソーのことをいっさい語らないのは、馬鹿げたことで父親を亡くしたからかもしれないな。心が痛むのだろう。四年も塹壕の暮らしを生き抜いた父親が強盗に撃たれたって？　さぞつらかっただろうな」

「事情はもっと複雑なんじゃないかしら。アールは一九三一年に家を出て、海兵隊に入隊した。その理由は誰も知らない」

「ぼくに言えることがあるとしたら、彼が味方でよかったということだね」

料理が来て、二人はゆっくりと口に運んでいたが、やがてリーツはあくびを抑えられなくなった。

「少し寝たほうがいいわね、中尉」

「わかっている」

「明日はタインの一件がある」

「少佐がぼくを関わらせないように手配したよ。使い走りをさせられるんだ」

「フランク・タインは卑劣な男よ」と、ミリーは言った。「私だったら、あんな人にレモネード・スタンドの経営はまかせない。耐えられないもの、もし……」

「少佐は心配していないようだ。何か考えがあるらしい」

「正直に言えば、私はブルース大佐のほうが心配なの。立派な人物ではあるけれど、あくまで政治家よ。風が吹いているほうへなびくわ」

店を出ると、二人はゆっくりとした足どりで、彼女のホテルへ向かって歩き出した。スタウトで少し肩の力が抜けたのか、腕をふれ合わせてそぞろ歩いた。口数は少ない。リーツは彼女との距離の近さ、彼女のにおい、くっきりとした非の打ちどころのない横顔を堪能した。こんな美しい女性は見たことがなかった。

ミスター・レイヴンは、ホテルの外で寄り添う二人を見つめた。明日は任務があるのに、どちらも別れを急ぐ様子はなかった。キスをするのか？　彼はそれを期待した。若い士官だから、映画の一場面――『哀愁』のロバート・テイラーとヴィヴィアン・

リーの抱擁のようなクライマックス・シーンが展開する可能性がある。この二人なら、本物の映画の出演者より魅力的かもしれない。しかし、BGMはどこだ？　ミスター・レイヴンは自分でそれを想像するしかなく、まもなくそれが流れてくるのを感じた。映画に劣らないほど素敵だった。

仕事が手招きしていた。あの二人のではなく、自分の仕事が。そのときが来た。彼はその瞬間を正確に把握していた。タイミングは計ってある。路地を二本抜けてリーツの宿舎へたどり着くのに四分、そこを過ぎてすぐ先の路地で自分の位置を定めるのに、また四分。その場所で、人目につかないように陰から機をうかがう。リーツは目立つことは気にせずに歩いてくるから、六分で着くだろう。

さい先は良かった。警官の姿はないし、タクシーもめったに通らない。夜を過ごしたバーから千鳥足で帰っていく兵士が一人、二人いたが、この小宇宙のどこにも監視の目はなかった。ましてや、細かいところまで覚えている人間などまずいない。樹木と石造りの立派な建物が立ち並ぶこの界隈では、銃声を予期している人間などいないから、聞こえたとしてもすぐにそれを打ち消し、寝返りを打って眠りに戻ろうとするはずだ。

ミスター・レイヴンはポケットのドイツ製拳銃をそっとなでた。使う準備はできている。

「おお、神よ」と、リーツはミリーを抱きしめながら言った。「ドイツ兵の銃撃を浴びているあいだ、泥のなかでどれほどこれを夢見たか」

「私のことを考えているような場合じゃなかったはずよ、ジム。殺されないことを真っ先に考えなくては」

彼女の唇の味、筋肉質ではないが張りのある身体、押しつけられた胸の柔らかさ、リーツは彼女を自分のなかへ押しつぶし、永遠に自分の一部にしたいという欲求を覚えた。

「お願い、どうか、お願いだから」と、ミリーは言った。「気をつけると言って。これ以上、英雄は必要ないわ。英雄はスワガーにまかせるのよ。あなたはメモを取るだけにして」

「これ以上、荒っぽい状況にならないことを願っている。でも、何が起こるかわからない。もし……」

「言わないで」

「わかった。ぼくは映画に出てくる高貴な人間になろうとしていたんだ。『義務』とかいうタイトルの」

「私はこの先ずっと、リーツが同じベッドにいてほしいだけ」

「ほんとうに。もうすぐよ、ダーリン。さあ、帰って寝なさい。明日は大事な日よ」

「楽しそうだな」

「大事すぎるくらい大事な一日だ。実は、これからオフィスへ行くつもりなんだ。あそこのソファで寝れば、一時間くらい余分に眠れる」

「なんて賢い兵士なの」と、ミリーは言った。

43 緊急会議

大荒れが予想されたので、全員の表情が強張っていた。目を合わさず、握手もなく、からかいや冗談の言葉も、偽りの同僚関係もない。ブルース大佐のオフィスにいるのは四人だけ。スワガー、大佐。タインはクラスAのカーキを着て、髭は剃りたて、コーンフレークのようにパリッとしていた。四人目はタインお抱えの下院議員だ。マルルーニー（ニューヨーク州、民主党、第五選挙区）は、皺だらけの顔に尖った鼻のアイルランドの妖精レプラコーンに、ジゴロを掛け合わせたような五十五歳の男だった。顔も服装もアイルランド系で、黒のスーツとネクタイ、白いシャツ、髭を剃っても黒っぽい顎、ツバメの黒い翼のような眉毛、小さなスキージャンプ台のような鼻。それでもなかなかハンサムで、颯爽とした感じすらあった。アイリッシュ系の暗い美が一つに調和していた。映画に出てくる間抜けのような大きな顔をしている。髪はポマードをうまく使ってなめらかにととのえられ、いつの時代も好ましいとされるこめかみの白髪がいかにも誇らしげだ。映画の世界はだめでも、次善の策として政治の世界を選んだ理由がよくわかる。

「ミリー、コーヒーを頼む」と、大佐が言い、暖炉のそばに丸く並べた椅子に三人を座らせた。「さて、諸君」と、彼は呼びかけた。「われわれのあいだに論争のタネがあるのは承知しているが、私は〝ざっくばらんな会合〟の信奉者でもある。美しい夏の日のロンドンでコーヒーを飲みながら友好的に語り合えば、きっと解決法が見いだせるだろう」

ミリーが湯気の立つポットとカップ四つをトレイに載せて運んできた。身をかがめ、クリームや砂糖が必要かと尋ね、スワガーのほうを向いて口の動きで「幸運を」と伝える気遣いを見せた。スワガーはうなずき返した。

「大佐」と、タインが言った。「ここではっきりさせておきたいのですが、今回のことはスワガー少佐やあなたへの個人攻撃を意図したものではありません。お二人ともすばらしい功績を残してきた立派な模範的将校です。悲しいかな、選挙シーズンの真っ盛りに必要以上の注目を集めかねない、行政上のある種の傾向だけが気がかりなのです。私はトム・デューイのことも、彼がどんな行動に出るかも知っている。いま、この建物に彼のスパイがいて、〝汚職〟や〝不始末〟と呼ばれかねないことを画策していたとしても、私は驚きませんね。それがこの秋、大統領への攻撃に使われないとも限らない」

「政治が絡まないようにできるのなら、それに越したことはない」と、下院議員は言った。「だが、そんなことは架空の世界でしかありえない。大佐もお気づきと思うが、この世界では、どこにでも政治がある。十一月はすぐに来るし、トーマス・デューイは政権を奪取する気だ。われわれと同族であるきみなら、承知しているはずだ。〝政治を忘れて、戦争に勝て〟と言うのは無理がある。戦争に勝つには政治に勝たなければならない」

「何か付け加えることはないか、スワガー少佐？」と、ブルース大佐が尋ねた。

「政治のことはわからないし、興味もありません」と、スワガーは言った。「これまでも、この先も」

「きみは政治に興味がないかもしれないが、政治はきみに興味があるんだ」と、議員は言った。トロツキーから引用した常套句で、みんなが笑ったが、スワガーだけは笑わず、無関心に近い表情は変わらなかった。

ここでタインが、練習を重ねて磨き上げたことでいくらか手短にはなったが、それでも内容は少しも変わらない熱弁の幕を切って落とした。〝特別なグループ〟、説明のつかない予算超過、成功の曖昧な基準、この建物にいる他の人々の士気の低下、それらすべてが能率の低下につながる、という趣旨の演説だった。

「世界規模の戦略戦争において、なぜ戦争にほとんど影響を与えない小さな橋の爆破のような馬鹿げた企てに人員と才能と資金を浪費するのか、トムは知りたがるだろう」と、マルルーニー議員が言った。「あるいは、専門家の監督もなく、終局の見通しもなく、信頼性の高い成功基準もない秘密の集団に、なぜ資金を提供し、より厳しい基準に縛られた軍人たちの怒りをあおっているのかと」

「スワガー少佐？」

「おれは直接説明を受けた仕事をしているだけです。おれの理解するところでは、彼らはおれにこういうことの外にいるのを望んでいた。つまり、政治に巻きこまれるな、目的に向かってひたすら疾走せよという意味だろう。正しいか間違いかに関係なく、おれは自分で判断して行動してきた。それは他の誰とも関係ないことです」

「では、一つ質問がある、少佐」と、マルルーニー議員が言った。「これまでのきみの仕事にどんな進展があったか、明確に説明してくれないか。言い換えれば、これまでやって来たことを正当化できるのか？」

「いいえ、できませんね。そんなことをすれば、狙い撃ちされ、後知恵で批判されるだけだ。騒ぎを起こしたいだけの人間が大勢かかわってくるし、喜ばせなければならない上司をたくさん抱えこむことになる。そういうやり方は決してうまくいかない。必ず害をもたらす」

　ここで、つかのま議論が中断した。

「しかし」と、マルルーニーは言った。「そのような姿勢では議会の調査が行われることになるし、公聴会まで開かれるかもしれない。召喚状によって強制的に答えなければならなくなる。だから……」

「マルルーニー議員」と、大佐が言った。「私たち全員が、それは避けたいと考えている。どのような責任があるそぶりをすれば、みんなの目を他へ向ける効果があるとお考えなのか、教えていただけますか？」

マルルーニーとタインがさっと視線を交わしたが、この議論を先導したのはタインだった。

「スワガー少佐が有能であることは否定しませんが、同時に彼は部下であるはずのリーツ中尉の支配下に置かれている――それが私の主張であり、裏付けのために十分な聞きこみも行っている。ジェイムズ・リーツ中尉は、フランス語が堪能なゆえに第一〇一空挺師団から転属してきた。リーツはいわば出世主義者の一人で、戦争を生き延びるための国際的な闘争ではなく、昇進の機会と考えている」

「もう少し具体的に言ってくれないか、少佐」と、ブルース大佐が言った。

タインは滔々（とうとう）とリーツを非難し始めた。それを聞くのは、同じ映画をもう一度最後まで見る苦痛に似ていた。もっとも、わずかだが新しい要素も加わっていた。〝ジェド〟たちを監督していたのは自分だから、すべてわかったうえでこう言っているのだ、と彼は言った。さらに、あの日のブレンガンをめぐる膠着状態を蒸し返し、それを正したのは自分の手柄だったと強調した。

反論が来る前に、彼はすばやく先を続けた。「大失敗だった。有能な伝説的英国人諜報員セントフローリアン大尉は、おそらくフランス人戦闘員数十人と一緒に殺されたのだろう。そのうえ、チーム・ケイシーが橋に爆弾を仕掛けたのは間違いないが、橋を落とせなかった。ドイツ軍の工兵がたちまち……」

「たちまち、とはどれくらいだね？」と、ブルース大佐が尋ねた。

「あっという間ですよ。総合的に見れば、無意味な行為でした」

「欧州連合国派遣軍最高司令部（ＳＨＡＥＦ）も同意見とは思えないが」

「では、お見せしましょう」さあ、メインディッシュの登場だ。「私はこの橋の〝破壊〟を記録した第八空軍の極秘偵察写真を入手しました」

彼はブリーフケースを開けて重いロール紙をいくつか取り出し、それを広げて画像を見せながら、橋は崩れておらず、ねじれただけであること、トート機関の突貫工事によって二日のうちに復旧し、海岸地帯への通行が可能になったことを指摘した。この写真を手に入れるために、こいつはどれだけ代価を払ったのだろう、とスワガーは思った。

「だが、ティーガーは来なかったのでは？」と、大佐が言った。

「はい、確かに。でもティーガーはこの際、関係ありません。Ⅳ号戦車とⅤ号戦車パンターがわれわれのシャーマンを地獄に落としたのですから」

「スワガー少佐、何か意見は？」

「言うことはありません。この件でここへ来たわけではない。何も知りません」

「問題は、ここグローヴナー七〇番地でリーツとその仲間が自分の小さな失敗を大成功と喧伝（けんでん）したことです。彼らは小規模な友だちグループをつくって、おたがいを持ち上げ合っている。この間違った成功の評判がリーツを、無制限の予算がつき、説明責任が皆無で、大統領と直接的な関係を持つ〝OSSの浪費〟の象徴、三五一室へと導いたのです。この写真のせいで……」彼はねじれてたわんだ橋の写真を掲げ、それは他の場所で戦争がつくり出した広大な廃墟（はいきょ）の風景と比べると、むしろ滑稽に思えた。

「ルーズヴェルト大統領はホワイトハウスを失うかもしれない。私が言いたいのはそれだけです」

「で、きみの助言は？」

「リーツ中尉を排除する必要がある。即刻。しかるのちに三五一室の運営を〝特別プロジェクト〟から私の管理する作戦チームへ移す。私はスワガー少佐の入手した情報をすべて直接監督し、しかるべき時期にSHAEFに概要説明を行い……」

電話が鳴った。

「くそっ」と、ブルース大佐が言った。彼が冷静さを失う姿を人に見せたのは、これが初めてだった。「邪魔するなと言っておいたのに」と言って立ち上がる。

大佐は机に歩み寄り、電話に出た。

「ミリー、言ったはずだぞ……」何を言われたのかわからないが、バズーカの砲弾を受けた戦車のように大佐の動きがぴたりと止まった。彼はすぐに大声を上げた。「待てないのか？　何がそんなに大事なんだ？　なんだと？　おお、何ということだ。陸軍か。わかった、通せ。さっさと終わらせよう」

彼はドアへ向かいながら、こう説明した。「申し訳ないが、SHAEFからの緊急要請だとか。つまり待てないのです。すぐ片づけてきます」彼はドアを開けた。

そこには四人の男がいた。まるで、十一月の青灰色の空を背景に立つノートルダム大学のバックスラインのようだった。そろって筋骨隆々としている。残忍な行為に慣れた顔は冷静沈着で、ほとんど感情を表さない。白い帽子、白い腕章、白いベルト、白いホルスター、灰色の四五口径自動拳銃、白いストラップ、白いゲートル、黒い警棒。どこを取ってもMPだ。〝逃げろ、おまわりだぞ！〟。中尉一名、軍曹二名、伍長一名だった。

「SHAEF所属、第一三〇憲兵隊のグリーン中尉です　これは重犯罪容疑による逮捕であり、職務遂行中ですので、軍事上の儀礼の一時的停止を勧告いたします」

「中尉、いったいこれは……」

「ここに、タインという者は？」

みんな、いっせいにフランク・タインに視線を向けた。

「私は……」と、タインが口を開いた。

憲兵隊が会話の主導権を容疑者に握らせるはずがない。警官には大切なことなのだ。

「ミスター・タイン……」

「タイン少佐だ」

「ミスター・タイン、あなたは大陪審の審理により、一九三五年十一月十五日にニューヨークのハーレムにおいて、〝ホットフィンガーズ〟という名で知られるレジナルド・ボウイなる人物に対してなされた重罪謀殺の容疑で起訴された。よって、あなたをただちに逮捕・収監し、送還の手段が手配されるまでブッシー・パークの第一軍営倉へ移送する」

「しかし……」

「またこれによって、米国陸軍少佐に与えられる待遇、手順、特別な権利、配慮はすべて剝奪（はくだつ）されることを通告する。手錠をかける前に階級を示すものを全部取り除くように。いまのあなたは収監者なので」

「レオ」と、タインは言った。「けしからん。こんなことを許すなんて……」

マルルーニー議員は立ち上がり、雄弁かつ攻撃的に盟友の弁護に乗り出した。それが一・四秒ほど続いたあと、〝ではあるが、その一方で〟という英語最強の四語で、のちのちまで語り草になる優雅な手のひら返しをやってのけた。

「ではあるが、その一方で、フランク、このことは将来きっと解決されるものと、私は確信している」とよどみなく言ってから、議員はこう付け加えた。「私は司法に介入したくない」

風向きが変わるのはなんと早いことか。アイルランド系特有の微笑みをたたえた目が瞬きするあいだに、この政治家は新しい方針を考え出し、受け入れ、整理し、発展させたのだ。

「被告人タイン」と、中尉は言った。「制服からその糞を外さなければ、部下に外させるぞ。彼らの扱いは優しくないからな」

44 子供じみた空想

アウスウェイスはスコットランドヤードの弾道学研究所に立ち寄り、ねじれた弾丸の残骸(ざんがい)の分析を依頼したあと、「ところで、運転手の名前は?」と尋ねた。

「セバスチャンだ」

「腕についているあの代物(しろもの)は?」と、Tのうえにある二重縞(じま)のジグザグ模様を指さす。

「五等特技兵(テック・ファイブ)。わが軍では伍長に相当する」

「すばらしい」と言って、アウスウェイスは身を乗り出した。「セバスチャン伍長、きみの上司がきみに午後の休暇を与えることにしたそうだ。銀行を襲撃したり、ステッキでアイルランド人や巡査をたたいたり、トラファルガー広場で裸になって捕まったりせずに、有意義に過ごせそうか?」

「できると信じます」と、セバスチャンは言った。

「彼は信じるのが得意なんだ」と、リーツが言った。

「いいね。おれたちをクラウチ・エンドのランカスター五番地まで乗せていってくれ。

見つけられるか？」

「アーチウェイの近くですね？」

「そのとおり」

セバスチャンがロンドンを熟知していないはずがあろうか？　なにしろロンドンの主なのだ。

彼はまっすぐ上級士官用のフォードをノースエンドの先へと走らせ、ランカスター五番地を見つけた。煉瓦と木の筋交いがむき出しになった質素な家で、まだVIロケット弾、つまり百八十キロ爆弾の被害を受けておらず、〈ネッドのガレージ〉と呼ばれていた。

すぐにネッド本人がアウスウェイスの車を運んできた。モーリス製の深緑色をした小型スポーツカーで、英国の設計美学を踏襲した箱形のミニチュアだった。流線形の車体を非難する鋼鉄のエッセイとも言うべきもので、二〇年代にお約束だった立方体を蒸留し希釈して、もっと小さい立方体の集合体になっており、どこをとってもできるだけ風の抵抗を大きくするようにつくられている。すべての角、すべてのフェンダー、すべてのフロントガラスが風に敢然と立ち向かっていた。もし可能であったら、タイヤを四角くして、十九世紀に敬意を表するスポークホイールに嵌め、ヘッドランプもやかんを逆さにしたようなかたちにしてフェンダーにくっつけていたところだろう。棺桶並みの空気力学。天蓋を下ろすと、コックピットは複葉戦闘機のソッピースキャメルそっくりになる。ネッドが丁寧に磨いて、緑色の光沢を最大限に引き出していた。

「ティックフォードのドロップヘッド・クーペだ」と、アウスウェイスが言った。「二百五十一台しか製造されなかった。ビルマに赴任した少佐から二束三文で手に入れたんだ。運転に支障はない。きみがオックスフォードまで運転していくかい？」

「左側通行だと、町を出る前にトラックの下敷きになりそうだ。おとなしく右側に座って、帽子を押さえていよう」

男たちは、玩具のような威勢のいい車で出発した。アウスウェイスは高い運転技術で楽々とカーブを切り抜け、平らな道に来るとアクセルを大きく踏みこんだ。車は二人の髪をなびかせながら、砂埃を舞い上げて走った。まもなくオックスフォードシャーの起伏に富んだ丘陵や緑地に着き、そこを走り抜けていくあいだは戦争の落とす影などどこにも見当たらなかった。太陽は明るく、空には雲も、メッサーシュミットＢＦ１０９やスピットファイアの飛行機雲もなく、防空気球や爆弾のクレーターも見えない。詩の話でもしようかと思うほどのどかな雰囲気だった。

アウスウェイスはなぜかリーツのことを気に入っていた。彼のようなタイプがヤンキーに惹かれるのはとても意外だった。第一〇一空挺師団から派遣されてきたリーツとは、ミルトン・ホールで行われた訓練で知り合った。アウスウェイスはベイジルほど無頓着な性格ではないが、ベイジルの生まれ変わりと言われてもおかしくないほど共通点があった。時間をかけ、長生きすれば（そこは疑問だが）、新しいベイジルが誕生するかもしれない。もっともいまのところは、パリ南部の鉄道を破壊してドイツ軍のノルマンディーへの装甲車両輸送を阻止した〝ジェドバラ〟・チームの急襲作戦から無事に帰還して、特殊作戦局（ＳＯＥ）ではなくＭＩ６に所属していた。

やがて、中世の学園都市が到着した。いや、むろん二人が到着したのだが、あまりに楽な道のりだったので、街のほうからやって来たような感じさえした。前方に、尖塔とドームを抱える街が花粉と農作業の土埃に霞んで藤色がかった色合いで広がっていた。なかへ入ると、街並みの質感は実に多種多様で、エッチングの原版を連想させた。特に町を通って学問の中心地――縦に伸びるのではなく横に広がる知の大聖堂の集合体――へ向かうと、その印象が強まる。ボドリアン図書館の建設に使われた砂岩がいたるところに見られ、それぞれの建物がそれぞれの風化の度合いを争って世界に披露しているかのようだった。いまは夏なので、花の生命力がいたるところに侵入してそこを征服し、人目につかない階段に巻きついてらせん状に這いのぼり、カレッジと四角い中庭のあいだや正面にある緑地を明るくしていた。あらゆるものがオックスフォードの夏の陽光を浴びて生き生きとしているので、もしかしたら日差しを楽しんで道をそぞろ歩いているルイス・キャロルことチャールズ・ラトウィッジ・ドジソンとすれ違うのではないかと思うほどだ。栗(くり)の花が、石畳(いしだたみ)やキューポラや切妻屋根と不釣り合いなほど咲き乱れていた。学びの園の静寂に覆われているかって？　いや、そんなことはない。鐘が鳴り続けている。時がたつのを祝っているのか、あるいはその音こそ生命の証(あか)しとでも言いたいのか。なぜなら、音を立てられるのは生きている人間だけであり、立てないと思うのは楽天主義者だけだからだ。とはいえ、街を歩く人々のほとんどが女性だった。

「若い女性たちが大学を引き継いだんだ。実際は政府が引き継いだんだが、いまの政府は女性だらけだからね。ブレイズノーズ・カレッジは完全にそんな状態だ。他の大半のカレッジはいまやオフィスビルみたいなものになっているが、なかにはその流れに逆らって頑張っている指導教官も何人かいる。ちょっとあたりを見まわせば、本物の学部生が見られるかもしれない」

　砂漠や密林や田園(ボカージュ)地帯などの厳しさを経験することなく、親から権力や富を受け継ぎ、崇拝されるか忌(い)み嫌われるかのどちらかで、けだるげな態度で女性の群れをかき分けて歩いている学部生が見えるような気がした。

「目をすがめて、視界から事務員を追い払えば、いまも美しいんじゃないか？」と、アウスウェイスが言った。

「確かに」と、リーツが言った。アメリカ中西部のエヴァンストンにある自分の出た大学が、他の多くの大学と同様、オックスフォードの修道院的な静けさや、ゴシック建築、学びとあこがれ両方の気分を模倣していたことにいまさらながらに気づいた。

「もちろん、いずれは消える運命にある。ドイツ軍の爆弾は失敗したが、戦争がこういったものを消し去ってしまうだろう。われわれが勝てば、一般人がここを管理するようになり、最後にはここのシステムを守ろうとする者もいなくなる。同性愛者や変わり者の天才たちも裸足の詩人も消えてしまうだろう。オスカー・ワイルドのような才人はもう出てこない。恥も外聞も法律も無視して街の女とやりまくり、自分の無実を声高に主張する貴族階級もいなくなる。すべてがなくなり、すべてが消え去る。まだこれだけのものが残っているほうが驚きだよ」

もちろんアウスウェイスは自分に語りかけていたのであり、リーツが答える必要はなかった。意見を求められても、何も思いつかなかっただろう。

アウスウェイスがベリオール・カレッジの前に駐車場を見つけた。このカレッジはまるで桃源郷のように広大で、切妻壁と建物中央の角張った塔が、一二八二年にはすでにここに建っていたことを誇らしげに表明していた。アウスウェイスが駐車場に車を停め、先に立って歩き出した。

「いいか、リーツ、心しておけよ。ここの連中には、すぐに嚙みついてくるやつが少なくない。英国の紳士気どりが使う最悪のしゃべり方にあこがれていて、それを使うチャンスがあれば飛びついてくる。これから会う相手も、辛辣で、尊大で、退屈をもてあましている嫌な人間かもしれない。おれもまだ、その人物の素性を知らないんだがね」

「せいぜい無害な人間のふりをするよ」と、リーツは言った。

「悪くとるなよ。ここの人間が千五百年以上前から稽古してきた役を演じているだけなんだから」

そこは暗く、かび臭い、中世という時代が具現化したような場所だった。ここではいまだに騎士道が幅を利かせているのかもしれないが、尿もまた幅を利かせていた。どうやら下水管が詰まっているらしい。アウスウェイスは行き方を知っており、古典学部と称する三階へ上っていった。部屋に入ると、迎えに出た秘書が学部長らしき人物を居眠りから目覚めさせ、その人物がさらに奥の別の部屋へ案内してくれた。ミネアポリス郊外にあるイーダイナ高校の現代語学科と大差ない部屋のように見えた。

「バウラはわが学部の博識家でね。言語の魔術師だ。どんな言語でも読めるし、話せる」と、学部長らしき男が言った。「頭がよすぎて、多くの者に嫌われている。彼はこれまでいくつか大学で業績を上げているから、自分がオックスフォードの詩学教授に選ばれると思っていたので、あてが外れて腹を立てている。だがセシル・デイ＝ルイス（英国の桂冠詩人。オックスフォード大学詩学教授である一方、ニコラス・ブレイク名義でミステリーも執筆）の一派がうまく立ちまわって、そのポストは戦後まで空席になる予定だ。彼はくよくよ思い悩み、悪態をつき、企み事をし、夢を見ている。だから彼が無愛想でも、それは政治が――学部とか、そのたぐいのものが人間にどんな仕打ちができるかを示す一例と言っていい」

　そうして、バウラ登場。ツイードの上着、禿げ頭、五十代。そして千個以上の穴を掘り、数多（あまた）の腐敗死体を埋めた墓掘り作業者の顔。歯並びが悪く、肌は羊皮紙の色のようだ。かなり見苦しい。チップス先生ならぬ、借用書（チッツ）先生と呼ぶべきだろう。彼は世界に貸しがあり、それがいまだに清算されていないらしいから。

「バウラ教授、情報部のお二人がお見えだ。一人はアメリカ人、事の重大さがわかるでしょう。かなり難解な言葉の問題で助けが必要だとか。ここはあなたの出番だと思いますが？」

「かもしれない」と、バウラは言ったが、その顔はこれ以上ないほど迷惑そうだ。二人が腰を下ろすと、前置きもなく教授は言った。「お茶を出したいところだが、それでは話が長くなる。今日は仕事をしなくてすむようにする算段で忙しいので、その重大な作業に戻りたい。時間は貴重で、時間を無駄にする以外のことに使うのはもったいないから、できるだけ大ざっぱにすませてくれ」

「実にすばらしいすべり出しだ」と、アウスウェイスが言った。そして、苦労しなが

ら事の次第を説明した。バウラは興味を惹かれたかのようにうなずいた。そして、

「わかった、では諸君、その謎の言葉とやらを教えてくれ」と言った。

リーツが発音に挑戦した。

「痰でも切ったのかね？」と、教授が尋ねた。得点！　オックスフォード一点、ノースウェスタン零点。リーツはめげずにもう一度試みた。

「ぼくは、N-e-j-d-z-n-i-k-iというスペルではないかと思われる単語を見つけようとしてきました。その兵士はドイツ軍の捕虜になって何度かこの単語を耳にして、数週間後にそれをぼくの上官に伝え、上官がぼくに伝えた。そもそも最初から曖昧なうえに、兵士の記憶、少佐の記憶、そしてぼくの記憶と通過してきたのだから、おそらくどこかで浸食されていると思われます」

「石が川の流れで磨かれていくように、か」と、バウラ教授は言った。「だが、十分原形は残っている。それは、チェコ語だ」

「チェコ語ですって！」と、アウスウェイスが驚きの声を発した。

「そうだ。ズデーテン地方のチェコ語にまず間違いない。その地方をめぐってはドイツとチェコが争い、一九三八年のオーストリア併合時にドイツが奪いとった。そのため住民は不本意ながらドイツ市民となり、ドイツの法律に従わなければならず、有無を言わさずドイツに徴兵された。チェコ人であろうとなかろうと、若者はナチの徴兵

を拒否できなかった。そのため、ドイツ語もろくに話せないのに、フランスでドイツ軍の戦車に乗ってアメリカ軍と戦うはめになった」

「この単語をご存じなんですか、先生？」と、リーツは尋ねた。

「知っているし、知らないとも言える。チェコ語は語順がとても柔軟で、その柔軟性が意味を左右することが多い言語だから、単語がわかっても意味までは特定できない。つまり、文章全体がわからないと、その単語は意味をなさない可能性がある。とはいえ、やれることをやるしかない。その単語と、考えられるかぎりの意味を教えよう。私にできるのはそこまでだ。もう一歩分析を進められるかどうかはきみたち次第だ。スパイなら、このゲームを大いに楽しめるだろう。暗号のようなものだからね」

「多くの人命が危険にさらされています」と、リーツはアメリカ中西部人らしい直球勝負で急場をしのごうとした。だが、暴投だった。

「そうは言っても、いまは戦時で、常に多くの人命が危険にさらされているのではないかね、お若いの」と、たちまち言い返された。

お手上げだ。他に手はあるだろうか？

「不幸にして」

「まあ、人命とやらを少しは助けられるかやってみようか。Nejdzniki だ、最後にiが付いて複数形になる。直訳すれば、〝襲撃者たち〟。文脈によって比喩(ひゆ)的な意味にもなる。〝侵略者〟〝追いはぎ〟〝山賊〟〝路上強盗〟〝泥棒〟〝海賊〟〝その場かぎりの悪党集団〟〝盗賊〟……」

「ジョークに使われていた」と、リーツが言った。「ドイツ人に関するジョークに使われて、大笑いしていたそうです」

「ありうるな」と、教授は言った。「結論ではないが、別のアプローチを提供しようか？　襲撃者――文字どおりの意味だとすれば、チェコ人は誰を襲撃者と考えていたか？　ナチではない。新しすぎる。フン族ではない。古すぎる。チェコの歴史、さらには民話で、その中間のものを知る必要がある。つまり童話で。おそらく童話に出てくる襲撃者のことで、その屈強な男たちはみんな、それを知っていて、面白がったのではないだろうか」

沈黙が落ちる。

「いったいどこへ行けば、それが見つかるのだろう？」と、アウスウェイスが言った。

「ぴったりの男を知っている」と、教授が言った。「第一次世界大戦で塹壕にいた男だ。ソンムやなんかで。たぶん、そのことが彼に影響をおよぼしたのだろう。実に聡明な人間なのだが、頭がいかれている」

45 やせた男

なんとも大した男だった。セバスチャンはパブで女性店員を物色して午後を過ごすのをやめて、三五一室の勤務に戻った。タインのドラマがどんな結果を迎えたか、知る必要があったからだ。

「ええと」と、情報提供者の一人が言った。同じ五等特技兵(テック・ファイブ)、つまり伍長だ。「十一時ごろ、手錠をかけられ、Tシャツ姿で連行された。ブルース大佐は食堂でとても満足そうだった。スワガー少佐は例によって、何も言わずに三五一室へ戻った」

「いやはや、すごい男だな」と、セバスチャンは言った。

「その見解に異論は出ないだろうな」と、彼の仲間は言った。

とはいえ、セバスチャンが満足げな表情や浮かれ騒ぐ様子を期待しても、スワガーが人並みの反応を見せるはずもなかった。いつもながらの集中力を発揮して、英国が始めた暗号解読作戦に関係する暗号文らしきものに根気強く目を通していた。

「少佐」と、セバスチャンは自分の存在を伝えるために声をかけた。「中尉は英国の将校と車でオックスフォードへ出かけました。私は彼から解放されて戻ってきました」

少佐が顔を上げた。

「わかった、セバスチャン。実は、車のワックスがけを命ずる以外にきみに言っておきたいことがある。きみは以前、ある言葉をおれに使った。第一レンジャー大隊へ行かなくてもすむように。覚えているか？　おれはバナナ戦争大学のカレッジしか出ていないから、聞いたことがなかった。必読図書リストにも載っていなかった」

それが何か、セバスチャンはすぐに察知した。

「リアルポリティクスですね？」

「それだ。もう一度、意味を教えてくれ」

「そうですね、みんなが考えることや、そうあるべきだと思うこととは対立する現実の在りよう、というところでしょうか。たとえば、私たちは自分が悪に対抗する聖十字軍であると考えている。だが、現実政治ではどうなるか？　私たちは恨みつらみや次元の低い政治、野心に駆り立てられて争い合ったり、人をだましたり、ペテンにかけたりする人間の集まりにすぎない。根っからの愚か者もいるし、なかには……」

「そこまででいい。で、そのことに詳しいのは誰だ？」

「何ですって？」

「その〝リアルポリティクス〟というやつの観点から状況をどう見ればいいか、どう読めばいいかを教えてくれる者を知らないか？」

「私の考えでは、それはあなたです。あなたに逆らったタイン少佐は手錠をかけられるはめになった。これぞまさしくリアルポリティクスです」

「その話は忘れろ」

「どんな目的でそうおっしゃったのか、お訊きしてもかまいませんか？」

「もちろん、かまわない。そしてもちろん、おれは答えない。テック・ファイブの知るべきことではない。たとえきみが少将であってもだ」

「わかりました」

「話を戻そう。ロンドンでは誰だ？　どこにいる？」

セバスチャンは考えをめぐらせた。

「軍の関係者でなく。諜報員でもなく？　ジャーナリストでしたら？　エドワード・R・マローとか？　ウィリアム・L・シャイラーとか？　ヘン……」

「英国人であることが条件だろうな。つまり、政治を知っていることが。政党とか行政地区とかいうことではなく、そうだな、政治を動かす〝原理〟に詳しい人間だ」

「文化、ということですね」

「そうかもしれん」

セバスチャンの頭にある名前が浮かんだ。

「初めて聞く名だな」

「BBCの人間です。多くの人に嫌われている。直言居士とでもいいましょうか。ビルマで警察官をしていて、パリとロンドンで仕事を求めて渡り歩き、炭鉱でも暮らした。いつも何か書こうとしていて、ついに出版にこぎつけた。いまでは有名人です」

「BBCに電話しろ、おれのふりをしてな。できるだけ上品な声でしゃべれよ。その男に会う段取りをつけてほしい。戦争に勝つためだと言ってくれ」

BBCの本社のあるブロードキャスティング・ハウスは船のような奇妙な形の建物だったが、そこから通りを何本か隔てたメリルボーン地区のパブで、二人は会った。パブには〈ライオン&ユニコーン〉という名が付いていたが、なかに入ってみると、何の個性もない店だった。店内の暗さと酒の力がなければ耐えられない凡庸さだ。スワガーは入ってすぐに、自分は英国のこういう暗い隠れ家にはまったくの場違いの存在だと感じたが、長身の英国人が立ち上がって合図を送ってきた。英国版エイブラハム・リンカーンといった感じで、サヤマメのような細い身体に悲劇向きの顔、寝袋にできそうなくらいぶかぶかのツイードと暗い色のシャツ、縞の入った暗い色のネクタイという、さながら『ラプソディー・イン・ブルー』ならぬブラウンインディゴ色の狂騒曲（ラプソディー）と言えそうな姿だった。死人のように青ざめた肌、体重七十キロぐらいの滴（したた）るしずくのような身体つき、口にだらりとくわえたタバコから、染みみたいな口髭に濃い紫煙が立ち上っていく。銃剣を思わせる頬骨（ほおぼね）、藁（わら）のような乱れ髪。当然のごとく、ひどい咳（せき）をしていた。短い空咳をするたびに、細長い骨ばった身体がダメージを受けたように小きざみに震えた。暖房のない部屋、薄いコート、すべてを切り裂く氷のように冷たい風を連想させ、満たされた豊かな都市の落ちこぼれであることを物語っていた。自分の母国にいつまでも溶けこめずにいる人間のように見えた。

「少佐、ブレアです。それが本名なんです。ラジオネームはいい加減につけたものでして」

「スワガーです」

「スワガー・ステッキ（軍人用の短いステッキ）にちなんだ名前かな？　ビルマで一本持っていましたよ」

「由来は誰にもわからない。古い家名でね。謎になっています。いずれにしても、会ってくださって感謝しますよ、ミスター・ブレア」

「私のほうは、あなたがこの国に来て、私たちの戦争に味方してくれていることに深く感謝しますよ」

「そういうことに楽しみを見つけられる人間なんでね」

「お見かけどおりというわけですね。ところで、政治の話でしたね？　私がどんなお役に立てるのでしょう？　待った、ビールを頼みましょう」

「お願いします」と、スワガーは言った。

スワガーは自分のキャメルに火をつけてから、新しい友人ブレアへの贈り物としてテーブルに二箱置いた。目を上げると、グラスを二つ持って帰ってくるのが見えた。グラスには縁まで琥珀色の液体が満たされ、その表面に浮いた泡はきっちり三ミリほどの厚みがあった。

「タバコを？」と、ブレアは座ったまま言った。「これはありがたい。それで、私にどんなお手伝いができるでしょうか？」

「敵味方がはっきりしない状況を抱えているのです。誰が誰の代理なのかよくわからない。考えれば考えるほど筋が通らなくなる。あなたから何か解明につながるものを得られるのではないかと期待している」

「面白いね」

「いわゆる、リアルポリティクスというやつが関係してましてね」

「なるほど」と、ブレアは言った。「一つ二つ、思いつくことがあるかもしれない。スペインでは、リアルポリティクスに殺されかけたからね。でも、続きを聞かせてく

だ さい」

「ある問題を解決しようとしているのだが、思い浮かぶ唯一の答えがどうにも理屈に合わないんです。煮詰めれば、一つの疑問に集約される——どうすれば、味方に損害を与えることで勝てるのか？　そんなことがあり得るのか？」

「もっと具体的に話してもらえないかな」

「味方の人間が、敵に情報を提供していると思われる節がある。動機は何であれ、それは正真正銘の裏切りだ。その裏切り者の頭がおかしいのか、大金が支払われたのか、秘密と引き換えに何かを与えられたのか」

「調査官にもわからないのですか？」

「ここからが不思議なのです。その人物は自分が悪いことをしているとは思っていない。正しいことだと考えている。正常な人間なら、ナチに機密情報を渡すのが正しいとは思わないはずだ。十年ほどナチの牛糞で調理されてきて分別を失くしたか、あるいは十分な訓練を受けたプロの工作員でないかぎりは」

「そして、その二つの可能性はないのだね？」

「絶対にありえない」

「少しわかりかけてきましたよ」と、ブレアは言った。タバコの煙を深々と吸いこむと、酸素を供給された炎のオレンジ色が年の割に老けた顔に広がった。漂う煙のせいでその顔がぼやけて見えたが、そんなことは気にせず、彼は額に皺を寄せて、目を細くし、脳をフル回転させて考えをめぐらせた。

「なるほど」と、ブレアは言った。「盤上に、第三のプレイヤーがいるのかもしれないな。秘密のプレイヤーが」

スワガーには思いもよらない考えだった。これまでの人生で、一度もそんな発想をしたことがなかった。思いもつかなかった。第三のプレイヤー、だと?

「お手上げだ、ミスター・ブレア」と、スワガーは正直に認めた。

「説明しましょう。あなたの言う裏切り者は誰よりナチを憎んでおり、彼らには何ひとつ与えてはいない。だが、この人物が同盟を結んでいるのはあなたがたでなく、別の反ナチ勢力だ。あなたがたの同盟者と目されている人々、多くの人間が世界の希望の象徴と見ている人たちなのです」

名前も具体的な話もいっさい語っていない。それでも、スワガーには理解できた。

「つまり、その人物は第三者に機密を渡す。そして、その第三者が……」スワガーはそこで言いやめた。

「その第三者は、リアルポリティクスの勢力なのです。ドイツに情報を与えることが、自分たちの利益になると考えている。明日や来年ではなく、二十年後を見据えているからだ。この戦争であなたがたが受けた損害が、遠い将来に影響をおよぼすと確信し、そこに自分たちの利益が生じると思っている」

スワガーはいくつかの事実の断片をぐずぐずに煮こんで、解析し、手に取り光にかざして回転させ、それがどう展開するかを確かめた。

「一つ例を挙げましょう。そのために殺されかけたので、私はよく知っている」

ブレアはにっこり微笑んだ。この話をするのは楽しい。この話が気に入っていた。いろいろなことに説明がつくからだ。

「一九三六年、スペインで内戦があった。状況は単純だった。一方は民主主義の信奉者、もう一方は独裁体制の信奉者。スターリンはスペイン共和国、つまり〝善玉〟の民主主義陣営の支援に駆けつけ、人員と物資を提供した。それで人は、〝共和国を支援したスターリン万歳。なんていいやつだ！〟と声を上げた。菜食主義の自由思想家や知識人、下手くそな詩人などが、こぞってそう讃えた」

スワガーはうなずいた。

「スターリンはスペインのことなど、ネズミの糞ほどにも気に留めていなかった。彼が気にしていたのはロシアの未来、とりわけ国内にいる敵の未来だけだった。わかりますか？」

「ええ」

「スターリンはスペイン内戦を利用してあぶり出した――愚民と夢想家を。私もその一人で、なかでも一番の愚か者だったかもしれない。みんな、蠅が腐ったものに引き寄せられるように引きつけられた。だが、スターリンは彼らを信用していなかった。規律に欠けるから、忠誠心ではなく、情熱によって駆り立てられる可能性が高いと考えていた。スターリンは彼らが将来どうなるか、どう変わるかを知っていた。同時に彼は、ロシア国内と同様スペインでも秘密警察の権力基盤を強化していた。機関銃を制する者が現在を制し、その結果、未来を制す。そこがあの残忍な悪党の優れたところだ。彼には未来の敵が見えていた。戦術の先を見、戦略の先を見ていた。それがあなたの言うリアルポリティクスだ。いまはまだ罪を犯していなくても、いずれ必ず罪人になると見抜いていた。だから自分の同盟者を、味方を、何も知らない愚かな人々を葬った。銃殺隊を前にした彼らは、〝だって、おれたちは無実なのに！〟と叫んだが、〝そのとおり、だがすぐに罪を犯す〟という答えが返ってきて、銃弾が飛んできた」

「あなたは、彼らの追跡を受けたのですか？」

「私は監獄に入っていた。個人的な問題ではない。単にそっちへ分類されただけだ。左翼の夢想家だった。不用意にも、ＰＯＵＭという愚かな民兵組織の一員になった。それがマルクス主義統一労働者党であるのはあとで知った。スターリンが抱いた一国社会主義の夢ではなく、トロツキーの世界革命の夢を実現しようとする組織だった。

スターリン主義者はこれを弾圧して全員逮捕し、銃殺にした。私は教訓を得た。粛清後のバルセロナから最終列車でかろうじて脱出した。先のことは考えなかった。あなたは考えなくてはならないがね」

「つまり、自分が置かれている状況の意味を理解したければ、短期的な影響でなく長期的な影響を考えなければいけないということですね。二十年先の結果と、それを成し遂げるために何が必要かを」

「あなたには核心を生々しく、確実に見据える能力がある。優れた軍人とお見受けした」

「まだ道なかばです、そこに意味があるならですが」

「見事だ！」と言ったところで、ミスター・ブレアの肺から頭へと痙攣が走り、つかのま言葉が滞った。やがて、彼はこう言った。「あなたの役に立つ格言を一つ教えてあげよう――ある種の連中を相手にするときは一九四四年のことを考えるな、一九八四年のことを考えよ」

46　ノースムーア二〇番地

アウスウェイスはMGを路傍に寄せ、子猫が喉を鳴らすような音を立ててエンジンを切ってから、リーツにこう言った。「まったく扱いにくい連中だよ。次のオックスフォード族に会う覚悟はできているか？　塹壕を経験しているなら多少は謙虚かもしれないが」

リーツはげんなりしながらも、「とにかく試してみよう」と言った。

「ようし！　旅団、前進始め！」

二人が近づいた先は、また堂々たる大邸宅だった。少なくともリーツは、ミネソタ州のイーダイナでもパリでも同じような建物を見たから、即座に大邸宅（マンション）と表現した。切妻壁があり、破風板（はふいた）や煙突がふんだんに使われ、寝室は六つ以上ありそうだが、その一方で、童話に出てくる英国の田園の小別荘の特徴を採り入れているようでもあった。邸を取り巻く広い芝生が他の建物を遠ざけていたから、緑の色合いが濃くなってエメラルドの色調を帯びていた。富裕層や権力層の遊び道具にありがちな単純さは多少子供じみた感じもしたが、一連の窓で表現される対称性が楽譜の音符のような調和を感じさせた。前面には蔓(つる)植物が生い茂り、古い伝統の耐久力を暗に伝えていた。

「その人は作家なんだな？」と、リーツが言った。

「バウラはそう言った。何の作家かはわからない。まだ日曜のくず新聞で名前を見たことはないが」

二人のノックに〝ミス・マープル〟が応じた（リーツはアガサ・クリスティーの小説を一冊も読んだことがなかったが）。上品な物腰と賢そうな目、白髪で、わずかに皺の見える顔。たとえ軍服姿の英雄であろうと、初対面の人物を手放しで褒(ほ)めたたえたりするタイプではない。人間がどれだけずうずうしくなれるかわかるぐらいの人生経験を持っていた。

「こんにちは、マダム」と、アウスウェイスが言った。「突然うかがって申し訳ありません」

「バウラから電話をもらっています」と、彼女は言った。「イーディスです。よかったら、イーディと呼んでください」

「恐れ入ります。でも、謙虚なる寺院巡礼者としては、〝奥様(マーム)〟という呼び方にこだわりたいですね。ぼくらが情報機関の人間で、教授の頭脳をお借りしに来たのはご存じですね。厄介な問題でなければ、お邪魔はいたしません」

「ええ、わかってますよ」と、イーディスは言った。「お茶を淹れましょう。ロニーを呼んできます。彼をこのプロジェクトから引き離すのは難しくて。これまで聞いたことがないような、馬鹿馬鹿しいものなんですが。もし私の母が……いえ、何でもありません、こちらへどうぞ」

彼女は、枕や本が置かれた居心地のいい居間へ二人を案内して座らせ、ロニーを連れてきてからお茶を持ってくるという順番にした。

そのロニーが入ってきた。歩兵らしさはなく、通信兵のように見えたが、どうやらそれが正解らしい。ひょろ長い身体に骨張った顔。服装は予想どおり、コーデュロイのぶかぶかのズボンに、一、二度戦争をくぐってきたかのようなみすぼらしい靴、ネクタイなしの青いシャツ、ぴったりの形容詞が見つからず絶望して何度も指を走らせたせいでくしゃくしゃに乱れた髪。リーツに作家の知り合いはいなかったが、これはどう見ても作家の髪だ。

「やあ、いらっしゃい」と、彼は歌うように言った。「どうぞそのままで、立つ必要はない、ノースムーア二〇番地に儀礼は無用です」

しかし、とりあえず二人は立ち上がった。「ぼくらはソンムの戦いに敬意を表して立つのです」と、リーツが言った。

「あのときの私はちょっと相手の前進を邪魔しただけだよ。英雄的なことはいっさいしていない。私は一匹のノミに命を救われた男なんで、期待は抱かないように」

「ノミですって？」と、アウスウェイスが訊き返した。

「あのちっぽけな虫だよ。それも数百万匹に一匹しかいない特別なやつに嚙まれてね。おかげで重い塹壕熱にかかって、半年入院するはめになった。そのうち戦闘不能と判定された。戦争の残りの期間は、シェフィールドで貨物自動車に木箱を積みこむ人たちの監督をしていた。監督される必要のない人たちを監督していたのさ」

「ソンムにいただけで十分ですよ」と、リーツは言った。「銃剣突撃の指揮をとって機銃掃射を受けるより、そこにいたことのほうがはるかに重要だと思います」

「よくぞ言ってくれた。きみはアメリカ人かね、お若いの？」

「はい」

「しかし、どうやらパリで暮らしたことがあるな。パリ特有の母音がときおり顔をのぞかせているぞ」

「十年いて、そこで教育を受けました。流暢（りゅうちょう）に話せますよ」

「そのおかげで彼は英雄になったんです」と、アウスウェイスが言った。

「いまのは本気になさらずに」と、リーツは言った。「あなたと同じく、ぼくもちょっと相手の邪魔をしただけですから」

教授は笑った。

「とにかく座ってくれ」

イーディが紅茶と、歯が立たないくらい硬そうなビスケットを運んできた。アウスウェイスは角砂糖とクリームをたっぷり使い、リーツは控えめに入れた。

「プロジェクトのお邪魔をして恐縮です」と、アウスウェイスが言った。「よく時間を割いてくださいました」

「プロジェクトなのか、できそこないなのか、どちらとも言えんな」と、教授は言った。「一九三七年に童話を書いたら好評でね。放っておくのはもったいないから、続編を書こうと決めた。だがこんな暗い時代だ、自然と暗い話になる。戦い、裏切り、秘密兵器、極秘任務が満ちあふれているといった感じだ。子供はついてこられず、大人は荒唐無稽と思う。この作品の読者はたった一人しかおらず、他の者は鼻もひっかけない。その一人とは私だよ。私はもう結末を知っているのにな！」

二人は笑い声を上げた。この作家は偏狭でも傲慢でもない。かと言って、無邪気というわけでもない。

「きみたちは謎を抱えている」と、彼は言った。「それを解くのに、文献学や民俗学が役立つと考えている。あの不愉快なバウラがそう言っていた」

「そんなところです」と、アウスウェイスは言った。「私なら……」

「どうか、中尉、説明はアメリカ人にさせてやってくれないか。彼のアクセントを聞いているのはとても楽しい。きみのは毎日のように耳にしてるんでな。私の発音は、バーミンガム訛り＋オックスフォード＋パブリックスクールに軍隊ふうの味付けをしたものだ」

「わかりました」

リーツは米中西部のソーダ水にときおりフランス風のレモンひと搾りを加えた声で、キリスト受難の〝十字架の道〟の一部始終を語り通した。

「ミネソタだね」と、教授は言った。

「はい」と、リーツは答えた。

「私はアクセントを大切にするんだ。オックスフォードのヒギンズ教授を自称している」

二人は笑った。

「しかしこれはバーナード・ショーの小説ではなく、戦争だ。では、本題に移ろう。今回の謎は、チェコの兵士たちが〝襲撃者〟という言葉を面白がったとき、その〝襲撃者〟は誰を差すのかということだ。きみたちは、チェコ人内の別グループのことではないかと考えた。正しく推測するなら、その下位集団は本集団と異なるので〝襲撃者〟はドイツ人ではないことになる」

「われわれもそう考えました」

「チェコ人の記憶には誰が残っているんだろう？　チェコ人は数多くの襲撃者と出会ってきた。ドイツはもちろん、ハンガリー、トルコ、そしてロシアまでがあちこちで土地を奪い取ろうとした。しかし、おそらくそのなかにチェコ人の想像力に根を下ろし、世代を超えて存在し続けてきたものが一つある。チェコ人はどんな民族として描写されているだろう？　端正な顔立ちの民族？　そうだ。私は一九一一年にあの国を歩きまわったことがあるから、外見を教えてもらえば理解が進むかもしれない。人は自分に似ている人間に注目し、あとは忘れる傾向があるからね」

「その米軍兵士は機甲部隊の指揮官に強い印象を受けています。兵隊の記憶は概して当てになりませんが、この兵士はかなり信用できると考えています。彼が言うには、指揮官は大柄で、髪は王冠のようにふさふさしていて、色はおそらくブロンド。一番驚いたのは顎髭があったこと。豊かなブロンドの顎髭が。つまり、ある程度好き勝手な振る舞いができる人物だと思われます。ドイツ人の上官がとがめなかったくらいだから、戦車の扱いには長けていたのでしょう」

「チェコスロヴァキアでブロンドの人間を見つけるのは難しくない。白い肌、青い目、冷徹な気質がそろった人々は国の北部でよく見られる。ある意味、ドイツ人以上にヒトラーの愚にもつかない〝アーリア人幻想〟を具現する人々だ。アーリアは遺伝子集団ではなく言語集団であるのを、あの下劣な小男はわかっていないらしい」

「兵士たちがアーリア語を話していたとは思えませんね」と、アウスウェイスが指摘した。

「そんなものを聞いたことがあるかどうかさえ疑わしい。だが、そうとも、私はきみの質問に答えられるぞ。その機甲部隊の軍曹は、自分の一部を思い出させるものに気がついたのだ。以前、ドイツ領内で奇妙な行動をとる一団を見たことがあって、それがあまりに奇妙だったので彼の配下の小さな部隊では伝説のひとつになっていた」

「よくわからないのですが？」

「わからないのは、この〝襲撃者〟集団が全盛期にどれほどの隆盛を誇ったか、きみたちも、世界も知らないからだ。彼らは〝来て、見て、征服した〟だけではなく、さらに南と東へ進出して、現在チェコスロヴァキアがある地域まで血縁を残した。だから、その軍曹もその一人であり、奇妙な一団は自分の血族であることに気づいたのだ。これでわかったかね？」

「いいえ」

「彼らは南と東へ移動してチェコスロヴァキアへ行っただけでなく、西はアメリカまで到達していたかもしれない。英国にも進出している。きみたち二人には彼らの痕跡が残っている。きみたち、つまり英国人中尉とアメリカ人中尉の二人はブロンドで、筋骨たくましく、勇敢だ。その資質はすべて一つの源に由来する。きみたち二人と機甲部隊の軍曹ときみたちが探している男たち——一人残らず、バイキングなのだ」

47 新しい友人

顔に割れ目のある小柄な男は疲れ知らずが取り柄で、何時間も見張りを続けていた。彼は狡猾(こうかつ)でもあった。二度続けて同じ場所に陣取ることはない。異なる場所をめぐって、自分の仕事が他人の好奇心をかき立てる機会を減らしていた。あるときはグローヴナー七〇番地、あるときは男のホテル、あるときは女のホテル。服装と帽子も変えた。あるときはレインコート、あるときはツイードのバルマカーン・コート、あるときは防水服。あるときは山高帽をかぶり、あるときはフェドーラ帽、あるときはダービーハット。傘は持ってきたり、持ってこなかったり。それでも、顔には必ずスカーフ(格子柄、黒、ときおり緑、ときおり淡い黄色)を巻いて、ひと目見たら忘れられない顔の割れ目を隠し、小型拳銃も常に携行した。確率的には、いずれ通りに人影のないときにアメリカ軍の中尉が姿を現し、契約が遂行されるときが来るだろう。

だが、今夜はいつもと違っていた。例の若い美女は確かに現れたが、一緒にいたのはアーサー王の円卓の騎士ランスロットではなく別の女性で、しかもその女性は軍服を着ていた。背が高く、ほっそりとした身体つきで、軍服から見てアメリカ人だろうが、顔は異国風だ。いったい誰なのだろう、アメリカ政府のどんな部署に所属しているだろうと首をひねったが、自分には関係のないことだと思い直した。知ったところで、最終的な目的に役立つわけではない。

それでも思案した。考えずにはいられなかった。ミス・フェンウィックはいま、彼の暮らしの大半を占めていた。二人は職場の同僚なのだろうか。初めて見る女性は特別な指導の必要な新入りなのかもしれない。故郷の幼なじみなのかもしれない。だが、顔の造りから見てその可能性は低い。たがいの身体の位置に注目してみたが、愛情の表れは見つからず、よくある同僚同士の距離でしかなかった。話し合っているテーマに集中しており、そのテーマもかなり専門的だった。

二人は、酔っぱらいや性的な欲望を募らせている兵士が来そうもない場所を見つけて、暗い隅で改めて二人だけの会話を始めた。男はリーツ中尉が合流するかもしれないと考え、通りの反対側で待機した。だが、今夜は来なかった。まもなく二人は歩きだし、ホテルへ向かった。新顔のほうが主導権を握っているように見えるのが、ミスター・レイヴンには解せなかった。背の高さや、十対一くらいの割合で新顔のほうがしゃべっていたことだけではない。彼女のほうが上位に立ち、コントロールしている雰囲気があった。性的な関係だろうか？　そうは思えない。実際に見たことはないが、その手の話なら聞いたことはある。だが、二人が接する姿からはそうした関係をほのめかす情報は伝わってこなかった。家庭教師が受け持ちの子供を、学校教師が生徒を指導しているような感じだ。どこかおかしい。

二人はホテルへ姿を消した。ミスター・レイヴンは腕時計を確かめた。英国の戦時夏時間で午後十時三十分。勤勉な彼は二本の路地と一本の近道を使ってアメリカ人男性たちが宿泊するホテルへ急ぎ、ふたたび慎重に監視の位置を定め、足がしびれないよう数分ごとに体重を移した。チクタク、チクタク。時間や快適さや状況を考えずにすめば、もっと進みが速く感じられるのだが。

ミスター・レイヴンは何を考えていたのだろう？　最近成功した仕事のことか？　この不思議なゲームに巻きこまれたいきさつか？　人生で三度経験したセックスはすべて娼婦が相手で、二人は女、一人は男だったことか？　子供のころ飼っていた犬のことか？　彼の顔を嫌って父親が出ていったことか？　母親の陥った絶望か？　貧しさや、普通の人間のなかには紛れこめない顔がもたらす疎外感のことか？　どれでもない。一九二三年に、近所に住むミスター・ガーランドにブライトン・ピアへ連れて行ってもらったことだ。ロイヤル・パビリオンの巨大なたまねぎ型ドームや、青い海原へ誇らしげに突き出たウェスト・ピア、大勢の海水浴客、オープンエアのカフェを、そのとき初めて見た。ミスター・ガーランドはレモネードを買ってくれた。ミスター・ガーランドは、鼻柱から唇まで走る赤紫色の裂け目や、むき出しになった歯、そこから垂れるよだれ、そのせいでうまくしゃべれないことに気づいていないように見えた、この世でただ一人の男――いや、女性も子供も含めて、ただ一人の人間だった。ミスター・ガーランドの目には、彼も世間によくいる少年の一人に映っているかのようだった。あの当時では、驚くべきことだった。その夏の終わりに――本物の友人ができた最高の夏の終わりに、ミスター・ガーランドが首を吊ったという話を耳にした。近所の女性たちの話では、ミスター・ガーランドは第一次世界大戦で顔に負傷した男たちのいる病棟に勤めていたという。鋼鉄が肉体にもたらした残酷な仕打ちに慣れていたので、顔の醜さをまったく気にしていなかったのだ。少年がとても寂しそうだったから――世界にもう一つ小さな喜びを生み出すのはさほど難しいことではなかったから、彼はその子供を連れ出した。だが悲しいことに、ミスター・ガーランドはその子の取り憑かれたような目や崩れた相貌が生み出す重い憂鬱に耐えられなくなった。言うまでもなく、彼の死とともにブライトンへの遠出はなくなった。でも、ミスター・ガーランドとその同類には喝采を捧げるべきでは……

そのとき、米軍中尉が小さな車から降りてくるのが見えた。このあたりでたまに見かける、箱形のスポーツタイプの車だ。運転席に屋根がなく、スポーク付きのホイールを履いている。ハンドルを握っているのはもう一人の中尉、英国人のほうだ。この二人は友人だ。二人は最後に一度笑い声を上げてから別れた。アメリカ人のほうが声が大きかった。彼はくるりと背中を向けると、いままで見たことがないほど軽い足どりでなかへ入っていった。

今夜は、殺しの機会はなさそうだ。

48 SHAEF

　翌朝、セバスチャンは二人の士官をブッシー・パークへ送った。爆弾が落ちてときおり閉鎖される通りを急いで走り抜け、テムズ川を横断してランベス地区を抜け、テディントンを経由して目的地へ続く南西地区の直線道路を進んだ。かつて千百エーカーの美しい緑地だったブッシー・パークはいまは戦争に利用されており、鉄条網の向こうには短い滑走路まであり、重武装の憲兵大隊一個が常駐している。

　もっともランベス地区を抜けると、セバスチャンの運転ぶりだけでなく交通の状況にもドラマチックな要素がなくなり、前方の道路と土地が少し開けてきた。その機会を逃さず、リーツが質問した。

「少佐」と、彼は言った。「全部聞きました、その、タイン少佐の処分について……」

「リーツ、きみがそうしたいなら、彼のところへ立ち寄ることもできるぞ。ブッシー・パークの営倉にいるはずだから」

「いや、そのご心配はなく。だけど教えてもらえませんか、どうやって……」

「ああ、そのことか。そうだ、あの男はおれたちから遠ざけておく必要があった」

「何かいきさつがあるんでしょうね？」

「たいした話ではない。タインがハーレムで黒人の頭をたたくのに精を出していた一九三五年、おれはホンジュラスで銃撃戦の最中に、燃えている小屋からたまたま新任の少尉を引っ張り出してやった。そいつは生きていることを大いに喜んだ」

「でしょうね」

「だが、そいつはその出来事から、バナナの大会社のために海兵隊の歩兵偵察隊を指揮してジャングルでゲリラと戦うのは自分には似合わないのを学びとった。そこで退役して法科大学院へ行き、のちにマンハッタンの地区検察局に入った。そしてトム・デューイの下で辣腕を振るった。彼とは何年も連絡を取り続けていた。なぜかそいつはおれを英雄視していた」

「それは不思議ですね」

「まあ、いい。それで、いまおれはロンドンに一時赴任中なんだが、ニューヨーク市警の元警官のせいでひどい目にあっている、とそいつに電報を打った。すると、まかせておけ、問題ない、ニューヨークの警官のファイルを調べれば必ず何か出てくるから、とそいつは言った。そして、思っていたより早くやってくれた。それだけのことだ」

「すごい」と、リーツは感嘆の声をあげた。

「おれは人にガキ扱いされたくない。タインと子分の議員は自分たちがボス（コック・オブ・ザ・ウォーク）だと思ってたんだろうが、おれのモノ（コック）のほうがもっと太かったのが……まあ、言わずともわかるだろう」

「とても素敵なお話ですね」と、運転席からセバスチャンが言った。

「道路から目を離すな、セバスチャン」と、少佐は言った。

サンディ・レーンのゲートでたっぷり時間をかけて行われた厳重な身元確認をすませて入ったブッシー・パークのＳＨＡＥＦ本部は、貧乏な映画製作者がつくった西部の町のセットのようだった。泥にまみれ、にわか造りで、貧弱で、みすぼらしかった。いまは働いている人間も少し減っていた。進攻した大陸に新たなＳＨＡＥＦが設立され、すでに多くの人がそっちへ移っていたからだ。そのためにこの西部劇の町（オールド・ウエスト）にはゴーストタウンのような雰囲気が漂っていた。差し掛け小屋こそなかったが、軽量コンクリートブロックと屋根板だけの小屋、かまぼこ形のアルミ製兵舎、全体が木造らしい大きな集合住宅があった。ジーン・オートリー（〝歌うカウボーイ〟の愛称のあるアメリカの俳優・歌手）の姿はなく、柱につながれた馬もいなかったが、乗り捨てられたままのジープ数台が、泥とわずかに残った草を静かに食（は）んでいた。たまに姿が見える住民のほとんどは事務職の若い男だ。

セバスチャンは窓が六枚のA棟やC棟ではなく、窓が八枚のB棟を見つけて、乗せてきた二人を降ろした。

「セバスチャン、きみはここで待て」と、少佐が言った。「万一、急いで逃げ出す必要があるときのために」

「エンジンをかけておきますか？」

「いい考えだ」

二人は受付の技術兵のところへ歩み寄った。技術兵がすぐに本部所属の少尉に連絡すると、担当者がそろうまでしばらく待てということだった。もちろん〝急げ、そして待て〟という意味だ。技術兵は二人を食堂へ案内し、コーヒーを持ってくると、あちこちのテーブルで陰謀家たちが頭を寄せ合っているなかに二人を置き去りにした。

それほど待たされなかった。お代わりのコーヒーを飲み終わった頃に、さっきの技術兵がどうやっても他の部屋と見分けのつかない一室に二人を案内した。会議用のテーブルが一つ置かれ、椅子が雑然と並んでいる、アスピリンぐらいありふれた部屋だ。ここでノルマンディー上陸作戦が計画されたのだろうか？

まあ、たぶん違うだろう。それでも、何かの計画が練られたのは間違いないし、以前と同じくマクベイン大佐と准将（じゅんしょう）が二人に合流した。

「諸君」

「准将」ＯＳＳの将校はそれぞれ敬礼しようとしたが、手を振って制された。

「彼はすでに着陸している」と、大佐が言った。「何分かしたら着くだろう。自分でジープを運転して。信じられないかもしれないが、ちゃんと道を知っているんだ」

「大佐」と、スワガー少佐が言った。「お訊きしても……」

「いや、質問はなしだ」と、大佐は言った。「それだけでなく、このブリーフィングに出席したことは、その内容はもちろん、ブルース大佐を含めて誰にも報告してはならない。出席者以外には、起きなかったことなのだ」

「きみたちは夢にも思わなかっただろう」と准将が言った瞬間、ドアが開き、細身ながら堅牢（けんろう）そうな身体つきで、頭の禿げ上がった将官が、彼が考案してその名が付けられたジャケットを着て部屋に入ってきた。ネクタイとシャツは、普通なら茶色と呼ばれるであろうオリーブ色で、胸を飾る勲章の数は控えめだが、肩章の四つの星印はそれぞれ一トンの重みを感じさせた。髭はきれいに剃ってあるが、この十年、笑みを浮かべたことがなさそうに見えた。油断ない顔つきだが、疲れているのは明らかで、悲しみすらうかがえた。毎日、いたるところで繰り返し起こる死を悼（いた）んでいるのだろう。それでも、〝このいまわしい状況を終わらせる〟という職務に対する意欲は旺盛（おうせい）で、衰えていない。

このときも、スワガーとリーツは立ち上がろうとして、手のひと振りで制された。

「どうか、諸君」新しくやって来た男は、テキサス州アビリーンを舞台にしたリパブリック・ピクチャーズ製作のB級西部劇から抜け出してきたような、中西部人特有の平板な感情表現で言った。「堅苦しい儀礼はなしでいこう。座って報告をしたまえ。そのためにここへ来たのだから。私は耳を傾ける。少し質問するかもしれないが。タバコをすいたければすってよろしい。私もすう」

彼らは着席した。SHAEFと第一軍の面々が前に居並び、アビリーンから来た元帥（げんすい）は何席か後ろに腰を下ろした。デスマスクのような顔はともかく、身体の動きは運動選手を思わせた。目は空のように青いが、あの有名な笑みを浮かべる気配はない。さっとキャメルの箱を取り出して一本抜き、それが長い長い一日の唯一の楽しみであるかのように味わった。

「少佐？」と、マクベイン大佐が言った。「きみに花を持たせよう」

スワガーが立ち上がった。

「みなさん、われわれはノルマンディーの田園地帯（ボカージュ）の暗闇でアメリカの偵察隊指揮官を殺すように命じられたSS特殊部隊の手段と武器を特定できます」と、彼は言った。「ただちに戦術上の提案をさせていただきますが、同時にボカージュにおける反撃の指揮をとる許可を要請したいと考えます。言うまでもなく、リーツ中尉も同行を望んでおります」

リーツには初耳だったが、同行を望んでいるのは確かだった。もちろん、少佐からは何も教えられていない。〝きみが知る必要のあることは、知る必要があるときに教えてやる〟とばかりに。ようやくそのときが来たらしい。

「まず知っていただきたいのは、私の戦闘機パイロット説は忘れていただいてかまわないことです。第八空軍のP・47(ジャグ)のエースパイロットたちに話を訊くためにリーツを送りましたが、彼らは即座にその説を否定しました。ですが、そのおかげで別の方向性を追求できるようになり、問題の兵士たちはナチ武装親衛隊、正確に言えばダス・ライヒの人間であるという結論に達しました。さらに、彼らにはシュトゥルムグルッペ・タウゼント、すなわち〝タウゼント突撃グループ〟なるコードネームがあることもわかりました。彼らはパイロットでないばかりか——さらに重要なことに——ドイツ人でもないし、スナイパーでもないのです」

49 脱出

すべてに計画と準備が必要だ。タウゼント突撃グループが即興で動くことはない。即興は素人のためのものだ。タウゼント親衛隊少佐の計画に従うことが満場一致で決議された翌朝、本格的な作業が始まった。

少佐が送り出したのはマティアスとブレントというあだ名を持つ双子で、タウゼント突撃グループの最年少メンバーだった。ブロンドの髪で、顔はそっくり、どこから見ても魅力的なこの二人は〝ブリックス〟――少佐の本名に由来する母国語での愛称――の顧客であり友人である人物の息子で、長男でなく次男と三男である二人は、父親の成功と肩を並べ、さらにそれを超えることを望んでいた。そうなれば、父親も目を向けてくれるかもしれない。わずらわされたくないとばかり、大金を持たせて遠ざけるようなことはやめるにちがいない。多くの次男・三男がそうであるように、二人は真面目で、仕事もできた。

その夜、双子は南西の方角へ向かった。優れた暗視能力を活かし、他の者なら立ち往生しそうな地形や湿地帯を進んだ。それぞれ重い荷物を背負い、狙撃銃の代わりに七・九二ミリ小口径のバナナ型弾倉付きの新型アサルトライフルＳｔＧ44を携行した。長射程での精度と、近距離での火力との理想的妥協点を提供してくれる銃だ。まだ若い二人は、この銃のＳＦ調の見かけも気に入った。一九三四年から二人の町でラジオでも聴けるようになったコミック・ヒーロー、バック・ロジャースの連続ドラマから飛び出してきたかのようだった。もっとも二人は、米軍ともドイツ軍とも接触せずに仕事がすむことを願っていた。

仕事は二つあった。一つはルートを偵察し、任務実行の際に軽装ですばやく行動できるように準備しておくこと。もう一つは、米軍の攻撃の主軸から外れた目的地に食料を隠すこと。次の局面が始まるまで、二人はそこで無傷のまま、敵に気づかれずに休息を取れる。

双子は前線とおおよそ平行に、フランス南東部を斜めに横断した。偵察隊が通過した際に三度姿を隠したが、偵察隊は全部ドイツ軍だった。米軍はまだ夜間偵察に出ていない。そのほうがずっと好都合だ。いくつかの沼沢地は厄介で、足どりをゆるめざるを得なかったが、少なくとも追跡されることはなかった。どちらの軍隊にもそれだけの技術を備えた追跡者がいなかったからだ。

一日目の夜だけで、ノルマンディー半島を三分の一ほど横断した。農家の使われていない納屋でぐっすり眠れたのは、アメリカ軍がほんの四、五キロ先にいるとはいえ、そこまでのあいだには重武装の装甲教導師団(パンツァー・レーア)が配置されていたからだ。今夜は、米軍が二人のもとを訪れる可能性はまったくない。Ⅳ号戦車とティーガー戦車が立ちふさがっていたし、消耗しているとはいえ装甲教導師団を突破するには連隊規模以上の勢力で攻撃する必要があるからだ。

だが、その先で待っているものにはさほど心惹かれなかった。レセという海岸沿いの村までの三十キロ強の土地は、第二SS装甲師団ダス・ライヒが支配している。自分たちも名目上は親衛隊だが、武装親衛隊の前線部隊が屈強かつ獰猛(どうもう)で、決断力と理想主義を兼ね備え、ロシア戦線を経験した古強者(ふるつわもの)である可能性が高いのはわかっていた。しかも彼らはDデイ後に田園地帯(ボカージュ)へ進攻した際、レジスタンス運動に対する罰としてブルターニュのオラドゥール＝シュル＝グラーヌ村を全滅させた虐殺者だった。さらにチュールという村では、特殊部隊に橋を爆破された報復として百十人の村人を処刑している。当然、彼らは〝服従〟が絶対であり、〝死〟はただの言葉で、特に深い意味はないと考えている。物資を海岸へ運んでいる二人を見たら、短絡的に脱走兵と判断するかもしれない。木でも電柱でも――たとえ橋でも――そういった犯罪者に正義の鉄槌(てっつい)を下す道具には事欠かない。襟章に〝重ね稲妻〟のルーン文字が描かれていようがいまいが何ら関係なかった。米軍に接近するよりドイツ軍のほうが怖いとは皮肉な話だが、皮肉の面白さを学んでこなかった双子には面白くも何ともなかった。

二人は暗闇での活動能力を駆使して第二SS装甲師団の内懐に侵入し、うまく通り抜けたが、緊張の瞬間がなかったわけではない。意外なところで偵察隊と遭遇し、繁みに仰向(あおむ)けで横たわり、部隊がすぐそばを通り過ぎるのを待ったこともあった。

だがレセに着くと、そこは絵のように美しく、海辺というより、むしろイギリス海峡へ流れこむ入り江に面した土地だった。彼らを探しているわけではない人々の目から荷物を隠せる納屋を見つけるのは難しくなかった。これで、〝空を飛ぶ夜〟が来たとき、タウゼント突撃グループは帰路に就くための十分な栄養を手に入れられる。

二人は行きのルートをそのまま戻った。行きと同様、危険な旅だったが、そうした難題への挑戦には意欲的だった。米軍にはまだ偵察に出る勇気がないはずと信じて、昼間のうちに最後の二キロ弱を走りきり、午後四時ごろに狩猟小屋(ヤクツガ)へ帰り着いた。なんとか夕方の食事に遅れずにすんだ。タウゼント少佐の発表にもちょうど間に合った。

「絶妙のタイミングだ」と、タウゼント親衛隊少佐(ボカージュ)は言った。「いま、連絡が来た。今夜、アメリカ軍が大挙して偵察活動を行う。田園地帯へ〝第Ⅶ軍団〟と称する部隊から十個のグループを送り出すらしい。大規模な攻撃に打って出るために、最新情報が必要だからだ。彼らを待っているのは情報ではなく、弾丸だ。われわれは今夜、仕事の仕上げをする。そして、明日故国に帰還する」

50 理論

「これがスナイパーのやり方です」と、スワガーが説明した。「射界を見渡せる隠れ場所を見つける。目印になるものをすべて測距する。時間があれば目標地点まで歩いて歩数をかぞえ、メモを取る。時間がなければ自分の判断に頼る。その判断はほぼ間違いない。戦争に関わらなくても、その人物はスナイパーになることを夢見てきた。そういう人間です。

彼は標的が来るのを待つ。誰でもいいわけではない。スコープで標的候補を観察する。まず将校、次に下士官、三番目が機関銃手、四番目が他の種類の銃手、最後が歩兵。標的を選んだら、腰を据えて心を落ち着かせ、位置を定め、撃ち、その後のフォローをする。一人仕留めれば、残りの敵はちりぢりになる。今度は待つ。倒れた男に駆け寄るヒーローがいるはずだ。その一人を仕留める。その結果、敵は恐怖心を募らせ、攻撃性を失い、士気が低下し、強迫観念が高まる。誰もが狙われている、と。

スナイパーは撤収する。一日の仕事を終えて。敵はわれわれに対して、われわれも敵に対して同じことをする。彼らはロシアに対して、ロシアも彼らに対して同じことをした。ジャップも海兵隊も同じダンスを踊る。それが歩兵戦なのです」

スワガーはそこでいったん言葉を切り、もう一本タバコに火をつけた。言いたいことは伝わっていると思った。細かいことを盛りこみすぎたかもしれない。だが、これは物語で、色や詳細を加えることで現実味を増す。彼らはもっと知りたそうだ。

「タウゼント突撃グループはそういうことをいっさいしません。隠れる場所も、距離の情報も、あらかじめ決められた脱出経路もない。すべては流動的で、偵察隊の行き先次第。スナイパーは行き先を知ることができない。しかし、知らないからといってやめるわけにはいかない。これはゲームであり、スポーツだ。だからこそ、スナイパーはそこにいる。それを愛してやまないからだ。

その代わりに、スナイパーはわれわれの戦線の近くに寝泊まりして、偵察の際にわれわれが横切りそうな無人地帯を把握する。その予想はたいてい正しい。われわれには同じやり方で物事を行う傾向があるからだ。偵察隊がそばを通り過ぎるとき、彼は地面に伏せる。いったんやり過ごしてからあとを追う。並外れた視力のおかげで、暗闇でもしっかり見える。それに、われわれは音を立てたり、痕跡を残したりする。ヘルメットをかぶり、シャベルや銃剣を携行するから、それがガチャガチャと音を立てる。糞や小便をして、臭いを残す。タバコをすって吸い殻や箱を捨て、チョコレートバーや非常食のミートローフを食べて残骸を捨てる。高速道路と同じくらい広い軌跡を残してくる。スナイパーは決して前へ出ず、私たちの後ろにいる。そのやり方は、忍び寄り(ストーキング)と呼ばれている。

彼の野戦技術はきわめて優れている。完全な静寂のなかでどう移動すればいいかを知っている。自分のほうに目が向けられると思えば、ある地点でぴたりと動きを止め、何時間もそこに居続けられる。繁みでも音を立てず、咳やくしゃみもせず、決して転ばない。運命のいたずらで足をすべらせたり、棘が刺さったりしても、決して悪態をつかない。奥深いところに封印され、そこにはいないも同然だ。

その日の夜明けがいつ来るか、秒単位で知っている。高精度の腕時計をはめ、その瞬間が来たらわかるようにネジを巻き、正確な時間に合わせてある。二、三分あれば、目とスコープを使って誰にも見えないものが見えてくる。すでに指揮官を見つけ出せる程度に接近しているかもしれない。どんな先触れや兆しがあるかを理解している。指揮官は兵士を休ませるときに前に立ち、移動中は二番目に位置する。武器はトンプソンかカービン銃で、M1ガーランドは使わない。ホルスターに四五口径を入れてあり、M41フィールドジャケットではなく戦車兵用ジャケットを着ることもある。ヘルメットに線章を付けている場合もある。

スナイパーは射撃を行う。必ず後頭部を狙うのは、自分の使う高速弾が貫通して弾りになるまで、じっと動かない。動かないことも行動の一部なのだ。われわれに見つからないよう、薬莢は排出しない。銃撃戦には加わらない。〝忍び寄り〟を再開することはない。誰とも遭遇しないよう、じっと身を潜めている。こちらの兵が逃げるか、殺されるか、捕虜になるか、結果を確認してから撤退する。自分の痕跡を注意深く消し、靴跡がついていないか、繁みが乱れていないかを念入りに確認する。追跡されるのを望んではいないが、追われても追跡者の心理は熟知している。何か質問は？」

「きみは……スナイパーではないと言っている。ということは、狩人(ハンター)なんだな。私にも、その違いはわかる」と、元帥が言った。

「おっしゃるとおりです。だが、どんなハンターなのだろう？　われわれの暮らす世界にはハンターが満ちている。おれもそうだし、リーツもそうだ。われわれ全員、それぞれが異なる方法、異なる条件、異なる季節、異なる土地で、異なる獲物を狩っている」

スワガーはそこでまた間を置き、いまの言葉が濃い煙のように空気に漂うにまかせた。

「このゲームのことを少し考えてみましょう。騒々しく、愚かな大男たちはあちこちに痕跡を残す。繁みを突き破る。それでも、危険な存在であることに変わりはない。

一瞬で、大きな火力を解き放てる。それを倒すためには、彼の——指揮官の頭を撃ち抜くしかない。一九四四年にノルマンディーにいる米軍の歩兵偵察隊はそういう存在なのです。大きな象なのです」

つかのま、あたりが静寂に包まれた。

元帥が四本目のタバコに火をつけた。

二人の士官はまばたきして唾を飲み、無言のままだ。

リーツまでが圧倒され、驚きの表情を浮かべた。

「マクベイン、いまの話を予想していたか?」と、元帥は尋ねた。

「いいえ、まったく」

「続けてくれ、スワガー少佐」

「象ハンターも」と、スワガーは言った。「同じ戦術、同じリスク、同じ必要、同じスリルを共有します。仕留め方まで同じだ。何十年か前、スコットランドの大型動物ハンターが独自の方法を開発した。象の生体構造を研究した彼は、後頭部から頭蓋骨の薄い部分を通り、脳にいたる経路があって、そこへまっすぐ高速弾を撃ちこめば脳を貫通して即死させられるのを発見した。キノック五七七口径ナイトロ・エクスプレスを使う重量八キロの二銃身を持って行く必要はない。二七五口径リグビーという小型の軽いライフル銃で、必要なら追跡用の弾倉を一個携行すれば事足りる。これはキヤンプ用の肉や象牙を売るために狩りをしている人々が発見して利用していたことで、アメリカの大富豪を相手に儲けているサファリの案内人の発見ではない」

「象ハンターか」と、将軍は言った。「確かにわれわれの部隊は象とも言える。少佐、きみはその象ハンターを特定できるのだな?」

「ええ」と答えて、スワガーはリーツのほうを向いた。

「弾を」と、彼は言った。

リーツがブリーフケースを開け、セロファンでくるんだ、ねじれた銅と鉛を取り出して手渡した。士官たちがそれを順に回していく。

それが自分のところへ戻ってきたところで、スワガーが掲げてみせた。

「これの回収のためにどれだけの冒険と費用がかかったかを語ってみなさんをわずらわせるのはやめておきます。ですが、これが一九四四年六月十九日の夜、ノルマンディーの第九師団の防衛区域でサミュエル・マルフォ軍曹を殺害した弾です。弾は軍曹の頭を貫通して即死させたが、めずらしく下へ逸れて地面に落ち、雨で雨裂の水たまりへ移動し、数週間後に表に出てきた。

われわれはそれをスコットランドヤードの科学捜査研究所へ持ちこんだ。金属とその比率を分析した結果、最近の作戦でよく使われる三つの種類――英国の三〇三口径、わが軍の三〇口径ガバメント、ドイツの八ミリ・モーゼル弾のどれでもないと判明した。鉛成分がその三つよりずっと純粋で、高品質だった。ご覧のようにこれはズタズタに裂けているので、測径器（キャリパー）で口径を測れなかった。そこで、残っている部分の成分割合から全体の重さを推測するように要求した。その結果、百四十グレイン（約九グラム）という答えが出た。やはり、英米独の軍用弾よりかなり軽かった。

標準よりずっと軽い百四十グレイン弾を使っているのはどこの国か？　イタリア軍か？　しかし、彼らの軍用ライフルはがらくたに近く、これほどの精度は期待できない。だとすれば、答えは一つしか考えられない。一八九四年という大昔に、ある国の陸軍が独自の方法を追求し、6・5×55ミリ弾を制式のカートリッジに採用した。弾道の安定のために全長は長く造られているが、軽量だし、高速で発射できるので、優れた命中精度と貫通力を持っている。反動も中から軽程度で、練習で何週間か撃ち続けても、射撃手の肉体にダメージを与えたり、気力をくじいたりすることはない。ちなみに、これは狩猟用カートリッジとして広く利用されているが、狩猟用は軍用弾のような純銅製の薬莢ではなく、弾の先端は鉛が使われている。さて、それでは彼らは何者なのか？」

スワガーはもう一度間を置いて、聞いている者たちをじらした。

「情報を照合確認してみましょう。この地域にいたチェコスロヴァキアの戦車兵が、戦闘地域に〝ネツニッキ〟――ひどい発音で失礼――がいるのを冗談にしたことがわかった。〝襲撃者〟という意味の単語です。チェコ人が襲撃者と呼ぶ相手は誰だろうか？ チェコの歴史をさかのぼって答えを探し、同時にチェコスロヴァキアやここ英国やアメリカの北中西部になぜブロンドの髪の人が多いのかを考えてみてほしい。リーツ中尉がその好例だ。カートリッジの問題も答えは同じ――バイキングなのです。すなわちスウェーデン軍です。百四十グレイン弾、フルメタルジャケット・タイプの6・5×55ミリ・カートリッジはスウェーデン軍が一八九四年から採用しているライフル用の実包で、世界で最もよくできた軍用ボルト・ライフルとも言えるスウェーデン製モーゼルに使われる。このスナイパーたちは、L九六モデルを調整・改良したスウェーデンの一九四一年モデル狙撃小銃（スナイパー・ライフル）に、ドイツのアヤック製四倍率スコープを装着して使っている。どんな報告を見ても、このライフルは世界で最も優れた狙撃銃であり、われわれがこの戦争で使っているものよりはるかに優れている。

すべてを総合的に考えると、田園地帯（ボカージュ）で米軍と戦い、その人数からは考えられない大きな損害を与えているのが、スウェーデンのプロの象ハンターからなる小さな集団であるのは間違いない。きわめて有能な男たちです」

「少佐、背後で糸を引いている人物について、何か思い当たることは？」

「あります。軍の便宜上〝タウゼント〟と名乗る男が率いているものと思われます。先日、リーツがオックスフォードでバイキングのことを調べているあいだ、おれは別の用と並行して、こちらが依頼して英国軍に送ってもらった不可解な暗号文を山ほど調べ、彼らが特に重視していなかった船荷証券と輸送先を探しました。探していたのは、ダス・ライヒの補給大隊へ送られた精密腕時計のものです。そして一九四四年二月の書類から、ドイツ空軍パイロット（ルフトヴァッフェ・フリーガー）用のクロノグラフ・モデル一九四一を十五個を見つけた。英国人は〝タウゼント突撃グループ〟と付記された宛先（あてさき）を見てもなんとも思わなかった。その名前を聞いたことがなかったからだ。それ以前も、それ以降も。ドイツ軍はイタリアのグラン・サッソにおけるムッソリーニ救出作戦時の〝スコルツェニー・グループ〟のように、特別部隊には指揮官の名前を付ける。なので、この男の名前がタウゼントであると考えるのが妥当だろう。タウゼントは千という意味だ。どういう意味か？　彼はこの〝千〟を誇りにしている。彼にとっての最高の業績だ。この男は、千頭以上の象を屠（ほふ）った、世界でも有数のハンターなのです」

51　支局長

「ミリー、ちょっと来てくれないか」と、ブルース大佐が言った。

彼女はもちろんすぐに立ち上がり、ルーズヴェルト大統領の最側近で大佐の親友でもあるハリー・ホプキンズへの私信を書きかけのままにして、ドアを閉めた。

彼女はいつも愛らしいが、今日ほど愛らしい彼女は見たことがなかった。フロベールは〝ときに美はナイフのように襲いかかる〟と言ったが、この日がまさにそうだった。喉を切り裂かれそうな美しさだ。

ミリーは大佐のデスクまで行って、腰を下ろした。言うまでもなく、この年上の男はどうしようもないくらい彼女に心惹かれていたが、その思いは外交官ならではの慎重で控えめな性格によってそっと秘されていた。大佐はミリーを見て笑みを浮かべ、

「私は、その、きみの私生活について尋ねたことはなかったし、これからも尋ねることはないだろう」と言った。

「はい、大佐。感謝しています。特に面白くもないし、目立ったところがあるわけで

もありませんが……」

「しかし多くの情報源から、きみがリーツ中尉と付き合っていることは知っている」

「ジムは親しい友人です」

「立派な将校だし、立派な青年だ。戦争が終わったら、医学部か……すばらしい。そこが大事で、私がきみの父親だったら、きっときみを励ますだろうな」

「ありがとうございます」

「そしてもちろん、フランク・タインがでっち上げたざれ言など、私は何ひとつ信用していないことを知っておいてほしい。あの男を遠ざけることができて、喜んでいる。きっときみも同意してくれるだろう」

「はい、大佐。彼はストッキングと引き換えにデートに誘い、大勢の若い女性を悩ませました。彼を恋しいと思う人はいないでしょう」

「しかし、私はある懸念を抱いていて、口にするのはためらわれるが、ここで一つはっきりさせなければならないことがある。繰り返すが、私生活をほじくったりする気は微塵もない」

「はい」

「スワガー少佐のことが気になっている。私には、最近の彼はわれわれのチームを離れてしまったように思われてならない。完全に第一軍の参謀第二部（G・2）へ移った感じだ。最新の概況説明をこのグローヴナー七〇番地でなくブッシー・パークで行うよう主張したのには、とても不思議な気がした」

「そうですね」

「正直言うと、自分が概況説明の出席者リストに載らなかったことに少し気分を害している。彼はいずれ報告書を提出するだろうが、それが面白くも何ともない内容になるのは間違いない。除け者にされた気分だよ。そこできみに簡単な質問だ。何が起こっているのだろう？　スワガー少佐のＯＳＳへの配属には何か問題があると、リーツ中尉がほのめかしたことはないかね？」

彼女は一つ大きく息を吸った。

「実際に耳にしたわけではなく、観察した結果なのですが、リーツ中尉は少佐をとても高く評価しています。それに、自分たちの調査が的を射て、格段に進捗していると考えています。ただ同時に、スワガー少佐が情報漏れに対してきわめて厳しい姿勢でいるのは感じています。少佐が何を考えているのか、何を計画しているのか、どんな予定を立てているのかを、ジムは知りません。少佐は全部頭のなかにしまいこみ、調査の進め方も自分一人で決めています。スワガー少佐がブッシー・パークで将軍たちにどんな話をするにしろ、ジムには初耳であるのは間違いないと思います」

「なるほど」と、大佐は言った。彼は心配そうだった。遠すぎて識別できない水平線上の船を見つめているような目をしていた。やがて、彼はミリーに目を向けた。

「どうも彼は、局を信頼していないようだな。この局を。私たちのなかにスパイがいると考えているんだ。そんなことがあるだろうか?」

「ナチの手先が?」と、彼女は言った。

「他の誰が私たちをスパイするというんだね?」

52 キング・ストリート九番地ビル

二人が車に乗りこむと、セバスチャンはフォードのギアを入れ、グローヴナー七〇番地に戻るべく、ゆっくり車道の出口に向かった。リーツは押し黙っていた。いましがたドアノブを飲みこんだばかりのような顔つきだった。

「セバスチャン、まだ帰らないぞ」と、少佐が言った。

セバスチャンは車を停めた。

沈黙が蒸気のように車内を漂った。

しばらくして、スワガーが口を開いた。「わかっている、リーツ。おれが彼らに話したことが全部初耳だったから、きみは腹を立てているんだな。腕時計のことも、スウェーデン軍のことも、M42・6・5口径スナイパー・ライフルのことも、象のこともきみは知らなかった。不満であるのはもっともだ」

「いつも一日遅れ、一歩遅れでは、自分に与えられた役割を十分に果たせないというだけのことです。象の脳を撃ち抜く話ならぼくにもできましたよ。十年前、十四歳のときに父とサファリに行って、そのたぐいの話をたくさん聞きました。あの撃ち方は、それを完成させたスコットランドのハンターの名前にちなんで、ベル・ショットと呼ばれている。その男も象を千頭殺している。カラモジョ・ベル。本名はウォルター・ベル」

「そうだな、聞いていれば役に立っただろう」と、スワガーは言った。「ああいう連中は、そういった細かい部分に興味をかき立てられるからな」

「セバスチャンのほうがぼくより詳しいんですね」と、リーツは続けた。「彼があなたの代理として、ぼくのすべきことをこっそりしていたのは知っています」

「リーツ、おれは一九三一年から戦時の軍隊にいた。軍隊がどんなふうに動くかを知っているし、愚行や政治や馬鹿げた行為から身を守るすべもわかっている。すべてを頭に収めて、報告書や予定表や外部の目にそれをさらさないようにしなければならない。可能なかぎり、自分の手の届く範囲の資源を活用する。ここだけの話だが、グローヴナー七〇番地はざるも同然だ。ボスは実にチャーミングだが、道化師のように無能だ。彼はみんなの幸せだけを望んでいる。作戦や戦争を台無しにする方法が一つあるとしたら、それはみんなを幸せにし続けることだ。わかるか?」

「はい」

「よし、では次だ。前に二日で計画を立てると言ったが、実はもう、きわめて堅固な戦術計画を立て終えている。いいと決めるまでは誰にも教えないが、いったん教えたら、おれの決めたガイドラインに従って迅速に実行しなければならない。わかったか?」

「はい、わかりました」

「他に訊きたいことはあるか、リーツ? いまなら答えてやれるかもしれない」

「一つだけ……次は何をするんですか?」

「誰かを見つける必要がある。三〇年代にアフリカ・ケニアのサファリで大型獣を狩っていた男だ。きみを頼りにしているぞ。サファリに行ったようだからな。できたら象ハンターが望ましいが、場合によっては平原の大型猫科動物専門でもかまわない。いまはプロのハンターのほとんどが王立アフリカ小銃隊に入って兵隊ごっこをしているのは知っている。だがおれたちはスウェーデン人のことを知る必要があるから、急いで適当な人物を見つけなければいけない。そのミスター・ベルとやらでもいいが」

「私の知るかぎり、ベルは引退してスコットランド北部の私有地で暮らしています」と、リーツが答えた。「いずれにしろ、彼は一九二一年にアフリカを離れています。私たちの役に立つとは思えない。風聞やゴシップしか知らないでしょう」

「少佐、申し上げてもよろしいですか?」と、セバスチャンが言った。

「いいとも、ここは賭けどころだぞ、セバスチャン。この一件が失敗したら、おまえも一緒に刑務所行きだからな。あるだけ賭けたほうがいい」

「ロンドンで開かれる豪勢なパーティで引っ張りだこになる男がいます。戦争が始まって水を得た魚のように、パーティめぐりをしている人物です。彼自身、海外特派員ですが、一番ホットな女性特派員と寝ているらしい。ライフ誌の表紙に使われそうな巨乳のブロンドです。そのあいだ、本妻は本物の戦争を取材する〝男の仕事〟をしに、ノルマンディーにいる」

「ゴシップは必要ない、セバスチャン」

「その男はサファリにいたことがあって、サファリに関する記事や本を書いている。『フランシス・マカンバーの短い幸福な生涯』と『アフリカの緑の丘』。正真正銘の小説家で、とても有名な男です。大のアウトドア好きで、ボクシングをやり、あちこちで狩りをし、カジキを釣る」

「そいつの名は？」

「アーネスト・ヘミングウェイ。最後のベストセラーは『誰がために鐘は鳴る』でした。スペインにもいた。一九一八年にイタリアで砲撃を受けたこともある。その話も書いています」

「聞いたことがないな」と、スワガーは言った。「聞きたいとも思えないが」

「彼なら申し分ない」と、セバスチャンは言った。「そう思いませんか、中尉？」

「同意せざるを得ない」

スワガーはすぐに決断した。

「やめておこう。興味はない」

「少佐」と、セバスチャンが言った。「もし……」

「本を書いた人間は避けたい。作家はストーリーをつくるが、よりよいものにするために書きながら修正を重ねていく。それが彼らの仕事だ。単純すぎたり、つじつまが合わなかったりする話では満足できず、一定の順序で物事が進むよう〝修正〟していく必要がある。そのうえ、彼らはいつか、自分自身についてのストーリーをつくる方法を見つけ出す。となれば、おれたちは何週間もかけて嘘をふるいにかけ、真実を見つけなければならなくなる。そんな時間はない。どうだ、リーツ。きみの親父さんに電報を打って助言をもらうか？」

「あながち悪い考えじゃありませんね。父は優れたハンターだったし、実際、どんな……」

そう言いかけて、リーツは突然ひらめいた。ブッシー・パークを出る泥道で、上級士官用車両(スタッフカー)の後部座席に座っていたとき、その考えが額(ひたい)に飛びこんできた。

「なるほど、そういう手もあるな。いいですか、サファリに行く人間はみんな金持ちで、立派なものを好んでいる。あの旅で記憶に残っているのは、一人残らず立派なライフルを持っていたことです。そう、とても、とても立派なものを。ほとんどの人が四とか五とかで始まる口径の二銃身の巨大な短射程銃も持っていた。六で始まる口径もあった。美しく組み立てられ、二本の銃身ともちょうど三十メートルの距離で命中するように調整されていた。最高の銃と言われてたな。あれだけの美しさとパワーと信頼性を備えたライフルをつくれるメーカーは世界に四、五社しかなく、しかも一挺ずつの手作業だから安くない。父は〈ホーランド&ホーランド〉の四七〇口径ナイトロ・エクスプレスを持っていたけど、あれはまさに芸術品だった。手に入れるのに四年待ったそうです」

「いつか見てみたいものだ」と、スワガーは言った。「で、何が言いたいんだ?」

「そういう店の大半はロンドンにあります。彼らはみな、アフリカに人を派遣し、顧客の手の寸法を測らせた。ライフル一挺が百ポンドもするのだから、そのくらいやって当然だ。ぼくが思いついたのは、いますぐそんな店の一つを訪ねて店主と話をすれば、そういう趣味の人間を大勢知っているかもしれない。五十代の人間を一人か二人紹介してもらったらどうでしょう。年齢が年齢だから戦争には行かず、ロンドンでのんびり暮らしている人がいるはずです。ぼくらが探しているのはそういう人間です」

「ここには通信部の建物があったはずだな」と、スワガー少佐が言った。「リーツ、そこへ行って、きみのMI6の友人アウスウェイスに連絡して協力を仰げ。アメリカのカウボーイに心を開いてくれる英国人を探してもらえ。それで何かつかめるかもしれない。で、その〈ホーランド&ホーランド〉はどこにあるんだ?」

「そこが面白いところです。ロンドンにあるんです。工場はメイフェアの北西。ぼくらのオフィスから五キロほどのところに」

53 行き場のない世界

世界が空(から)になった。いや、空になったのは彼の世界だ。若者はみなベッドに入ったのか、少なくとも姿が見えなくなっていた。リーツは二晩、〈ザ・コンノート〉へ戻ってこなかった。消えてしまった。恋人の美女は遅くまで働いたあと、ぴったり同じ時刻に〈クラリッジズ〉へ歩いて戻り、まっすぐ自分の部屋へ入った。新しい女友だちはあれから一度も姿がなく、夢を見たのかと心配になったぐらいだ。

しかし何より悪いのは、誰からも連絡がないことだ。ミスター・ヘッジパスの不運な死のあと、その後継者から連絡があるものと思っていた。連絡が途切れることがなければ、以前の依頼された仕事を今後も続けていいと確信できるのに。あれやこれやで状況が変わることがあるのは、先刻承知だった。それがスパイの本性というもので、だからこんな仕事より、ギャンブラーやギャングや怒り狂う夫との裏表のない取引のほうが好ましい。彼らの頭は単純で、必要に迫られているから、進む方向は一つしかなかった。まっすぐ前に進めばよかった。

スパイの場合はそこまで明確でない。何もかもが流動的だ。忠誠は移ろいやすく、友情も不安定だし、忠節心ははかなく、すべてを隠蔽する必要がときに冷酷な処置をとらせる。政権交代、大臣の入れ替え、政策の変化……どれも、ヨーロッパから届く電報のように、まばたき一つのうちに行われる。暗号が解読され、逮捕が行われ、容疑者が拷問によって自白を強いられる——そういったことが、もともとの契約に影響する。少なくとも重荷が加わる。味方として雇われても、一瞬で敵に変わってしまう。

とにかく辛抱強くやりとおすしかない。連夜の監視任務が終わったところで、女家主からメモが来ていないか確かめたが、ずっとメッセージは届いていなかった。それでもこのままのやり方で続け、仕事を終わらせて報酬の残り半分を回収しなければならない。

だが、それは容易なことではなかった。彼は自分の弱みを自覚していた。地下鉄のボンド・ストリート駅かグリーン・パーク駅から、あるいは二十二番のバスを降り、メイフェアまでの数ブロックを歩く奇妙な男に、いずれ誰かが気づくかもしれない。毎回、細かく道を変えているから、気づかれることはないと思うが。バークレー・スクエアを一周してからメイフェアへ向かい、少し遠まわりして北から入る。ピカデリーまで行って、セントジェイムズ・パークを通り抜けることもある。同じ週に、同じルートを歩くことは決してしなかった。

とはいえ当然、パターンのないことがパターンとなる。スパイ組織の人間に監視されていたら、同じ経路を繰り返さない注意深さが陰謀の意図を表す証拠となる。

天候までが自分に敵対している気がした。湿度が下がって霧が発生してくれない。霧は味方で、街を知り尽くした彼ならそれを利用して魔法のような侵入も逃走も容易にできる。目的がふしだらな女たちを切り裂くことなら、凄腕（すごうで）の切り裂き魔（リッパー）になれただろう。

いまいましいことに、ドイツ軍も近頃はロンドン空爆を中断していた。そのために、夜に秩序が戻り、静かで、監視の目が届きやすくなっている。警官たちがこぞって巡回に出て、自分のやるべき仕事を探していた。その一人が、二つのルートを使って同じ場所へ通っている男がいることに気づき、男を捕まえ、小さな拳銃を見つけてしまうことも考えられる。そんなことになるのは、まっぴらご免だ。

そうこうするうちに、あることが起きた。ほんの些細（ささい）なことだ。それでも、灰色の空を覆っていた雲が切れ、日差しが突然差しこんできたような気がした。家に帰ると、ピチェット＝クランパース夫人のメモが残されていたのだ。

〝ブラムリーの二四四五番に電話を〟と書かれていた。

54 ハーロウ・ロード九〇八番地

ハーロウ・ロード九〇八番地は、グローヴナー七〇番地から北西へ三キロほど行ったところにあった。正面に広がる大きな墓地の、七月の明るい日差しに照らされたなだらかに起伏する緑地が、その古い建物を黒い虫歯のように際立たせていた。前世紀につくられたその外壁は煉瓦を丁寧にまっすぐ積み上げたもので、正面に窓が付いていたが、女王が亡くなって以来、窓は閉ざされたまま、煉瓦と同じくらい汚れていた。この会社は一八三五年からここにあるから、ディケンズがなかで旋盤に向かって黙々と働いていてもおかしくなかった。普通、搬入口は裏にあるが、ここでは業界の人間以外はそれと気がつかないものが表にあった。

アウスウェイスは先に来て、そこで待っていた。玩具のような緑色の小さな車のフェンダーに腰かけてゆったりとタバコをすっていたが、セバスチャンが車を乗り入れるとタバコを投げ捨てて立ち上がり、背筋を伸ばしてスワガー少佐に敬礼した。

「少佐、アウスウェイス中尉です、なんなりとお申し付けください(アット・ユア・サービス)」

スワガーはアメリカ式のゆるやかな敬礼を返し、「中尉、儀礼はそこまでにして、さっそく奉仕(サービス)してもらおう」と言った。

「お役に立てると思います。何本か電話して見つけました。その人物の名はウィルソン、ロバート・ウィルソンです。ケニアで四十数年間暮らしています――まだ英国領東アフリカと呼ばれていたころからです。第一次世界大戦以前に、ルーズヴェルト大統領を案内したこともあるそうです。プロのハンターのあいだでも高く評価され、マハラジャや映画スター、変人の有名な小説家の狩りにも同行しました」

「いまケニアでは、狩猟は行われていないのだな？」

「ええ。若者はほとんどどこかに勤めていますし、そうでない者は大きなコーヒー農園で働いて暮らしを立てています。評価の高いウィルソンは〈ホーランド&ホーランド〉から、こっちでスナイパー・ライフルの軍との契約を監督する仕事を与えられました」

「おあつらえ向きの人物のようだな。よし、行こう」

アウスウェイスが先に立ってドアへ向かった。ドアの横にかなり風化した真鍮製のプレートがあり、目を細めないと読めなかったが、おじのハリス・ホーランドと甥のヘンリー・ホーランドという名が記されていた。

アウスウェイスがドアをノックすると、しばらくして、若かりしディケンズと一緒に旋盤で仕事をしていたのではないかと思えるような、腰の曲がった皺だらけの男がドアを内側へ引いて顔を覗かせた。

「失礼、軍情報部のアウスウェイス中尉です。アメリカの情報部の二人と、ミスター・ウィルソンに会いにきました。連絡は差し上げてあります」

「ああ、さあどうぞ、こちらへ。階段と、照明を落とした作業場の機械にはご注意ください。長い部屋まで行きますので」

男が先に立って薄暗い作業場に入り、幽霊のようにぼんやりとしたものがぽつんぽつんと立っている前を通り過ぎた。世界で最も優れ、最も高価なライフルの製造に欠かせない工作機械だ。いまは布に覆われて沈黙し、そばを通る者に葬儀場を連想させた。

次に現れたドアを通ると、こちらは対照的に明るい照明の〝長い部屋〟に入った。男が五人、背を丸めて何かに取り組んでいる。ひと目見れば、英国兵がこれを手に世界中の敵に立ち向かっている、英国製リー・エンフィールドのナンバー4改造型であるのがわかる。もっとも、この作業は単なる日常的な点検や再組み立てではない。やすりをかけてフィット感やトリガーの引き具合を修正したあと、手作業で機械加工部品を念入りにはめこむ。射手の顔を支える木製のチークピースを装着すると、スコープを覗く目の位置が固定される。チークピースには恐ろしげなかたちのマウントが取り付けられる（トラクターを思わせるかたちをしていて、受け手を締めつける二本の大きなネジの頭が車輪に見える。まるでヴィクトリア朝の人々の想像力から生まれたヴィクトリア朝の鉄鋼製品のように過剰な力強さを与えられている）。そして最後の仕上げに、スコープマウントのリング下半分にテレスコピックサイトを取り付け、上半分のリングで包みこみ、ネジとドライバーと英国人の良質の筋肉で、これらの部品全部を締めつける。スコープ自体も、いかにもヴィクトリア朝風だ。金属製の短い照準器で、おもに塗装された真鍮でできている。発砲すると、これのおかげで顎が砕けるかと思うことがある。ヴィッカーズ重機関銃用に設計された（知る人ぞ知る）ナンバー32。なぜ、こんなに古いスコープがあるのか？　おそらく国防省が何百本か隠し持っていたにちがいない。世の国防担当の省庁にはありがちなことだ。

部屋の奥、ガラス張りになった立方体のオフィスで男が机に向かっていた。電話の内容にいらだっているのは明らかだ。スワガーたちを引き連れた老人が近づくと、電話をしている男はうなずき、手を振って指を一本立て、この電話に大迷惑していることを訴えた。男はこう言っていた。「はい、大佐、まったくおっしゃるとおりではありますが、その期限を守るためには……はい、ええ……はい、努力いたします。どうかいい一日を」

男は立ち上がり、急ぎ足で彼らを出迎えた。血色のよさそうな顔、砂色の髪、ごわごわした短い口髭、こめかみには白髪が見え始めている。目立つのは四十年にわたって太陽に焼かれてきた顔の色だ。しかし、もともと色白なのか、褐色ではなく赤褐色に近い色に焼けている。

「いらっしゃい、いや申し訳ない。ご承知のとおり、大佐連中は即刻ライフルを寄こせとうるさくてね。ご機嫌いかがかな？ 私がウィルソンです」彼が微笑むと、顔立ちがわずかに変わり、目元の皺のすき間からもとの白い肌が見えた。つまりこの男は、四十年間、現地で一度も笑ったことがなかったのだ。

「アウスウェイスです。こちらはアメリカからいらしたスワガー少佐とリーツ中尉。今日は象ハンターの話で伺いました」

「いいでしょう、ベストを尽くしますよ。喜んで力にならせていただきます。私は王立アフリカ小銃隊に志願したのですが、虚弱すぎるという理由ではねられました。何年か前に牛に踏まれて腰を痛めたのです」

「それはお気の毒に」と、アウスウェイスが言った。「ちなみに、ここにいる全員が戦闘中に何らかの負傷をしています」

「喫茶室に移りませんか？ 掃除してあるし、あそこなら邪魔が入らない。この会社の人間は私など必要としていません。帳簿をつけ、怒った大佐たちに電話で怒鳴られ、貨物の宛先がすべて正しいかどうかを確認するくらいで」

「いいですね」と、スワガー少佐は言った。「そこへお連れください」

「ミスター・ラフリンに紅茶を淹れてもらってあります。アメリカの方がコーヒーを好むのは知っていますが、戦時中で入手が難しいので」

「紅茶でけっこうです」と、スワガーは言った。

喫茶室は緑色で、使い古された革張りのソファと肘掛け椅子が置かれ、さまざまな異国の獣の頭部が壁に掛けられて、無表情に部屋を見下ろしていた。男専用の部屋にありがちだが、古新聞や吸い殻と灰のたまった灰皿などで雑然としていた。部屋全体がタバコくさかった。

客たちが席に着くと、年配のミスター・ラフリンが紅茶を運んできた。全員がたどたどしい手つきで砂糖を入れ、カップを口に運んだ。

「みなさん、よかったらタバコをおすいください。ここではみんなすっていますので。お許しいただければ、私はパイプをやります」

リーツ以外の全員がタバコをすい始めると、部屋はまたたく間にドイツ軍が初めてマスタードガスを使ったイーペルの戦場のようになった。

「リーツ中尉」と、スワガーが言った。「今日お邪魔した訳をウィルソンさんに説明してくれないか」

「承知しました」

リーツは話を要約し、必要最小限に絞って説明した。夜明け直前の時間に、スナイパーによって偵察隊指揮官が狙撃されたこと。スナイパーがベル・ショットまで含めて、象ハンターの戦術と思われるものを用いたこと。その人物は姿を見せず、音も立てず、痕跡も残さず静かに追跡を行い、前線近くでは当然の静止状態にもなれる卓越した野戦技術の持ち主であること。その相手の戦術を打ち破らなければならないこと、を。

「ロシアや日本なら兵士を死なせても、戦争に伴う損失として処理するだろう。だが、われわれにはそうはできない」

「そうすべきでもない」と、ウィルソンが言った。「私たちもそういう連中と付き合って、その教訓をいやというほど思い知らされましたよ。ですが、まだ細かい点で説明してもらっていないことがたくさんあるようですね」

「理由があってのことです」と、スワガーが言った。「あなたにはすべてをさらけ出さないほうがいいと判断したのです。細部が欠けていれば、あなたはそうしたものにこだわらず、大局的に問題と向き合える。これから中尉が、この作戦を立案し、組織し、現在指揮に当たっていると思われる男の特徴をできるかぎり正確に説明します。その特徴だけであなたが正体を言い当てられるかどうか、まずは試してみましょう」

「実は、もう誰かはわかっています。でもどうか続けてください、中尉、とても興味深い話ですから」

「わかりました」と、リーツは言った。「射撃の話から始めましょう。その人物は射撃の名手です。その点に疑いの余地はない。彼は——それに、彼ほどうまくはないがその部下の多くも——真っ暗闇に近い状況で二百メートル離れた位置から、スコープを使って二十五セント硬貨大の的を何度でも撃ち抜ける。絶対外さないし、動いている動いていないにかかわらず、彼が撃てば、標的の命はない」

　ウィルソンはくゆらしていた熱い煙を肺へ入れて味わってから、それを吐いて、チェリーバニラの香りを部屋に送り出した。この攻撃に対して、スワガーがラッキーストライクの煙の噴射を返すと、二つの蒸気が混ざり合い、刺激は強いが甘いもの、甘いが刺激の強いものへと化学変化を起こした。

「先ほど述べたとおり、この男は卓越した野戦技術を持っている」と、リーツが続けた。「さらに、指導力もあると考えられる。部下を従わせることができる。信念を持って説得する才能がある。ある意味〝魅力的〟で、人を惹きつけ、人から好かれる、個性の強い堂々とした人物であると考えられる」

「その男とアメリカの作家ヘミングウェイを合わせれば」と、ウィルソンが言った。

「さしずめ、バーナム&ベイリー（十九世紀後半から人気を博したアメリカのサーカス団）か、ギルバート&サリヴァン（十九世紀後半の劇作家コンビ）といったところですか。それぞれが、人を喜ばせる幸せな王様の役をめぐって他を出し抜こうとした」

「男の正体をご存じなのに、まだ続ける必要がありますか？」

「はい、どうかお願いします。ほんとうに興味深いお話なので」

「政治は関係なかった。ナチの下劣さも、やつらがばらまいているでたらめも、彼は承知していた。彼はそんなことを超越していた。どんな理由であれ、自分の一番得意なことをしたいと思っていた。そうすれば、悔恨から解き放たれるかもしれない。狩猟ができなくなったいま、彼は戦争に目を向けた。ドイツに行った。おそらく、何らかのコネがあったのでしょう。世が世なら、ここの作業場でナンバー4をスナイパー・ライフルに改造していてもおかしくなかったのに」

「たぶんブリックスかアーネストのどちらかだろうが、二人にはそれぞれ違う事情がある。アーネストは、自分が臆病者（おくびょうもの）ではないかと恐れている。そんなこと、誰にわかるだろう？　私にもわからない。本人でさえわかっていない。少なくとも彼には熱中できる芸術があるが、それでもこれまでみんなに八つ当たりしてきたように、最後は自分自身に八つ当たりすることになると思うね。一方のブリックスには狩猟しかない」

「つまり、ブリックスだと？」と、アウスウェイス。

「ええ、間違いないでしょう。伝説にさえなっている彼の欲望、やむことのない罪、他人にぶつけてはいるが、実は自分へ向けた怒り——それがどれだけ激しいものか、あなたがたには理解できないでしょう。彼は恋をしていた。すべてを賭けて、誠実に、全身全霊を捧げて。それでいながら、喜んでついてくるアフリカ人の娘や、不愉快な顧客の妻たちに手をつけずにはいられなかった。そのせいで、自分の妻を英国人に奪われ、離婚した。言い忘れましたが、彼は妻に梅毒をうつしています。そういうことが重なって、彼は怒り狂った。自分に対して、あなたに対して、私に対して、世界に対して、彼はただただ怒りを燃やし続けている。短い期間でしたが、私は彼とパートナーだったこともあるのです」

55 極秘任務

セバスチャンはいま非番ではなく、上役たちが仕事でいないからと言ってくつろいではいられなかった。彼には任務があった。敵の戦線の背後を突くときが来たのだ。ロンドンの中心部に向かってハーロウ・ロードを南へ一・五キロほど走り、〈ウィリアム四世王〉というパブの前に着いた。何世紀も前からそこにあり、外から見るかぎり、カーディガン卿がクラレットに文句をつけて以来、改装されていないらしい。

セバスチャンは路地に車を停めると、トランクを開けて伍長の上着を脱ぎ、見た目はほとんど変わらぬ別の上着に着替えた。ただしその上着には、少佐の階級章であるオークの葉が付いており、虹のように並ぶ胸のリボンバーはあちこちの戦線で英雄的活躍をしたことを物語っていた。頭には、日庇のない略帽をかぶった。小さな封筒のような帽子は、見たことのある人には……いや、それは言わぬが花か。これも五等特技兵ではなく、少佐を表すものだ。いまの彼は、敵の制服に身を包んでいるも同じだった。逮捕されたら即刻、処刑——まあ、処刑はないだろうが、そんなことを気にもしていない者からやんわり小言を食らうのは間違いない。それでも、これもスパイ活動であることに変わりはない。

ハーロウ・ロードを横断して、〈ウィリアム四世王〉に入る。どこにでもある薄暗い店で、戦争の勝利を力説するどこにでもあるポスターが貼られていた。四百年前ならどこのビール酒場にもあったものと、その頃にはなかったものが交じりあっている。なかったもののなかに、英国人がビールと呼ぶ茶色い石油の副産物を味わうふりをしている米軍士官の姿もあった。げっ！

セバスチャンは、どこにでもいるアメリカ人らしく手を振り、笑みを浮かべ、握手までして席に着く。

〝キング・アーサー〟こと、J・アーサー・ランクの映画スタジオから飛び出してきたようなメイドが近づいてきたので、同国人が飲んでいた泡のないゲル状ゼリーのおぞましい塔を指差し、不本意ながら同じものを注文した。

「このビールに慣れましたか、ジャック？」と、セバスチャンはジャック・ミドルトン少佐に尋ねた。ミドルトンは、〝ジェド〟・チームを含むさまざまな特殊部隊を訓練し、秘密任務を成功させられるようにあらゆる物資や情報を供給するミルトン・ホールのOSSに所属していた。

「少なくともこれはシェルの石油精製所のフィルターで濾された味がする」と、ジャックは言った。「だから、他のと違って、これでは戦車を走らせられないだろう」

「タバコを持って近づかないほうがいいですよ。〝ハーロウ・ロードで謎の爆発、十七人死亡〟なんて話になりかねない」

「爆発はしないと思うが」と、ジャックは言った。「げっぷは出るかもしれない。ところで、例のあれは手に入ったか？」

「手に入ったのはご存じでしょう。あなたのほうは？」

「手に入ったのはわかっているだろう？」

八十キロくらい体重がありそうな娘がグラスを持ってきた。手をつけずにいたら反米暴動が起きるのを心配し、セバスチャンは礼儀としてぐっとひと飲みしようと気を引き締めた。

液体が動き出すのに時間がかかったが、グラスを傾けたことによる重力に押されて、やがて三十グラムほどが彼のおびえた口に入ってきた。泥のようという意味では、カロデンの戦い（一七四五年に、名誉革命の反革命勢力ジャコバイトがスコットランドで反乱を起こし、致命的敗北を喫した豪雨のなかでの戦い）のような味がした。

「うまい」と、彼は言った。「五〇年代にもまだここにいたら、もうひと口いただくかもしれない。さて、素敵なくそ魚はどうです？　ここはくそ魚を出す」

「ありがとう、でも今夜で二百三十四日連続になる士官食堂のパイナップル・アップサイドダウン・ケーキのために場所を空けておくよ」

「いいでしょう」と、セバスチャンは時間を気にしながら言った。「どうやらMPがいないようですから、荷物の配置換えができそうですよ」

ジャックがブリーフケースを蹴ってひっくり返した。セバスチャンは何か落としたふりをして腰をかがめる。覗きこむと、まさにあるべきものが見えた。

「どうしたらこんなもので戦争に勝てるのか、教えてくれ」と、ジャックが言った。

「教えられません。私もわからないので」

「グローヴナー七〇番地の補給品から徴発すればすむだろうに、なぜあの男はそうしない？　街を破壊する爆弾というわけじゃないだろう？」

「そこが彼の変人たるゆえんです。自分がしようとしていることを、誰にも知られたくないんでしょう」

「つまり、〝いったいウィリアム四世とは誰だったのか？〟や〝スワガー少佐はほんとうに少佐なのか？〟と同じくらい大きな謎なわけだ」

「一つ目の疑問には答えられません」と、セバスチャンは言った。「その人物のことは聞いたことがないので。二つ目については、これが答えです」

彼は折り畳まれた札束を右手で押し出した。百ドルでは世紀の大犯罪とは言いがたい。

あと二口か三口〝ビール〟を飲んだら、店を出よう。

だが、セバスチャンにはわからなかった。接着剤ルペイジの一オンスボトル十本と陸軍支給のブローバの腕時計十個で、スワガー少佐は何をしようとしているのだろう?

56 ブリックス

「スウェーデンの小貴族で」と、ウィルソンが言った。「王位継承順位九百五十三番目、というのが彼のジョークでした。家はそこそこ、いや、かなり裕福だった。生まれながらのハンターでしたね。父もハンターで、北方で育ち、ライフルに囲まれ、壁には獣の頭が飾られていた。十二歳までにスウェーデンにいる狩猟動物をすべて仕留めた。十八歳でカレンと出会い、二十一歳で結婚、二十二歳でアフリカへ渡った。コーヒー農園を経営するつもりだったらしいが、失敗した。ビジネスには向いていなかったのだね。

面白いのは、奥さんのほうはハンターでなく、大変優れた作家だった。ペンネームを言えば、あなたがたにもわかるかもしれないし、著書の題名を聞いたことがあるやもしれん。業界内で高く評価されていた。関係者のサークルでは、彼は最初の夫というだけでなく、彼女の〝過ち〟と見なされていた。それでも、卓越した狩猟技術と挫折したロマンチシズム、陽気で、同僚思い、とびきりの冗談好きというわかりやすい仮面の裏に隠された、苦々しく、おそらくは深く傷ついた喪失感という奇妙な組み合わせを見て、サークルの人々はみんなブリックスを愛した」

「名前を教えてほしいのだが……」と、リーツが口を開いた。

「ええ、もちろん。ブリックス・フォン・ウステルンド。みんなはブリックスと呼んでいた。筋骨たくましく、怪力で、ハンサムだが映画スターのような取り澄ました感じはない。実直で頼りになる美男子というところですか。エロール・フリンでは彼を演じられない。ゲイリー・クーパーならひょっとするが、前もってゲイリーに潜む闇を確かめる必要がありそうだ」

「続けてください、ミスター・ウィルソン」と、スワガーが促した。

「うーん、もうあまり話すべきことはない。彼は一時期、プロのハンターとして大変な成功を収めた。顧客はみんなブリックスとサファリに行き、ノーフォーク・ホテルで彼とジンフィズを飲みたがった。男女を問わず、愛され、称賛され、あこがれの対象にもなった。私は、帝国の歴史が書かれるとき、いつもほんとうの動機が省略されていると考えている。領土を広げるのは、利益や土地や権力を得るためだけではない。性的欲望が動機となることは決して少なくない。ある種の男たちは――ひょっとしたらあらゆる男かもしれないが、手段を持つ男は限られるので〝ある種の〟と言っておこう――故郷で要求される礼儀作法から逃れることを切望し、辺境や未開地に引き寄せられ、そこで一つのことを追求するように装いながら、別のことを追い求めている」

「つまり、彼には大勢の……」と、リーツが言いかけたが、ウィルソンの「ええ、そのとおりです」という返事にさえぎられた。

「なかでも、ブリックスは最悪でした。そのために大きな犠牲を払った。取るに足りない女性たちとの些細な絶頂感と引き換えにカレンを失った。それゆえ深く後悔している。でも、話を先へ進めましょう。少佐、あなたがほんとうにお訊きになりたい質問はこの一つだけなのではありませんか？――ブリックスには、あなたがたの言っているようなことができるのだろうか？　それについては、いささかのためらいも、いささかの良心のとがめもなく、こう答えられる。もちろん、と。彼には、ストックホルムにじっとして、苦しみながら腐っていくことはできない。〝行動の男〟の例に漏れず、任務があってこそ最高の力を発揮する。獲物を追い詰めて仕留めることが記憶から解き放ってくれる。前進しなければならない。無気力状態は許されない。行動が命、無為は死。それと、忘れてならないのは、彼はある種の感染症に脳を蝕まれて、普通の人間よりはるかに感情的で、分別を見失いがちな点です。昔のアフリカの名ハンターにはそういう者が数多く見られた。もちろん、その前に彼には飲酒の問題があった。それを考慮して、何らかの治療をしなければ、長生きは難しいでしょう」

「ハンターは他にもいる」と、スワガーが言った。「彼らについて何か考えは？」

「能力、魅力、冒険心という彼のブランドがなぜ若者にアピールするかはおわかりですね。お望みなら、もっと若いスウェーデン人の名前を何人か挙げることはできます。かつての顧客の息子や、彼に弟子入りした金持ちの次男坊の冒険家などを」

「たぶん、その必要はないだろう」と、スワガーが言った。

「彼のライフルの謎は解けたのですか？」と、ウィルソンが聞いた。「それが今回の一件の鍵になりそうです」

「スウェーデン・モーゼルのスナイパー・ライフルだと考えている。モデル41、6・5×55と呼ばれている。あなたのエンフィールド・ナンバー4（T）には悪いが、世界最高のスナイパー・ライフルと言っていい」

「スウェーデン製はカートリッジもライフルもずば抜けている。最終的に払い下げられたら、それをもとに多くの特注品が作られるでしょう。カートリッジについて言えば、皮膚の薄い動物にこれ以上のものはない」

「基本的な疑問が一つだけ残っている」と、スワガーが言った。「彼の欠点は何なのか？　どんな失敗をするだろう？　どんなミスを期待できるか？」

「少佐、狩りをしたことはおありですか？　きっとあるでしょうね」

「私はライフルと獲物の頭に囲まれて育った。オジロジカ、ときにはクロクマ、大きな山猫もいくつか。毎年、父とキャンプに出かけた。これが終わったら、息子を同じキャンプに連れていって、同じ知識を授けたいと思っている」

「では、ハンターの流儀、忍耐、限界やルールの必要性はご存じですね。それらが狩りを倫理的で有意義なものにする。それらは私たちの心の奥底にある」

「ええ」

「ある状況を別にすれば、ブリックスはすべてそのルールに従うでしょう。これはドイツにしかない用語で、グロテスクなものに目が利くドイツ人にしか持ち得ない言葉です。でも、私はそれを見たことがあり、それを手に入れたことがあり、それに打ち勝ったことがある。きっとあなたもそうでしょう。その言葉とは〝ブルート・フェアリュックト〟」

ウィルソンはまたチェリーバニラ風味の煙を吸いこみ、すぐに刺激の強いねっとりした蒸気を吐き出した。この言葉が表す概念には、そうした儀式がふさわしいと考えたのだろう。

「〝血の狂気〟という意味です」と、ウィルソンは説明した。「たまにあることです。動物を撃っても、相手は倒れない。逃げていく。名誉のためにも、追いかけて繁みに入らなければならない。繁みのなかの狩りは危険であるのがわかっていても、追うしかない。やがて、ひと筋の血が見つかる。そして、またひと筋。追うにつれて血の量は多くなり、ついには〝ひと筋〟という表現が当てはまらなくなる。水たまりに、湖になる。気分が高まる。これまで一撃必殺の掟(おきて)に従ってきた。これで掟破りにはならないし、中途半端な状態から救われる、と成功に酔いしれる。前方に空き地が見え、血はそこへ続いている。そこに何があるかわかっている。息絶えた動物だ。あるいは、出血多量で死にかけた最終段階で、とどめの一撃で慈悲をかける必要があるだろう。大胆に、自信たっぷりに、空き地に足を踏み入れる。もちろん、獲物はそこにいる。だが、倒れてはいない。特に象の場合、どれだけの血液の循環量があるか、虚栄心が現実的な思考を妨げる場合がある。相手は死にかけた獣ではなく、怒り狂った雄牛だ。牛は誰が自分を虐待したかを知っている。今度は相手の番だ」

「一度、山猫でそういうことがあった」と、スワガーは言った。「大きな血だまりを見て、仕留めたと確信した。急いで駆けつけると、そこにやつがいた。飛びかかってきたところを、空中で仕留めた。彼の呼吸を感じながら。私にぶつかったときには死んでいた。このブリックスは血を見るとおかしくなる傾向があるのか？」

「必要以上にその虜(とりこ)になるところを見たことがあります。一度、私のホーランド五七〇口径ナイトロ・エクスプレスが彼を救ったことがある。私が撃たなかったら、おそらくわれわれはいまここにおらず、若者たちも田園地帯(ボカージュ)で死なずにすんだでしょう」

「あなたは撃たなければならなかった」と、スワガーが言った。「つまり、そこが急所なんだな」

「彼と対決するときに、〝血の狂気(ブルート・フェアリュックト)〟と、それが彼の弱点であるのを知っていれば、役に立つかもしれない。心より幸運を祈りますよ」と、ウィルソンは言った。

「あなたが有能なのは確信していますが、ブリックスは世界一ですから」

「いいえ、違います」と、リーツが言った。「スワガー少佐が世界一です」

57 欺瞞（ぎまん）

車に戻り、美しいロンドンの黄昏（たそがれ）のなかを進むあいだに、スワガー少佐が言った。

「よし、セバスチャン。リーツ中尉をホテルへ送り、そのあとおれをオフィスで降ろしてくれ。戦術計画の草稿を作成したい。リーツ、今夜は恋人に会ってこい。しばらく次の機会はないかもしれない」

「彼女は今夜、ブルース大佐とパーティに出かけています。草稿でしたら、喜んで手伝いますよ」

「いや、きみには神経を研（と）ぎ澄ましていてほしい。バーで一杯やって、少し寝ろ。きみもだ、セバスチャン。これは命令だ」

「承知しました」と、リーツが言った。

リーツを送ったあと、スワガーはセバスチャンに言った。「ミルトン・ホールの男から例のものはもらってきたか？」

「はい」

「よろしい。さっきリーツに言ったことは全部忘れろ。いったんオフィスで降ろしてくれ。そこで一本、電話をかける。そのあとブッシー・パークへ送ってほしい。ひと晩じゅうそこにいる。きみには車内でひと眠りしてもらわなければならない。あるいは、簡易ベッドを用意してもらえるかもしれないが」

「わかりました」と、セバスチャンは言った。「お安いご用ですが……一つ、お訊きしたいことが。リーツ中尉に黙っているのには、何か訳が……」

「そうだ」と、スワガーは言った。「おまえも知る必要があると判断したら、そのときに教えよう」

「承知しました」と、若者は言った。

スワガーは自分のオフィスに入ると、財布から電話番号の書かれたカードを取り出し、電話をかけた。

「ブッシー・パーク本部」と応答があった。

「第一軍の連絡担当官を」と、スワガーは言った。

「少々お待ちください」

夜の十時近いが、彼らの仕事は二十四時間態勢のはずだ。そのとおりだった。

「第一軍、ガスリー軍曹です」

「ガスリー、グローヴナー通りのスワガー少佐だ。マクベイン大佐と至急、話したい」

「しかし、大佐は……」

「彼がどこにいようと、見つけてこい、ガスリー。彼はこの電話を待っているはずだ。こちらはロンドンのリンカーン五九九〇番地にいる。直通だ、交換を通す必要はない」

「承知しました」

十分ほどして電話が鳴った。

「スワガーです」と、彼は言った。

「ああ、少佐か。マクベインだ」

「一時間後、あるいは二時間後になるかもしれませんが、そちらへ参ります。口述筆記者に電話で伝える戦術計画を書き留めさせ、それを至急、上層部に上げていただきたい。急ぎブラッドレー将軍の承認を得て、下達していただく必要があります。天気の長期予報を見たところ、七月二十二、二十三、二十四日は大荒れになる模様です。雨が降るとすべてが滞って何も起こらなくなる。あなたがたの計画した大作戦の日取りが迫っていますから、できるだけ早くすませたいのです」

「いい判断だ、スワガー。むろん作戦の詳細は明かせないが、そういう性質のものが予定されているのは確かだし、それに先んじてきみの作戦を実行することが絶対に必要だ」

「もう一つ付け加えておけば、紙には残さず、あなたの耳だけに留めていただきたいことがあります。いくつかの不測事態対応計画には保安措置の必要なものがありますから、計画を文書にして、通常の経路でＳＨＡＥＦその他に配布されると構想全体が頓挫(とんざ)してしまいますので」

「保安対策にやりすぎはないからな」と、大佐は言った。

58 ウィルソン

今夜がその夜なのか？　そんな気がする。

ウィルソンの前には二つの道具が置かれていた。一つは半分に減ったスコッチウィスキー、ヘイグのボトルで、半分飲んだのは彼だった。もう一つは一九二四年に食道がんで亡くなった兄がソンムで携行していたウェブリーＭＡＲＫⅣ四五五口径リボルバー。面白いって、何が？　あの日、ドイツ帝国は二万人の敵を殺したが、ジェイムズ・モーリー・ウィルソン大尉は見逃した。顕微鏡を持った人間にしか見えない狂気の細胞の集まりが、八年後に代わりにその仕事をやってのけた。ジェイミーは哲学的だった。妻と弟が看護に訪れた病院のベッドで、彼は言った。「人の死は神の意思次第なのだろう。神が欲しいときに命を取っていくのだから、人間にできることはない。だから、キャンプファイアを囲んで私を思い出し、ときどき水より強いものを飲んで、ほんの一瞬でいい、死後の闇のなかから私を呼び出してほしい。人が望めるのはそんな程度だ」

ウィルソンの知るかぎり、ジェイミーは最も勇敢な男の一人だった。勇敢な男は大勢知っているし、自分もその一人だと思う。ライオンに倒され、野牛に踏みつけられ、ワニに脚を裂かれても（あの日はウェブリーMARKⅣに感謝！）、どれも切り抜けてきた。だが、いったい何のために？

それが今夜の疑問――ボトルの奥深くか、あるいはウェブリーの銃口エネルギーのなかで答えを出す疑問だ。〝あれにどんな意味があったのか？〟。何の意味もなく、自分は役立たずだという結論しか出なかった。戦時のいまなら、技術と勇気と射撃で大きな貢献ができ、ハンティングに不可欠なものを戦場に持ちこみ、人を鼓舞するはずだった。なのに、それができなかった。そうさせてもらえなかった。嘲笑われた。老いぼれだとか、使い物にならない尻だとか、アフリカぼけだとか言って。わざわざ退役士官たちに電話して、保証人になってもらったのに。自分は当局保証付きの役立たずだ。今夜、ウェブリーの半インチの鉛弾を選んだら、ロンドンタイムズ紙は短い記事を載せるはずだ。ニューヨークやメイフェア、ハリウッド、バグダッドの富豪とその妻のなかには、「おいおい、あのウィルソンが自殺したらしい。信じられん！　最後の狩りのときはとても元気そうだったのに。まったく、何が起こるかわからないものだ」と言って、またウォッカトニックやマティーニのグラスを傾ける者もいるにちがいない。

いまの仕事にまったく意味はない。戦後のハンティング人気復活を期待したH&H社に、彼の名を利用して昔のケニアの記憶を呼び起こすライセンスを与えただけのものだった。ロバート・ウィルソンの名が――「あいつは戦時中、H&H社でスナイパー・ライフルの仕事をしていたのか。ああ、とてもいいやつだった」――ハンティングというスポーツに光彩を取り戻し、かつて華やかだった友人たちがいまも華やかであるような錯覚を起こして集まってくるのを期待して。

それがどれほど愚かなことか、ウィルソンは知っていた。顧客の金持ちはたいてい底抜けの愚か者だった。自分が何をしているのかまったくわかっておらず、自分の狩る生き物についても理解していなかった。彼らがそこに行ったのは、ある種の人々にはサファリに行くのがやるべきことの一つだからで、意味を求めてではなく単に流行に乗って行くのであり、そこで誇示するのは勇気や気質ではなく、莫大な可処分所得だけなのだ。

それも虚無感を追い払えないでいる理由の一つだった。頭の悪い映画スターや銀行家の怠け者の息子がライオンを撃つ手伝いをしたところで、その儀式唯一の名誉ある参加者であるライオンのためにはまったくならない。だいたい顧客はみな、ヘミングウェイの短篇小説に出てくる、かつては美しかった浮気性の妻を持つ愚かな抜け殻、フランシス・マカンバーにすぎなかった。夫も妻も、南仏のアンティーブ岬に集まる頭が空っぽな名士たちにする話のタネが欲しかっただけなのだ。実は、あの話は人目を惹くために派手にふくらませたもので、ヘミングウェイの義父が金持ちでなければ成立しなかった。

何年も前、セオドア（テディ）・ルーズヴェルト大統領に同行したときはそうではなかった。テディはアメリカ人のなかでも群を抜いて優秀だった。卓越した射撃の腕前、困難にあってもひるまない勇気、いっさい文句を言わず、農耕馬のようなスタミナを持ち、不出来なライフルを見事に操っていた。そうしたのは、鋭い角とお粗末な角度だらけで、怖いほど強い反動のあるレバーアクションの巨獣を製造したアメリカのメーカー、ウィンチェスターへの忠誠心からだった。

「大統領閣下、喜んでH&Hの五七〇口径ナイトロをお貸ししますよ。撃ってもあなたを殺すことがないように設計されています」

「ありがとう、ウィルソン。しかし、私がここで証明したいのはアメリカ製の銃の優秀さなのだ。たとえそれが空想であろうと。私はウィンチェスターに忠誠を誓っているし、社長のトーマス・グレイ・ベネットにもそう言ってある。だから、腕がもげようが、肩がフロリダの太陽の下で二週間放置されたグレープフルーツみたいな色になろうが、私はこのいまいましい代物を使う。ただ腕に当てる、濡れて、温かく、柔らかいもの――できれば女性でないものを持ってこさせてくれ。私には妻がいるのでね」

だから、あの狩りにはちゃんとした意味があった。あれが最後だったろうか？　記憶を探っても、アメリカ人には、程度の差はあれフランシス・マカンバーもどき、ヘミングウェイもどきしか見つからなかった。いや、待て。いまいましいヨーロッパ人のほうはもっと貪欲な振る舞いしかしなかった。ゲイリーはよかった。彼は俳優というよりカウボーイだ。行儀がよく、自分が幸運であることを知っており、規律ある射撃をし、ヘミングウェイだけがべらべらとしゃべりまくるたわ言の真の意味もきちんと理解していた。

ウィルソンはまたスコッチのグラスを傾けた。喉が焼ける……いい具合に。そのぼんやりした感覚がありがたかった。あらゆるものに焦点が合わなくなり、原因と結果のあいだの距離を広げてくれる。おかげで、巨大なリボルバーを手に取ることもできた。

酔って朦朧としているときに、弾の入ったリボルバーをもてあそんではならない。事故とも言えない事故が起きるからだ。やるなら行き当たりばったりではなく、徹底して真剣にやるべきだ。自分自身を忘却の彼方へいざない、銃弾が脳に突入した瞬間、驚いたふりをすればいい。

このリボルバーは英国式質実剛健の混合物という感じで、他の国、あるいは他の時代の人間ならもっと優雅に解決した問題を、ヴィクトリア朝風に過剰な機能を加えて解決したために、とりわけ不細工になっている。中折れ式なので、真ん中で二つに折ってシリンダーを開き、アヒルの卵のように大きな六個の四五五口径カートリッジを薬室に送りこむ。そして、カチッと音を立てて閉じる。

撃つためには、これもカチッと音がするまでハンマーを引き戻すか、引き金にかけた指一本の力でハンマーを起き上がらせる必要があった。これは熊手（くまで）で砂利をかき集めるような感じで、ズールー族やフン族ならすばやくできるかもしれないが、ほとんどの人は銃を握っていないほうの手でハンマーを引くやり方を好む。ハンマースパーを後ろへ引くときのなめらかな動きと、それが適切にロックされたときのカチッという胸のすく音を楽しめるからかもしれない。こうしてリボルバーの発射準備は完了する。

シリンダーの後ろのレバーを外して、フレームを開く。穴が六つ、大きく口を開けている。少なくとも十年以上前から持っている色褪せた箱からアヒルの卵六個を一つずつ取り出し、所定の位置にすべりこませる。ここでもゴツッといい感じの音がして収まっていく。銃を閉じる。カチッと胸のすく音がした。親指をハンマーにかけて引き起こす。カチッと重厚で印象的な音を立て、かすかに振動してロックされる。

これで銃は人の命を奪える危険な存在になった。弾をこめ、ハンマーを起こす銃のドラマが彼の気持ちにざわめきを起こす。こめかみに押しつけ、引き金にわずかな力を加えてハンマーを走らせるのは一瞬のことだ。プロのハンターであり、できそこないの弟であり、役立たずの酔っ払いであるロバート・ウィルソンの、短く不幸な人生が幕を閉じるまで、残り百分の一秒。ハンマーがプライマーを撃発させて火薬に点火し、圧力の高波を生み出して、弾丸を……

何だ、いまのは？

はるか遠くから信号が届く。何だ？　それを知らないままでは死ねない。この最後の自分だけのナイル川の源流を見つけなければ。リボルバーのコックを戻し、ハンマーを戻し、銃を開けると、薬室から殺傷力を秘めたアヒルの卵が六個（ウェブリーの途方もない不器用さが魔法のように一変して）出てきて、三個はテーブルの上、三個は床の上に落ちた。

何だ？

どこから届いたのだ？

彼は目の前の血に飢えたものを見つめた。これは私に何を語ろうとしているのだ？　まあ、もっとスコッチを飲めということか。彼はそれに応じた――当然だ。

リボルバーはほぼ真っ二つに折れ、下の蝶番（ちょうつがい）でかろうじてつながっている。そのことに何かの意思が、目的が隠されているのか？　何があるのだろう、どんな意味があるのか、いったい全体……？

まるで分解銃（テイクアパート）のようだった。分解銃とは、ハンターが移動のときに便利なように、ラッチやネジを外してライフルを二つに分解できる銃のことだ。なぜ、この言葉が唐突に頭に浮かんだのか？

テイクアパート？　なぜ突然、分解可能なライフルのイメージが頭を満たしたのだ？

次の瞬間、彼は理解した。

一つの救済を。一つの意味を。

59 照明弾

ゲイリーが揺すぶっていた。

「起きろ、やつらだ！」と、ゲイリーは叫んだ。「やつらが来る！」

アーチャーが眠りの霧と戦っているうちに、ゲイリーの姿は見えなくなったが、それでも彼らはまだここにいた。ドイツ軍が。

揺すぶったのはロッシという男だった。アーチャーは穴のなかで毛布にくるまって眠っていた。身体は汚れ、髭も剃っていないみじめな姿だ。いまは真夜中で、全身の静脈と動脈を疲労が駆けめぐっている。空腹だ。寒い。そこで彼は気がついた。

がばっと身を起こすと、小火器の音が聞こえた。ほとんどが自動火器で、彼に向かってくる。くそ、くそ、くそ、ええい、くそっ！

なぜか大隊に送り返す時間的な余裕がなかったグリースガンをつかみ、転がって隊列に加わった。

遠くの生け垣からヒュルヒュルと漂ってくる曳光弾が見えた。まるで妖精の粉をまとった大晦日の吹き流しのようで、近づくにつれて燃える飛行船が分離していく。泡、火花、燃えさし、回転花火が見えた。野原を漂ってくる幽霊が見えた。幻影か、亡霊か、瘴気か、お化けか、えい、何でもいい。

背後で迫撃砲弾が爆発し、続いてドイツ軍が射程を変えてさらに三発爆発した。一発一発の爆発音が耳を騒音地獄に変え、一発一発が衝撃と砂粒をともなう悪魔の風を解き放つ。

D中隊の隊列を見渡した。マッキニー軍曹の姿がない。そこで思い出した。マッキニーは病室だ。足首をひねり、包帯を巻いて四十八日間の安静が必要になった。いま分隊の指揮をとっている伍長のブリコヴィッツの姿を探したが、ブリコヴィッツはアーチャーが以前掃除してやったブローニング自動小銃(BAR)を組み立てている最中だった。いったい誰が指揮をとっているんだ？　中尉はどこか別の場所にいて、ここにはいない。他に下士官はいただろうか？　思い出せない。混乱した頭では、〝ぼくは死にたくない〟パニックを抑えこむのが精一杯だった。

「まずい、逃げろ！」と、誰かが叫んだ。

迫撃砲。

「あっちは何千人もいる！」

「いいかげんにしろ、退却だ」

迫撃砲。

迫撃砲。

「たこつぼへ！」という誰かの叫び声がしたが、それが自分の声であるのに気づいて
アーチャーは唖然（あぜん）とした。「起き上がって、たこつぼへ行け。通信兵、大隊に連絡して砲撃を要請しろ。みんな、急げ！」

模範を示すように、アーチャーは自分の穴のぎざぎざの縁からなかへ飛びこみ、グリースガンのボルトを回して、射撃の準備ができた感触を得たところで長い連射を始めた。弾が放たれ、閃光が走り、空の薬莢が吐き出され、掘られたたこつぼが列をなす林の木の葉がガサガサと音を立てた。弾が空気以外のものを捉（とら）えたかどうかはわからなかったが、気分がすっきりした。

「オマリー、あの銃を動かせ」と、彼はすぐ左側にある機関銃用の穴に向かって叫んだ。「射撃助手に照明弾を打ち上げさせろ！　いますぐ照明が必要だ！　ちくしょう、早くケツを上げろ」

一人また一人と、D中隊の戦士があまり気が乗らない様子で戦列に加わった。

ようやく照明弾が打ち上げられ、パラシュートで揺れながら落下してくるあいだ、あたり一帯をオレンジ色に染め上げ、超現実的な風景をつくり出した。その不気味な

光のなか、ドイツ軍全部が自分に襲いかかってくるような気がして、アーチャーはふたたび掃射を行い、標的が倒れるのを確認した。

「おい、早くしろ」

「準備ができた！」と、ブリコヴィッツが言った。

「ブリク、その銃を持って、戦列の先へ行き、準備しろ。あいつら、生け垣の向こうにいる別の分隊を追い散らしておれたちを攻撃してくるぞ」

「まかせろ」と言って、ブリコヴィッツは銃手を引き連れて方向転換した。

まだ、ドイツ軍は近づいていた。

まだ、迫撃砲の弾が落ちてきた。

まだ、あたりにはハチドリの騒音が満ちていて、その音の一つ一つに〝アーチャー〟と書かれている。音が自然界にぶつかると、土埃や霧状になった樹皮が舞い上がる。とても正気の沙汰ではない。

まだ、煙は漂っている。

また照明弾が炸裂し、さらに明るくなった。

「射撃開始！　急げ、ちくしょう、弾を浴びせろ。手榴弾を投げろ」

そこで機銃手のオマリーがこのサーカスに加わった。ドイツ兵のひしめく牧草地を横なぐりに掃射する。反撃の曳光弾が彼に襲いかかり、着弾点の土を切り裂く。近い。

曳光弾は米軍の三〇口径機関銃の陣地に命中して、銃撃を中断させた。だが、すぐにオマリーが立ち上がり、銃を構え直した。彼は敵が黒々と密集した地点に攻撃を加え、ボウリングの玉が当たったピンのように敵を外へはじき出した。

Ｄ中隊はようやくまとまった射撃陣地を確保した。ガーランド銃とカービン銃の音が波のように広がっていく。数メートル先で、側面に回りこもうとする複数の敵をブリコヴィッツのＢＡＲが発見した。ＢＡＲが放った銃弾でばたばたと敵が倒れる。

銃撃の音が鳴りやんだ。

また照明弾が炸裂する。

敵はどこだ？ 野原のあちこちに、ドイツ兵の死体が散らばったり重なり合ったりしている。まるでかたちのない黒い野菜のようだ。硝煙があたりの空気をかすませ、硫黄（いおう）と焼けた葉の臭いを漂わせる。影が狂ったようにジルバを踊り、照明弾が揺れるとあらゆるものがいっせいに揺れた。

隣の誰かがアーチャーの手に無線電話機を握らせた。

「ドッグ２、こちらホワイト６。応答せよ、ドッグ２」

「ドッグ２」と、アーチャーは返事をした。

「状況報告を、ドッグ２」

「中隊規模の兵力で攻撃してきたが、なんとか追い返した。あちこちに死体が散らばっている。こっちも死傷者がかなり出た可能性があるが、まだ確認できてない」

「ドッグ2、集合地点に負傷者を運び、朝まで照明弾を打ち上げ続けて戦線を確保しろ。敵が戻るようだったら、砲撃を要請する」

「了解、ホワイト6」

「よくやったぞ、ドッグ2」

彼は電話を置いた。

「死傷者は？」と、アーチャーは声を張りあげた。

「死者一名、負傷者四名、重傷二名」

「よし、ストレッチャー班に四人つけろ。どの四人でもいい。重傷者を大至急、集合地点に搬送しろ。救急車が来る」

「了解しました」と、誰かが言った。

「おい、学生」と、東部の物騒な都市出身のロッシが言った。「いったい誰がおまえを指揮官にしたんだ？」

「土埃じゃなく、ちゃんと空気を吸っているおまえのところのラテン系のカス野郎が、こいつを指揮官にしたんだ」と、ブリコヴィッツが言った。「いやならおれのところへ来い、いつでも話に応じるぜ」

ブリコヴィッツはペンシルヴェニア州西部出身の、体重八十六キロの頑健な炭鉱労働者だった。手はハンマー、腕は車軸、眉毛の先まで肝っ玉のかたまりのような男だ。
もちろん、彼と議論しようと考える者はいなかった。

60 質問

彼らは大佐のオフィスに集まっていた。遅い時間だ。ずいぶんと遅い時間だった。タバコの煙。灰皿に吸い殻があふれている。飲み終えたコーヒーのマグカップがテーブルに輪の跡を残していた。疲れた男が二人、なんとか終わらせようと懸命に仕事をしていた。

隣の部屋にはタイピストがいて、お役御免になるのをいまかいまかと待っていた。ところが、二人の士官はタイピストのことなどすっかり忘れていた。

「よし、少佐」と、ブルース大佐が言った。「ひととおり目を通し、少しメモを取った。私がこれを発表するとき、ブラッドレー将軍、もしくは彼の幕僚の野心家たちがあれこれ言うだろうから、私は悪魔の代弁者を演じてくる」

「どうぞお続けください」と、スワガーが言った。

「まず明らかに疑問なのは、なぜこれほどの手間をかけ、相手の目を欺く行為をしなければならないのか、という点だ。ムスタング偵察飛行隊にノルマンディーの森を低空飛行で撮影する任務を命じたほうがずっと簡単だろう。それを写真分析官に見せれば、きみがサン＝ジルとマリニーのあいだの第Ⅶ軍団防衛区域のすぐ近くと信じている林のなかの場所を特定できるのではないか。その次のステップとして、五百ポンド砲八門を搭載したB‐17の飛行中隊。さらにその次に、五〇口径八挺と二・五インチロケット砲十二門を搭載したP‐47（ジャグ）の飛行中隊。それで任務完了だ。そのほうが早くて効率的ではないかね？」

「おれの考えは違います。何度も繰り返したくはないのですが……」

「いや、何度でも繰り返してくれ。私を、何でも二度説明しなければならない愚か者と思ってもらっていい。ブラッドレー将軍より私のほうが愚かだと考えてもらいたい」

「承知しました。繰り返しますが、その男たちは人生の大半と想像力のすべてを狩猟のために費やしてきており、彼らにとって狩猟技術は本能も同然なのです。実に効果的な偽装ができるので、ムスタングの操縦士には見えないし、天才の写真分析官にも見破れない。飛行中隊がふだん相手にしているのは、大した偽装を施していないドイツ軍の野戦病院や厨房（ちゅうぼう）設備、軍需品集積場、燃料タンクなどの軍隊に必要な補助構造物です。そういうものを破壊すれば、何かを成し遂げた気分になれるかもしれないが、この場合はハンターがそこにいるのをわれわれが知っていることを教えてしまうだけで、それをきっかけに戦術を変更する可能性が大きい。こちらの陣地に潜入して、大勢の佐官級士官を殺害するかもしれない。殺人部隊を結成してアイゼンハワーやブラッドレーを狙うかもしれない。大攻撃のために部隊の士気を上げることが必要ないま、そういったことがどれほど士気に影響するか、よく考えていただきたい」

大佐はため息をついた。

「なるほど、わかった。では次に、武器の選択だ。これまでの経験では、対スナイパーに最も有効な武器はライフル擲弾発射器で、次がバズーカ。直撃も熟練の射撃技術も必要ないからだ。ところがきみは、その原則に逆らって、ブローニング自動小銃を配備するつもりだという」

「そのとおりです。曳光弾もですが。バズーカもライフル擲弾発射器も照準装置の精密さが低いですし、暗さにも弱い。ロケット弾も擲弾も速度がないので、風の影響を受けやすい。距離と風の影響の問題を抱えているので、日中、明るい場所で使わなければ最大の能力を発揮できない。つまり、どちらも標的を捉えることができない、とおれは考えています。BARの優秀な射手なら、現場に駆けつけて三発ほど曳光弾を標的近くに撃ちこみ、標的をあぶり出して効果的な射撃を続けることができる。助手が付いて弾倉を供給すれば、さらに二十発撃てる。精度も、速度も、貫通力も高い三〇口径弾をそこで撃ち尽くすのが一番効果がありそうだ。樹木を含めて、どんな植物でも粉々にしてしまえる。わが悪党どもがコンクリートの陰に隠れないかぎり、つきまとう三〇口径弾の大群から逃れることができない」

「ではもう一つだけ。この問題に関わる地域の広大さを考えれば、第Ⅶ軍団の防衛区域から出撃するのは適当だろうか？　人員を増やし、地域を広げ、第Ⅷ軍団からも部隊を招請したらどうだろう？」

「彼らに楽をさせたいのですよ。兵站(へいたん)がいらない、移動がいらない、つまり輸送がいらない。もしわれわれが偵察部隊を十個ほど、限定された戦線から第Ⅶ軍団防衛区域の先の無人地帯に送り出せば、ハンターたちを引き寄せることができる。彼らは十人しかいない。ひと晩で十人以上の標的を仕留めたことはこれまでない。つまり、魅力的すぎて、とうていあらがえない状況を作り出すのです。ハンターは群れのにおいを必ず嗅ぎつけます」

「わかった。では、他の要素についてはどうだろう。配分、速度……」

「それはＯＳＳの現実に合わせて行ってください。一つだけお願いしたいのは、戦術計画は単一の情報源から発信していただくことです。そのほうが制御しやすい」

「わかったよ。決めるのはきみだからな。私はひと眠りしてからＬ・４に飛び乗り、将軍に直接会いにいく。明日、一五〇〇時までにきみの承認を得られるようにしたい。こちらはいつでも動ける準備をする」

61 ライフル

「マティアス、ブレント。私がライフルを掃除するみたいに、自分のライフルを掃除しておけよ」

「ブリックス、旅に出る前に掃除して、それから一度も撃っていません」と、マティアスが言った。いや、こっちはブレントだったたか？　数カ月たってもまだ見分けがつかなかった。

「関係ない。もう一度だ。今夜戦うときに、汚れたライフルのせいで命を落としたくはないだろう。命を落とすとしたら、それは不運と敵の技量のせいであるべきで、自分の愚かさのせいであってはならない」

「わかりました」

「私を見ろ。私を真似（まね）しろ。私はこの両肩に全責任を負っている。きみたちや、きみたちの父親、他の者全員の責任を。ドイツ軍にも、任務にも、そして生き延びることにも責任を負っている。そんななかでも、ライフルの掃除は決して怠らない。わかるか？　理解できるか？　さあ、一緒にやろう、ちょっとしたパーティになるぞ」

前に居並ぶ者たちは、それぞれがスウェーデン製モーゼルM１８９６を持っていた。どれも工場に出向いて厳選した精度の高いものだった。長銃身でほっそりしており、世界の他のスナイパーが使っているライフルほどかさばらない。使用する弾の口径は ガーランドやスプリングフィールドのような三〇八や三一二、三二四ではなく、エンフィールドの三〇三やゲヴェールの九八でもなく、二六四だった。おかげで重さが大幅に軽減され、高速で飛ばせるようになる。弾の全長も他よりかなり長かったから、銃身の旋条による回転がより厳密になり、その結果、精度がさらに高まる。反動がきわめて少ないという特性もあるので、射撃に不安や恐怖や嫌悪を覚えることはまずありえない。

とはいえ、いかに優れたカートリッジであっても、それを使うライフルがなければ意味がない。ゆえにモーゼルM１８９６は、各国が史上初めて世界大戦に向けて武装を始めていた時代に、ミスター・モーゼルが考案した数多くのボルトアクションのなかで、最も独創的なものの一つだった。しかしこの銃は全長が長く、一九三九年以降の軍用ライフルの頑丈な構造に比べると、かなり古風に見える。他とはまったく異なる設計美学から生まれたもので、前世紀風であるという意味で、これに匹敵する銃はロシアのモシン・ナガンしかない。

スウェーデンの鋼鉄、ドイツの設計、ドイツの光学機器――おそらくこの戦争で使われたなかで最高の製品であるアヤックの四倍率スコープ――を結集したこのライフルは、遮蔽物の陰からの射撃を目的につくられたことは明らかで、スウェーデン人の自己満足と他国を侵略する野心の欠如を物語っている。デンマーク人、ノルウェー人、ロシア人、ドイツ人を問わず、三百メートル先にいる敵の士官を撃つために設計され、鋼鉄芯の長い銃弾は冬の戦いで着用を義務づけられる重いウールの層を貫き、暗い体内に入りこんで血液の詰まった小さな袋を探し出して穴をうがつようにつくられていた。カール・グスタフ造兵廠（一八一二年創業）の几帳面な人々が丹精込めて製造したこのライフルは、長距離狙撃の道具としては最高ではあるが、敵の銃撃を受けている最中にこれを持って丘を登るのはいささか気が重い。

あらゆるモーゼルと同様、レシーバーの左レバーを操作するだけでボルトがすべり出る。それ以上、分解する必要はない。銃身は溶剤に浸した綿棒で穴を広げ、以前の射撃の残滓を溶かす。綿棒を鋼鉄のブラシに替えて頑固な残留物を取り除き、さらに別の綿棒であらゆる痕跡を取り除く。内径がぴかぴかに輝き始める。ボルトのレールにブラシをかけて、また残留物を探す。ばりやひび割れの心配はない。トリガー機構にオイルを吹きつけると、必要な面すべてにオイルが行き渡る。銃に携わる者の心を揺すぶる、あのカチッという胸のすく音とともにボルトが所定の位置に戻り、仕事の準備がすべて整う。

「ネジが全部しっかり締まっているのを確かめろ。ゆるんでいるものがあってはならない。スコープ下のエレベーションダイヤルの確認を忘れるな。すべりやすくなっているとミスをする。きちんと調整されているかどうか、自分のノートを参照しろ。吊り革のテープを調べて、よけいな音が出ないのを確かめろ。前回の銃撃から長い時間がたっている場合は、百回くらいスナップ射撃を行い、引き金をひく指を鍛錬し直せたかどうかを確かめろ。ストレッチ運動を行い、旅に必要な柔軟性を確保すること。万一、何かで狩猟小屋へ戻れなくなり、旅が長引いたときのために、食料が入っているかどうかリュックを確認しておけ。われらが神と救い主に祈りを捧げること。われらのたぐいまれな国のすばらしさをいまに伝える偉大な国王、グスタフ五世に忠誠を誓うこと。華やかで、かつ自由な世界できみたちを育て、いまのきみたちになるよう励ましてくれた父君に、称賛の讃美歌を捧げること。そして、きみたちを産み育ててくれた立派な女性と、きみたちの前後に生まれ、きみたちをいまのきみたちに成長させてくれた兄弟姉妹に、特別な感謝を捧げること」

若者たちは目を丸くして、自分がまだ少年であって兵士でないことに軽いいらだちと小さな動揺を示しながらも、ブリックスの命令に従った。

「さあ、寝ろ」と、ブリックスは命じた。「夜は忙しくなる。そして明日、仕事をすませたら、帰還が始まる」

62 エイペックス

電話は、期待したものとは違っていた。一四〇〇時にＭＩ６のアウスウェイスからリーツにかかってきて、リーツがその内容をスワガーに伝えた。

「少佐」

「なんだ、中尉？」

「それが、いまミスター・ウィルソンから電話があって、この前とは別のことを思いついたので、至急少佐に会いたいと言ってきました」

「ちょっと遅かったな、中尉。われわれは命令待ちの状態だ」

「実は、車でこっちへ来てはどうかと提案しました。彼はいま、通り二本向こうのバークレー・スクエアにいます。西側のベンチです。そこなら会う時間があるのでは？　どんな話かおおよそ察しがつきますが、検討する価値はあると思います」

スワガーは腕時計を確かめた。

「わかった、急いで行ってみよう。だが、いつ呼び出しが来るかわからないぞ」

「承知しました」

スワガーは電話を切った。「セバスチャン、私が戻る前に承認が得られたら、きみとリーツで私を拾ってくれ。バークレー・スクエアでミスター・ウィルソンに会ってくる」

「了解しました」

「ウィルソンに会ってくる」と、スワガーはリーツに告げた。「理由はわからないが、確かめたほうがよさそうだ」

彼は広場までの二本の通りを足早に渡った。七月中旬のロンドン。予報では天気は崩れると言っていたが、まだその気配はない。空は青く穏やかで、風は甘く、枝と葉が少し揺れていて、あたりに破壊の跡は見えず、昔のロンドンのようだった。第一次世界大戦によって失われた〝すべてを備えたロンドン〟だ。途中で、巡査一人とすれ違った。米軍航空兵二人ともすれ違った。スピットファイアの操縦士か、ダムの壊し屋か、それともそのどちらも演じる俳優はだしか。女性はみな魅力的だったが、彼は戦争が終わるまで脳のその部分を中国か冥王星(めいおうせい)へ追放してあった。

公園に入り、ウィルソンが歩道のベンチに一人で座っているのを見て、他に誰もいないことを確かめた。スワガーは近づいていった。

「ミスター・ウィルソン」

「やあ、こんにちは、少佐、よく来てくださいました」ウィルソンはそう言って立ち上がった。くすんだ赤紫色のくたびれたツイードのスーツに、バケツ型の帽子はやはりツイードだが、スーツとまったく合わない色柄だった。黒ずんだ格子柄のネクタイが無個性なワイシャツの首で結ばれていた。「あなたにかかっているプレッシャーはわかっているつもりですが、もしかしたらお力になれるかと思いまして」

立派なプラタナスの木陰に置かれたベンチに二人で腰かけると、スワガーはウィルソンの膝に三十センチ×六十センチぐらいの大きさの革ケースが載っているのに気づいた。革の光沢と真鍮の金具の輝きから見ると、高級なものらしい。

「あなたは、例のスナイパーを狩りに行くのでしょうな。そう推測しているのですが」

「おおむねその方向と思っていい」と、スワガーは言った。

「私はエンフィールドT四千挺の製造に立ち会いましたが、ああいう仕事にはあまり熱が入りませんね。あれは重くて、ネジがすぐ外れるし、望遠鏡(テレスコープ)とマウントは機関銃用に設計されたものだし、われわれの三〇三口径はそもそも狙撃用ではありません。あなたがたのつくったガーランド・ライフルともそりが合いませんがね」

「あれはひどく嫌われている」と、スワガーは言った。「おれはスコープ付きのスプリングフィールド銃を探したんだが、最近はほとんど海兵隊員の手に渡っている」

「私は考えました。もし少佐が、すでに武器の精度で優位に立っているブリックスを森林地帯(ブッシュ)で狩るのであれば、状況をこれ以上悪化させてはいけない。では、好転させるにはどうしたらいいか？　その鍵は〈ホーランド&ホーランド〉にある」

ウィルソンは革ケースのボタンを外して蓋(ふた)を持ち上げた。赤いビロードのクッションにしっかり固定されている区画に、二つに分解されたボルトアクション・ライフルが納まっていた。持ち上げた蓋にはラベルが三枚貼られていて、一番目立つ一枚にはメーカーの紋章が描かれ、販売店の住所はロンドンW1、ニューボンド通り九八番地とある。それは二人が座っているバークレー広場の木の下から、通りを二、三本隔てたところだった。

「私たちはこれを分解銃と呼んでいます。便利ですよ。吊り革で肩に掛けていくと、狭い場所ですばやい動きがしにくくなりますし、邪魔になるから、近距離ならトンプソンを持って行くべきです。これなら、リュックからストックとアクションを取り出し、われわれが考案した接合具で組み立てられる。たちまち、世界最高の忍び寄り(ストーキング)ライフルの出現です。軽くて、扱いやすく、不気味なくらい精度が高い」

箱の宝物のなかには、掃除棒やオイル缶、雑巾(ぞうきん)やパッチなどと並んで、赤黄色のキノック弾二箱も入っていた。スワガーは身をかがめて、箱に書かれた情報を読みとった。

「私たちは二四〇口径エイペックスと呼んでいます」と、ウィルソンは言った。「ライフル愛好家のあなたには、この値打ちがわかるはずです。実際の口径は二四五、薬莢はフランジド・マグナム、弾はソフトノーズ百グレイン——弾速は秒速九百メートル」

「ほうっ」と、心からうれしそうにスワガーが言った。

「一九二〇年、アフリカの平原で皮の薄い狩猟動物を狩るために開発されました。重い銃は照準を合わせずに撃つ速射には不向きです。アフリカでは大歓迎され、私はそのライフルで射程に入ったインパラを仕留めたことがあるし、多くの人が仕留めるところも見ている」

「スコープは？」

「スコープはうちの自家製で、ドイツ産のガラスとバーミンガムの鋼鉄を原料にして、大変よくできています。倍率は四倍。ご覧のようにすでに固定されているので、箱から出し入れするたびに調整する必要はありません。これは、私の目に合わせて距離を定めてありますが、現場でご自分に合わせてダイヤル調整する時間はあると思います。でも、なにしろ百メートル先の二・五センチ四方の的にキノック弾を五発続けざまに撃ちこめます」

「ほぼ完璧だな」

「これは私たちが最高の銃（ベスト・ガン）と呼ぶものです。半世紀もこの手の仕事をしてきた男たちが、細心の注意を払ってこれをつくったのです。したがって、展示品級（エキシビジョン・グレード）の木材も含めて、全体に豪華な材料が使われており、銃床の彫り模様（チェッカリング）も非の打ちどころがなく、金属はこれ以上ないほどに磨かれ、部品一つ一つが手作業で取り付けられ、完璧なフィット感と機能を保証している」

スワガーは食い入るように銃を見た。品質の優れたライフルはひと目見ればわかる。柔らかく織りこまれた薄い色の木目、緻密（ちみつ）な造り、優美このうえないデザインから、目の前にあるのが比類なき傑作であることを一瞬で見抜いた。ライフル射撃愛好家の例に漏れず、彼もすぐに思った――撃ってみたい。

「三十五ポンドと安くはないし、お客にはこの銃が届くまで一年は待ってもらっています。どうか、これをお持ちください、私の戦争への貢献として。私の士気がどうであろうと、あなたの知ったことではないでしょうが、それでも私にすれば、国王や国に悪態をついたり、出荷ラベルをチェックしたり、不機嫌な中佐に対応したりすること以外に、何か協力ができるのはとても大きな意味があるのです」

「ミスター・ウィルソン、喜んでお借りしますよ。おれがこれから行くところもそうなのだが、ある種の状況ではこれが絶対的な特効薬になるかもしれない。ただし、そのあとおれとこの品物がまだ元気でいたら、返却を許すという条件付きにしてほしい」

「それは名誉なことです」と、老ハンターは言った。「これは新品で、戦争前に工場が最後に完成させた民間向け注文品の一つです。元の持ち主は残念ながらすでに亡くなっている。北アフリカの砂漠の戦車戦で。ですから、それ以来うちの銃器保管庫に眠ったまま、戦争が終わって裕福なアメリカの映画スターが現れるときを待っていたのです。これはまだ血を流していません」

「言いたいことはわかった」と、スワガーは言った。

「こいつにぜひ血を味わわせてやってください、少佐」

63　小便する男

ミスター・レイヴンは待った。だが、何も起こらない。と言っても、彼はリーツと女を待っているのではなかった。メイフェアにいるのでもない。ブロンプトンの電話交換で聞いた奇妙な声の指示に従って、チェルトナムの地下鉄駅にいた。

電話の男は、「チェルトナム地下鉄駅の男子トイレ、赤い帽子、午後六時から七時のあいだ、小便器」と言い、電話を切った。

そのトイレを調べると、英国国教会風のみすぼらしいケープをまとったお馴染みのヘドロ穴で、小便の臭いを抑えるために置かれた化学物質のかたまりは悪臭を打ち消すどころか逆に増幅させ、吐き気をもよおす臭いが漂っていた。グロテスクとしか言いようがない。

赤い帽子がどこにも見えなかったので、トイレ内の観察をやめて、外のベンチに座った。近くに果てしなく動き続ける巨大な階段があり、駅から地上の通りへ、あるいは地上から駅へと旅客を運んでいた。彼はロンドンには大勢いる、現在も過去も未来も灰色一色の、人を惹きつけることもない卑屈な態度の男の一人としてベンチに座り続けた。近くのキオスクはまだ開いていて、ボードに貼られたデイリーメール紙には、鬱蒼（うっそう）と茂る草木のなかにしゃがんだ不機嫌そうなアメリカ軍兵士の四段抜き写真が載っていて、その上に〝蔓に絡まれたヤンキー〟という見出しが付いていた。どうやら、兵士の頭上の空気はドイツ軍のスナイパーたちに支配されているようだ。兵士はうんざりして苦虫を嚙みつぶしたようなあきらめの表情を浮かべている。

　おれも同じだよ、ご同輩、とレイヴンは胸のなかでつぶやいた。

　時間が流れていく。そのあいだに、遠くでV1弾（ドゥードル）が爆発した。運よく国会議事堂か首相官邸に命中するのを期待して、ヒトラーがいまも投下を続けているのだろう。続いてサイレンが鳴り出して大きく響きわたったが、まもなく音も小さくなった。つまりアパートが燃えて、十人の男とその妻、子供たちが蒸発したという意味だ。もちろん悲劇であり、ロケット弾攻撃に加担した者は全員絞首刑に処せられるべきだ。だが同時に、レイヴンは怒ることに疲れていた。人はいつまで怒っていられるのだろう？　BBCのテレビやクズ新聞で見た人々の顔にも、同じような絶望感が漂っている気がした。この糞みたいな状況はいつになったら終わるのか？　あとどれくらいかかるのだろう？　悲劇であれ、残虐行為であれ、善と聖のために戦う王立十字軍であれ、歓迎する気持ちはとうにすり切れてしまった。

おや。

間違いない、赤い帽子だ。十年前に流行した淡い色のバックベルト式ジャケットを着て、靴下にも見える赤い帽子をかぶった男がトイレへ入って行った。ようやく来たか。レイヴンは疲れた足で立ち上がると、早いとは言えないが遅すぎもしない時間帯の人混みを縫ってトイレに入った。そのとたん、小便を顔に浴びせられたような感じがした。うっ。なんともいまいましい不潔さだ。

赤い帽子の男が小便器の前に立っていた。左隣が空いている。レイヴンはそこへ行って立ち、ジッパーを下ろそうかと考えたが、実際には下ろさず、じっと待ち構えた。

男の目がこちらを向いた。

「顔を見せてくれ、親友」

レイヴンは顔をうつむけて、スカーフに指を掛けて一瞬引き下げ、宇宙の壁にできた亀裂のように唇を二つに裂いている割れ目を露出させてから、またスカーフで覆った。

「これじゃ、見間違えようがないな」と、男は言った。

顔に割れ目のある男は一瞬、焼けつくような怒りを覚え、このヘビ野郎が他人の小便のなかで血を流して死んでいくところを見るつかのまの喜びを味わうために、クックリ刀を抜いて相手をざっくり切り裂く場面を思い浮かべた。だが、歯を食いしばって我慢した。

「アメリカ人は前線へ戻った、そう伝えるように命じられた。彼がどれくらいそこにいるかはわからない。宿舎には近寄らないほうがいい。あんたの存在をおまわりが嗅ぎつけていないとも限らない。彼が戻ってきたら連絡が行くから、腹をくってケリをつけろ」

レイヴンはうなずいた。

「いい子だ」と、仲介者は言った。「ところで、一ポンドでおれのをしゃぶる気はないか?」

「ない」と言うと、レイヴンは周囲を見まわして誰もいないことを確認してから、刀で男の顔を切りつけ、深く長い傷口をつくり出した。テーブルから転がり落ちるビー玉のように血が流れ落ちる。男は溜まった小便のなかに倒れてしぶきを上げた。

レイヴンはジッパーを下ろし、ゆっくり男に小便をかけた。誰かが入ってきて、この場面を見たら、たちまち逃げていっただろう。

「そのままじっとしてろよ。でないと、ちんぽこから乳首までざっくり切り裂いてやるからな、このくそ野郎」レイヴンはジッパーを閉じて向きを変え、動く階段へ向かった。

第4部

夜の銃撃手

64　若い男

彼らは一七〇〇時、戦線から一・五キロほど後方の第九歩兵師団本部に集合した。人数は約三十人。最高位は少尉で、残りは軍曹と伍長。第四歩兵師団と第九歩兵師団、つまり第Ⅶ軍団から派遣され、今夜の仕事に指名されたブローニング自動小銃（ＢＡＲ）の銃手やその助手、偵察隊指揮官だった。

彼らはぼろぼろに疲れ果て、身体に合わないオリーブ色の綾織り生地がつくる襞やくぼみのなかに座っていた。服装は全部が同じと言えば同じだし、違うと言えば違う。大半はM41フィールドジャケットを着ており、空挺隊員用ブーツを履いている者もいれば、頑丈な編み上げブーツを履いている者もいた。全員がきつく締めたキャンバス地のレギンスを着用している。吊り革が何本もいろんな角度で身体の横や前後を走り、胴の部分にさまざまな方向へ走るさまざまな付属品が弧を描いてぶらさがっている。ある者は手榴弾を、ある者は銃剣を持ち、四五口径をショルダー・ホルスターに収めている者が数人、ルガーを持っている者も一人いた。その日は髭を剃っていない者もいれば、一週間ずっと剃っていない者もいる。ズボンの裾を折っている者、折っていない者、自由気ままにしている。オリーブ色や〝シェード二番〟の意味については、さまざまな請負業者がさまざまな考えを持っているため、おおむね即席で作られたカーキ色の世界は多種多様な色合いを帯びがちだ。まるで、カーキ工場で爆発が起きたみたいに。その上に磨耗や劣化、補修、灰汁石鹸での度重なる洗濯が加われば、当然、尋常ならざる状態になる。何もかもがばらばらの軍隊の話など聞いたことがない。ある意味、〝おそろい〟であることが軍隊の核心ではなかったのか?

とはいえ、服装はそんなふうでも、(たとえ本人は意識していなくても)危険と隣り合わせで生き、危険とともに働く男たちならではのけだるい美しさは全員が共有していた。部隊単位に分かれてはいるが、反目することはなかった。全員がひどい目に遭ってきて、反目し合うどころでなかったし、今夜はそれがもっとひどくなりそうだ。大荒れも予測される。

一七〇五時、六人の士官がおおよそ似たような、だが兵士たちより清潔な服装で入ってきた。顔に皺が見られたが、髭は剃りたてだ。もちろんネクタイも装飾品もなく、現場監督特有の注意深い表情だけを浮かべている。

「気をつけ!」の号令がかかり、歩兵たちがその姿勢を取り始めたが、彼らが完全に立ち上がる前に、若い将校が「休め。座れ、諸君、リラックスしろ。タバコがあればすってよろしい。吸い殻を剝がすのを忘れるな」と言った。

将校は部屋の奥へ向かい、その後ろの木製椅子に残りの五人が座った。

「私の名前はコリンズ」と、将校は言った。「きみたちは私に仕える。私はブラッドレー将軍に仕える。ブラッドレーはアイゼンハワー将軍に仕え、アイゼンハワーはルーズヴェルト大統領に仕え、大統領はアメリカ国民に仕える。そのボスたちが重要と考えていなければ、私はいまここにいないし、きみたちもいない。私自身はとても重要と考えており、暴風雨が吹き荒れるなか、自分でここまでジープを運転してきた。これで私たちは五分五分か？」

いま、自分たちが見ているのはこの戦争のスターの一人で、史上最年少の軍団長、〝稲妻(ライトニング)ジョー〟ことジョー・コリンズ少将であることに気づき、観衆から同意のつぶやき声が沸いた。この将軍がここにいることが、〝今度はしくじるなよ〟のメッセージなのだ。だから彼らは、絶対しくじらないぞと決意した。

「手短に言おう。いまから情報部のスワガー少佐が作戦についての要約説明を行う。彼は私と同時期にガダルカナルにいた。あの島での彼の活躍は太平洋のあちこちでいまも語り草になっている。彼の話に耳を傾けてほしい。すばらしい計画だと思う。この計画が私たちに、〝銃弾の庭〟から抜け出して戦争に戻る道を切り開いてくれるだろう。スワガー少佐？」

スワガーは立ち上がった。

「ありがとうございます、将軍」と、スワガーは言った。

彼は兵士たちのほうに向き直った。

「今夜、スナイパー数人を抹殺する」

65　ニュース速報

いつもどおり一六〇〇時に、第一軍からテレタイプでニュース速報が届いた。ミリーはそれを開いてすばやく読み、リーツがどこへ消えたのか確認してから仕事に取りかかった。

「大佐」と、彼女はインターホンで告げた。「一六〇〇時の速報が届きました。行方不明の人たちの情報が入っているようです」

ブルース大佐がやってきて、急いで速報に目を通した。

「どうやら、彼らはわれわれから去っていったようだな」と、大佐は言った。「いまは第一軍に組みこまれている。もう私に報告さえしてこない」

「急いでいて、時間がなかったのかもしれません。よく言う……」

「〝急いで待て〟か。ただし今回は、待て、待て、待て、そのあと突然〝急げ〟だ。スワガー少佐のいつもの被害妄想かもしれないな。あの男は誰かに肩越しに覗かれるのをひどく嫌うから」

「前にも申したとおり、リーツ中尉は少佐をとても有能だと評価しています」

「私もそう聞いている。まるで、息子がフットボールのスター選手なのに、フットボールのことを何も知らない父親になったような気分だ。まあ仕方ない、謄写版刷りを配布して、成り行きを見てみよう」

「承知しました」

ミリーはアンダーウッドのタイプライターに原紙を入れ、スクロールして正しい開始位置にセットして、キーを打ち始めた。

カタカタカタ。

〝秘／極秘／極秘／極秘／極秘／極秘／極――〟
ブラッドレー将軍の命により
一九四四年七月二十二日の第一軍戦略概要第四十三号を
スミス少佐に許可する
軍団の管轄する防衛地域ごとに分けて要約されたヨーロッパ戦域作戦の〝本日のニュース〟は、Dデイの少しあとからずっと、ほとんど変化がない。

待望のサン＝ロー攻略後、部隊が再編成されたこと、同時にドイツ軍の反撃が予想されること、というゆるやかな進捗を除けば、前線の動きは停滞したままだ。まずはいつもの疑問、敵の活動に関する報告から始まっている――いったい、あのすばしっこいSSダス・ライヒはどこにいるのか？　そのあとに、顕微鏡のスライド上のアメーバのようにあちこち移動し、行ったり来たりし、分裂しては再結合を繰り返している機甲師団の未確認目撃情報があった。次に第一軍の活動。アメリカの部隊も敵方と同様で、軍団、師団という呼称にどんどん意味がなくなってきて、演習には再編成が不可欠となった。部隊はあたかも液体のようで、ときに意図的に、ときに偶然に、あっちへこっちへと噴き出しては水たまりと化していた。目を覚ましたら、隣で野営している兵たちががらりと変わっていることさえあった。次に、最小限の犠牲で古風なバリケードを破るため、即席の〝田園地帯破壊器（ボカージュバスター）〟を鼻面に付けたシャーマン戦車隊の配備に関する最新情報。他に、大砲の砲弾不足というよくない知らせもあった。終わりの見えない状況だ。陸軍航空軍が敵の橋頭堡（きょうとうほ）や補給基地にかけた攻撃に関する報告によれば、航空軍はすばらしい仕事をしているとのことだが、それは毎度お馴染みの台詞だ。戦闘報告もあった。サン＝ロー付近で通常より大規模な反撃があり、通常より多くの死傷者が出たが、それ以外はいつもどおりだ。フランスの別の町に八十八ミリ対空砲の弾幕が張られ、異様に高い死傷者数を出したという。さらに指揮官の交代についての人事報告があり、最後に四つの軍団からの最新情報が載っていた。うち三つは〝活動予定なし〟だったが、残りの一つだけは違った。

第Ⅶ軍団

サン＝ジル周辺の前線区域で夜間偵察活動を再開。第四および第九歩兵師団から編成された部隊は、敵砲兵隊の兵力と戦車の再配置を確認するため、二十二、二十三日の夜間に大がかりな偵察活動を行う。

カタカタカタ。

66 軍曹

アーチャーは四列目に座っていた。彼は現在、最下位の軍曹で、今夜の作戦で部下を指揮することになっていた。なにしろ彼は、その地域を熟知していたからだ。それは苦い経験を通じて学んだものだった。

馬鹿話をする相手、ゲイリーがいなくなったいまも、アーチャーにとっては変わらず軍神であるスワガー少佐が、目の前で今夜決行されるトト作戦の要旨説明を行っていた。アーチャーには楽な作戦に思えたし、何より要旨説明の終わり方が気に入った。

「よし」と、スワガーが言った。「以上だ。質問は？」

当然のように沈黙が続いたが、やがて誰かが口を開いた。「少佐、ただの好奇心なんですが。これまで作戦名はたくさん見てきたけれど、たいていは地名で、トトというのは聞いたことがありません。何か由来があるのでしょうか？」

「アーチャー」と、スワガーが声をかけた。ついいましがたまで、アーチャーがいるのに気づいているそぶりを見せなかったのに。「みんなに教えてやれ」

「数週間前、われわれとゲイリー・ゴールドバーグ二等兵は今夜の作戦の情報を収集するために偵察に出ました。その帰途、ゲイリーは戦車を一台爆破した。だが、やつは年がら年中、軽口をたたいてばかりいた。ジョークを披露しようと頭をもたげた瞬間、いまわれわれが追っている敵の一人に撃たれてしまった。ゲイリーはいいやつだった。すごくいいやつだった。あのとき、やつは『オズの魔法使』のジュディの台詞を引用しようとしていた。〝トト、おうちほどいいところは……〟と口にしたところで撃たれた。これはあいつに敬意を表した作戦名なんです。あいつはその敬意にふさわしい人間でした」

「他に質問は?」

手が挙がった。

「よし」と、スワガーが言った。

「捕虜はどうしますか?」

「その質問には私が答えよう、少佐」と、コリンズ将軍が口をはさんだ。「公式であれ、非公式であれ、捕虜を処刑したという報告は訊きたくない。われわれの方針に反する。これまでも、今後もだ。それに、いま大事なのは敵を捕虜にすることではない。スナイパーを殺すことだ。ドイツ兵を捕虜にする機会があれば、それを逃してはならない。だが、敵を捕獲するために命を落とす者が出たり、よけいな努力をしたりする必要はない。敵を捕虜にするのは、あくまで副産物であって目的ではない。判断は偵察隊の各指揮官にまかせるから、下士官は部下をしっかり統制してくれ」

また手が挙がった。

「私は北アフリカ以来、ＢＡＲ部隊にいます。最初は銃手助手、いまは銃手として、数多くの銃撃戦に参加しました。この仕事を愛しています。結婚してもいいくらいに」

何人かが笑い声を上げた。

「愛し続ければ、絶縁状を突きつけられることもないだろう」とスワガーが言うと、さらに笑いが起きた。

「ええ、少佐。でも、夜間の射撃には大なり小なり、弾の行き先を推測する必要があります。曳光弾は役に立ちますが、それでもまだ標的まで弾を導く必要がある。それには時間がかかります。おっしゃるようにこの連中が優秀なら、パニックを起こすこともなく、やすやすと遮蔽物の後ろか、なかに飛びこむでしょう。たぶん適当なものを前もって見つけてあるはずです。相手を浮き足立たせても、取り逃がしてしまえば、相手はプロですから、明日の夜にはまた戻ってきます」

「いい質問だ」と、スワガーは言った。「ＢＡＲの諸君、手を挙げて」

十二人が手を挙げた。

「リーツ中尉」

リーツが立ち上がり、ブリーフケースを手に聴衆のそばに行き、銃手一人一人に二つのものを渡した。

「いま、おまえたちに渡されたのは新品のGI腕時計と接着剤ルペイジの一オンス瓶だ。時計は記念品ではない。陸軍は記念品などくれないから、欲しければ盗むしかない。自分の隊に戻ったら、銃剣でクリスタルガラスをそっと割り、破片を全部振り出せ。次にルペイジを少量手に取り、BARのフロントサイトに塗りつけろ。時計の分針を慎重に剝がして——ピンセットが必要になるかもしれないが——ルペイジのなかに浸け、はみ出さないように気をつけてフロントサイトに貼りつけろ。時計の針には、コネティカット州のウォーターベリー・クロック社の若い女性たちの手でラジウムが塗布されている。針は暗闇で光る。

つまり、フロントサイトには常に印がついているわけだ。印をつけたサイトで目標に狙いをつけ、曳光弾の弾倉を撃ち尽くす。連射の長さにもよるが、一、二秒ですむはずだ。助手から別の弾倉を渡されたら、また二十発撃つ。三〇口径の曳光弾に大いに仕事をさせてやろう」

「他に質問は？」

なし。疑問は解決した。

「よし」と、スワガーは言った。「基本方針だけは忘れるな。やつらはおれたちを狩るつもりでいる。だが、おれたちがやつらを狩るのだ」

67 忍び寄り（ストーク）

今夜のアメリカ軍は騒々しかった。たぶん、タウゼント突撃グループの行動の効果が絶大で夜間の活動がほとんど封印されていたため、練習不足だったのだろう。彼らが来る音も、去る音も、マティアスには聞こえた。人数は六人、スチールポット・ヘルメットをかぶっている（彼らはときどき靴下みたいなニット帽をかぶることもある）。行軍には常に付き物の音も聞こえる。チャリンチャリンチャリン、カランカランカラン、ビンバンボン。一歩進むたびにありとあらゆる装備がぶつかり合っている感じだ。さらに、ため息やうめき声、うなり声、罵り（ののし）の声、文句を言い合う声さえあった。まるで道化師ショーだ。

若いスウェーデン人にはむしろありがたかった。実は彼も同年齢の多くの者と同じく、何週間か前にこの活動に飽きてしまっていた。確かに六月中はずっと楽しかったし、一人倒せば、それなりに重要な仕事をした気分になった。だが、それでも……。たとえドイツ軍の現実をごくごく薄めたスウェーデン版であっても、これが軍隊であることに変わりはない。ブリックスがドイツ兵を近づけないようにして、わずらわしさを省いてくれるのはありがたいが、それでもこれは軍隊だ。殺すたびに報告書を書かなければならない。地図でその場所を特定しなければならない。何度も繰り返しライフルを掃除しなければならない。交代で洗濯しなければならない。飲酒にも気をつけなければいけない。そんなに好きではなかったアクアビットを飲んでのお祭り騒ぎも、禁じられるととても魅力的に思えてくる。

それに、あのブリックス。いまが彼の人生の絶頂だと見る者もいるかもしれないが、背負った責任が彼を摩滅させているのは間違いない。あれほどの魅力と快活さとカリスマ性を備えた男が、世界大戦真っただなかのサマーキャンプ六週目には、不安と過労、ドイツに従うか逆らうか判断しなければならない重圧、来るとわかっているがいつどこで来るかわからない米軍の大反攻への恐怖ですり減らされていた。みんなに愛されるあの男を、あらゆるものが寄ってたかって押しつぶそうとしていた。

「ブリックスには休暇が必要だと思う」と、作戦区域へ出撃する前日の午後、彼はブレントに言った。

「おれにも休暇が必要だな」と、ブレントが言った。「いますぐ姿を消して、見つけた道を引き返し、ここからおさらばしようぜ」

「ブリックスが父さんに言いつけるぞ。父さんはひどくがっかりするだろうな。ここへ送られたのも、正式に軍隊に入隊しなくても規律をたたきこんでもらえるからだ。またとない機会になるはずだった」

「でも、あと何人かアメリカ人を仕留めろって？　それで何か変わるのか？」

「わからないやつだな。釘がないから蹄鉄を打てない。蹄鉄がないから馬が走れない。馬が走れないから……」

「もうその話は聞き飽きた。うんざりだよ」

「まあ、これは建前だからな。だけど、学ぶべき知恵がないわけではない」

「ありがたいことに、出発は明日だ。そんなにすぐじゃない」

「それについては同感だ、兄弟」

二人は米軍部隊からかなり距離を置いていた。たぶん四百メートルくらいだろう。足の親指の付け根のふくらんだところを使って、音を立てずにあとをつけている。若くて、体力と柔軟性に恵まれ、視力も筋肉のバランスも優れていたから楽についていけた。アメリカ兵がどうしてこんなに無器用なのか理解できなかった。インディアンはどうなのだ？　定期的にストックホルムで公開される二リールの映画に出てくる、音をいっさい立てない追跡者はまるで違う。それなのに、このでかくて、愚かな男たちはのべつまくなしに文句を言い続けている。英語がわかるので、会話の断片が聞きとれた。

「進めよ、この野郎」

「いや、コンパスがここを左に行けと言っているんだ。小川のそばを」

「地図がどう言おうが関係ない」

「靴下を履き替えろと言っただろう、くそったれ。マメができるぞ」

「よし、照らせ。だけど、頭は上げるなよ」

「ジェファーソン、おまえが先頭だ。一段低い道に着いたら、休憩して地図をチェックしよう」


こんな間抜けがいるのか。アフリカに二度行って、野牛九頭と象六頭を殺してきたが、あの狩りのほうがずっと大変だった。もし象が酔っぱらったら、こいつらみたいになるかもしれない。いずれ必ず馬鹿なことをしたり、道に迷ったり、ぐるぐる回ったりし始めるのは間違いない。ときにはどこへも行きつけないこともある。これ以上ドイツ軍の戦線に近づいても無意味だと考え、味方の戦線から二キロも離れたところで、夜の闇に紛れてしゃがみこんだりする。

一人を仕留めれば、アメリカ兵は子供みたいにパニックを起こした。アフリカでは違った。仲間を殺されても群れはまとまったままだった。そればかりか、少年たちが死んだ象から象牙と焚き火で焼くための肉を取り去り、残りの肉を、夕飯にありつくために物陰で安全な闇の訪れを待っているハイエナたちに置いてきたときも、群れの象たちはほとんど無関心で、自分のすべきことだけをしていた。アメリカ兵はちりぢりになり、愚か者か幼子のようにぶつかったり、つまずいたり、哀れな声を出したりしながら、暗闇を走る。二度ほど、兵士たちが味方の陣地目がけてすぐそばを走り抜けていくあいだ、彼らの汗の臭いを嗅ぎとれたことさえあった。アメリカ兵にとって、夜は恐怖と試練のときであるのを彼は知っていた。自分にとっては可能性の宝庫であり、決して真の闇ではなく、暗い音調で構成されたメロディのようなものだった。星か月が出ていれば、十分見える。これでは簡単すぎる。うまくいかないわけがない。

音を立てろとは命じていたが、部下たちは必要以上に音を立てていた。まるで、サウンドトラック付きの無声コメディ映画のようだ。

「うるさすぎますかね、中尉？」と、マッキニー軍曹が尋ねた。

「うるさすぎるということはない。特に、今夜は」と、リーツが言った。

「そろそろ休憩させてやりたいのですが」

「もちろんだ。ただし、ここからはこれまでの規律を破棄する。タバコも、騒音も、動きまわるのも禁止だ。みんなを分散させろ。こっちの準備が整うまで、敵に撃たせたくないんだ」

「承知しました」

マッキニーが手信号を送ると、道化の列はにわかに職業軍人らしい態度に変わり、動きを止めて地面と一体化した。タバコに火をつける者も、指揮官に不平を垂らす者も、任務に文句を言う者もいない。全員が理解していた。

身体を丸めて荒い息をついている兵隊たちの横を、リーツは列の後方へと移動した。みんな、神経を張り詰めていた。目を周囲に向けて警戒している。リーツはＢＡＲの銃手と銃手助手がしゃがんでいる最後尾まで歩いた。

「みんな、準備はいいか？」と、彼は尋ねた。

「問題ありません」と、ＢＡＲの伍長が言った。

「フロントサイトのラジウムは、まだ機能しているか？」

「大丈夫そうです」と、伍長は言った。彼が大きなライフルを持ち上げると、銃身の先のほのかな光が見えた。照準を合わせるには十分だ。

「準備はいいか、二等兵？」と、リーツは銃手助手に尋ねた。

「はい。左に曳光弾の弾倉、右に〝直球〟。取り違えないようにします」

「よし、われわれが配置についたら、銃を二脚（バイポッド）に載せろ。しっかり固定し、狭い範囲に弾を集中できるようにしてほしい」

「今日の午後、バイポッドをもとの場所に戻しておきました」と、伍長が言った。

「見つかってよかったです」

「面倒だし、めったに役に立つことはないが、今夜は必需品だ」

「おれたちは動けない状態ですからね」

リーツは腕時計を確かめた。まもなく〇六一五時。戦闘の真っただなかの静かな夜だった。しんと静まり返って、明るいものは何ひとつない。空の星は無関心を決めこみ、木の枝のすき間から涼しい風がそよいでくる。

彼は銃手の肩をポンとたたいた。

「まもなく動きだす。草を踏みつけている時間が、あと一時間。それから仕事を始める」

彼は、その集団があまりにもほがらかなのに驚いていた。いつもはくたびれ果てて二十分ごとに休憩をとる。ずっと呼吸音が聞こえていた。肺の立てる苦しげな音。乾いてねじれた気管から空気が吐き出されるとき、たまに聞こえる甲高（かんだか）い音。小便の音——そして、排尿にまつわるジョーク。それが彼らにはおかしくてたまらないらしい。こぼすなよ！　しっかり狙え！　イニシャルを書け！　小便のジョークなら、百種類も聞かされた。アメリカ人ときたら、まったく赤ん坊じゃないか。

しかしまもなく夜が明け、彼らにはまだ何も見えないのに、自分にははっきり見える魔法の数分間がやってくる。射撃に最適な時間帯で、坊やたちが座っていたらいっそう効果的だ。自分で動きながら、動いている標的を撃つのは気が進まない。そうするしかなければ仕方がないが、相手が協力してくれるならそのほうがずっといい。死の一撃にとってもありがたい。頭をまっすぐ撃ち抜くベル・ショットが撃てる。獲物には死という意識すらなく、あらゆる感覚がぱたりと止まるだけだ。痛みも、後悔も、人生を振り返ることもない、動物としての純粋な死。完全な、ある意味、慈悲深い死だ。

彼は腕時計を確認した。ラジウムが塗られた針は常に忠実かつ正確で、もう時刻は〇六四三時になるのに、アメリカ兵の一団は消防車の車列より大きな音を立てて前進している。そのうち観念するはずだ。倒れる寸前まで肉体を駆り立てる、狂気じみた努力をする連中ではない。いつになったら……

おお！　前方が突然静かになった。停止したのだ。彼らが身につけている金属のかけらがぶつかり合い、ガチャガチャと音を立てた。

一行が木々のあいだを通り抜けたのが見えた。そこは森というより疎林と言ったほうが当たっており、ひょろりとした幹と幹のあいだには十分なすき間がある。しゃがんでいる人影が見分けられた。小川に向かって傾斜している小さなくぼみを選んで、漫画のように後ろへひっくり返ったやつもいた。マッチの音はタバコに火をつけたしるしで、さらに二、三度、火をつけるシュッという短い音が続いた。遠すぎてタバコの火は見えないが、すぐ臭いが漂ってきた。アメリカ人と彼らのタバコの臭いだ。

彼は、一行から百四十メートルほど後方の開けた土地にいた。地面に伏せ、草むらであちこち身体をくねらせ、自分の位置を定めて、楽にうつ伏せの姿勢がとれる場所を見つけた。ルフトヴァッフェ・フリーガーの腕時計に目をやる。〇七〇七時十五秒。太陽が地平線を割って、スペクトル上の明度の高いほうへ少しずつ向かい、夜を灰色と青色と藍色(あいいろ)に変えるまで、あと二分。

ライフルを構え、吊り革に身体を通し、クランクを回し、銃床の後ろへすべりこむ。巨岩のように揺るがない極上の銃座を数秒間で構築した。目を閉じて、鼓動を落ち着かせる。

ふたたび腕時計に目をやる。一分を切った。風も湿気もなく、気温は十八度くらい、西部戦線は静けさに包まれていた。床尾を肩に当て、腕を動かして筋肉ではなく骨で銃を固定し、モーゼルの安全装置――遊底(ボルト)の先端にある溝の入ったフランジ――を親指で解除した。頬をくっつけ、息を整え、右目を開く。スコープが倍率四倍で世界を拡大し、ぼんやりしていた男たちがはっきり人間の形をとった。のんびりくつろいでいる。ティーガー戦車やシュトゥーカ爆撃機のいる地域には入らず、これから楽しげに帰路につくつもりなのだ。

アメリカ軍偵察隊の団欒を見ている十字線に揺るぎはない。三時、六時、九時方向の内向きの線がほぼ――完全にではなく――真ん中で交差し、そのすき間が命中するかどうかを決する。ドイツのアヤック社が製造した最高の光学装置は利用可能な光を最後の光子まで吸収し、完璧に保持した。

彼が見つめるうちに、男が一人立ち上がり、従者たちに声をかける感じで左右へ身体を振り、出発するぞとばかりに向きを変えた。夜が明けた。劇的なことは何もなく、あたかも映画の照明機材がつくり出す魔法のように、ただ青と藍の中間の色がなめらかにすみれ色へと落ち着き、細部の輪郭が鮮明で精密なイメージに定まっていき、最後に完成する――そんな感じだった。男がこちらに背中を向ける。他の者はまだ戦争に戻っていなかった。タバコをすい終えていない者もいた。よし、完璧だ。いつものように脳ではなく指が判断し、ライフルの発射音がして肩に反動が来た。どちらの現象も特別なものではなかったが、ライフルがもとの位置に戻ったとき、ズタズタに裂けた頭が見えた。そして、そのまわりを紙吹雪が舞っていた。

これはあるべき光景ではない――彼は、そう胸でつぶやいた。

疎林のなかで、リーツは仕事に取りかかる兵士たちを見守っていた。ツーバイフォーの木材二本（長さ百二十センチと六十センチ）にあらかじめ開けておいた穴にネジを通して締める。短いほうの木材に、かかしのように米兵のM41フィールドジャケットの袖（そで）を通して服のボタンをしっかり留める。新聞を詰めた靴下帽（ソックス）を縦の木材の上端にテープで貼りつけ、ヘルメットをかぶせると、脳みそさえあれば任務を遂行できそうだった。幸いなことに、それを運んだ男たちには脳みそがあった。

リーツは身をかがめたまま、銃手のところへ這い戻った。BARの後ろにうつ伏せになり、ライフルの床尾を肩に強く押しつけた。銃口の下を金属製の二本の脚が支え、銃はしっかりと地面に平行になった。鼻面の緑色の染みの先に、樹木と野原の暗い世界が広がっている。

リーツが、「いいか？」とささやく。

OKのうなずきが返ってくる。

「目を開けろ。しっかり見るんだ。伍長、この場合、自分の目で相手の銃口炎を確認するのがベストだ。ところで、きみの名前は？」

「ダンです。ペンシルヴェニア出身です」

「よし、ダン伍長、うまくやろう」

伍長は役になりきり、目の前の虚空（こくう）をじっと見つめた。そうしていればいつかある時点で、ほんの一瞬、スナイパーのカートリッジの火薬が銃口の奥でポッと炎を上げて羽根飾りのように揺れ、かたちのない輝きを放つだろう。そして、たちまち見えなくなる。

リーツは腕時計を確かめた。

秒針が〇七〇九時十五秒を回った。

十六。

十七。

十八。

神が光をあらしめた。ともあれ、ほんのちょっぴり。ある方角に目を向ければ日の出の到来を告げる、強烈な光の一端が見えたはずだが、誰もそちらに目を向けなかった。

十九。

二十。

「起こせ」と、リーツが命じた。十メートル背後で、兵士二人が十字架のダミーを持ち上げ、完全な静止状態ではないがまっすぐ安定させた。不鮮明なスコープのなかでは、その動きが生命の証しとなる。

音よりコンマ何秒か早く銃弾が到達した。ヘルメットのつばの下をとらえ、脳があるはずの場所に置かれた、ニットの帽子でくるんだ紙くずのかたまりを突き破った。偽の頭部は破裂して、ヘルメットが一方向へ飛び、紙のかたまりが何本にも分かれて大きな房のように飛び出し、速度がもたらした振動が材木の構造物をガタガタと震わせた。

三人の観的手（スポッター）全員の目が暗闇のなかの閃光を捕捉（ほそく）し、リーツと助手が指示を出したときには、すでにダン伍長がラジウムを塗った秒針に導かれて、そちらの方向へ自動小銃を旋回させていた。

伍長が連射を始めた。

ＢＡＲことブローニング自動小銃は歩兵分隊の自動火器で、ジョン・Ｍ・ブローニング本人が設計した最後の銃の一つだった。この老モルモン教徒がつくったすべての機関銃がそうであるように、頑丈で重量があり、信頼性が高く、強力で正確だった。携行を望む者はいないが、いざ鉛玉が飛び交い始めると、誰もがこの武器を使いたがる。銃の性能に異論を唱える者は一人もおらず、ドイツ軍も二度、日本軍も一度その威力を思い知らされている。どちらの軍も、持ち運び可能で殺傷力のこれほど高い銃は持っていなかった。

曳光弾はネオンの矢のように正確に目標へ向かって飛んだ。こういう場面こそ、ダン伍長の腕の見せどころだった。曳光弾は白熱の筋を描きながら猛然と銃口から飛び出していった。

リーツは、曳光弾が明確な弧を描いて標的エリアへ向かい、そこをどろどろに溶かして破壊の染みに変えていくのを見つめた。土埃がパチパチと飛び、植物の破片、根こそぎ刈られた草、石と泥の破片が舞い散る。狭い範囲に注ぎこまれたエネルギーと速度がもたらす破壊のシンフォニーだ。

弾を撃ち尽くした。

空になった弾倉を銃手がコンマ二秒で抜き取り、新しい弾倉を差しこんだ。

「次は、エリア射撃だ」と、リーツが命じた。「開始！」

マティアスにすれば、地獄の壁が水漏れを起こしたようなものだった。迫ってくる炎の密度はそれほどまでに高かった。マティアスが犯した罪の数だけ、光の点が轟音をあげて向かってきた。怒り狂った破壊の群れ、死の火花。やがて、視覚の連想力がすさまじいスピードで次々と映像を思い浮かばせた。クリスマスのキャンドル、冷えて清々(すがすが)しい十二月のスウェーデン、ストックホルム郊外の森の大きな家で暮らしていた父さん(パッパ)と母さん(ムーティ)と笑っているきょうだいたち。あそこで一生暮らすものと思っていた。

だが、それは思い違いだった。

68 ナツメグ

〇七五五時、携行型無線機SCR‐300からの第一報が、第九師団司令部の第六十連隊第三大隊G‐2テントに設置された作戦本部に届いた。

「ナツメグ・リーダー、こちらナツメグ2ジョージ1、聞こえますか?」

空電音や雑音の厚い雲に、大気が引き起こすキーキーいう音と気まぐれな無線の悪魔が発する甲高い音が交じってはいたが、それでもその頑丈な無線機に届いた声は、通信士の一団や待機中の事務員、指揮を執るマクベイン大佐をにわかに活気づけた。

二等軍曹が「ナツメグ2ジョージ1、聞こえています。続けてください、どうぞ」と応答する。

「ナツメグ・リーダー、殺害に成功しました。繰り返します、殺害に成功」

歓声が上がった。いま行われていることも、成功か失敗の報告が来ることも、全員が承知していた。

「要約させろ」と、マクベインが言った。

「ナツメグ1、要約を願えますか?」

「ナツメグ・リーダー、魔法のようにうまくいきました。ダミーを狙い撃ちしたスナイパーにBARチームが猛攻をかけて仕留めました。私はいま、男のそばに立っています。年齢は三十五歳くらい、ブロンドの髪で、銃弾を浴びてズタズタの状態ですがSSの迷彩服を着ています」

「ライフルは回収したか?」と、マクベインが言い、通信士がその質問を送信した。

「ナツメグ・リーダー、回収しました。スコープ付きの立派なライフルですが、ドイツ製ではありません。持ち帰ります」

マクベインがマイクを取った。

「よくやった、ナツメグ1、さあ、仲間とともに戻ってこい」

「いまの報告ですが」と、通信士が言った。「ノトリアスかジェイホークかマスターに伝えますか?」師団か軍団か陸軍、という意味だ。

「もう少し待って……」

だが、別の無線機がひび割れた音を発した。第九師団の別の部隊からだ。「こちらナッジフォックス2、フォックス2、どうぞ」

「お話しください、フォックス2、どうぞ」

「ナツメグ・リーダー、一人仕留めました。銃撃を受けてかなり重傷ですが、まだ生きています。ライフルは粉々になって救いようがありません。問題の人物はいつまでもつかわかりません。運んで帰るか、このまま出血多量で死なせるか、指示をお願いします。どうぞ」

「運んで帰るよう最善を尽くせと伝えろ」と、大佐は命じ、そのあいだにもまた別の無線が入った。

息つく暇もなかった。第九師団の全部隊からナツメグ宛てに、殺害もしくは捕獲に成功したとの報告が届いた。第四歩兵師団の偵察隊からも、SCR‐300を通じて同様の成功が報告された。

「内容を中継しますか？」

「うん、いいぞ、やれ」と、大佐は言った。知らせはノトリアス、ジェイホーク、マスターに伝わり、マスターからリバティ、つまり欧州連合国派遣軍最高司令部（SHAEF）へも伝えられた。「トト作戦でSSスナイパー七名を殺害、負傷者二名を捕獲、うち一名は予断を許さない状況です」

「こっちの死傷者は？」

「ゼロです」

「よくやったとみんなに伝えてくれ」と、重要人物らしい者が言った。

「承知しました」

だが、報告をしてきていない偵察隊が一つだけあった。レッド・キング3。スワガー少佐だ。

69 レッド・キング3

何が間違っていたのか？ いくつも重なったのか？ 一つだけか？ いったい何がどうなっていたのだろう？ 何がいけなかったのか？

ノルウェーの画家ムンクが描く橋の上の狂人になったような気持ちだった。オレンジ色の空の下の青い世界で、耳と頭に手を当て、口を開けて恐怖の叫びを発しているあの男に。問題は、そのつかみどころのなさだ。なぜそれが重要なのか？ いるのは私だけだ。私は誰なんだ？

もちろん、答えはこうなる——私は私だ。

スコープのなかの三本の線で区切られた小さな空間に士官の頭が見えた。灰色の光が周囲に広がるにつれ、粋に傾けたヘルメットや身体のこわばり、上半身を前後にひねる動きが示すかすかな不安など、細かいところも見えてきた。

男の体格から見て、射程は百七十五メートル。

風はなく、光は(増してはいるが)まだ少ない。指はトリガーにかけており、スコープの十字線(レチクル)がモルタルに覆われた煉瓦のようにしっかりと士官を捉えている。

指がトリガーをそっとなでた。これを引いて、もう一人——最後の一人を地獄へ送りたくてたまらなかった。この男を、というわけではない。個人的な恨みはなかった。そうではなく、やつらみんなを——金持ちを、上流階級を、恩着せがましいやつらを、私を愛しているのに十分愛さなかったやつらを、自分の妻を私のベッドに近づかせなかった女々(めめ)しいやつらを。みんな、くたばっちまえ、と胸のなかでつぶやいて撃つ……

だが、彼は撃たなかった。指がトリガーを引かせてくれなかった。

もう一度見ろ、と指が命じた。

そこで、もう一度見た。すると、その士官は首だけでなく胴も硬直しているのがわかった。身体がくるりと回転したとき、光がようやくいままで隠していた最後の細部を明らかにしてくれた。上着はよじれも広がりもせず、身体と一緒に回転した。

そんな動きをする人間はいない。

計略だ、と気づいた。

何者か知らないが、誰かが私をはめようとしている。

スワガーは銃手の隣から、ありったけの集中力で闇に目を凝らした。何もない。夜の色調と明暗がさまざまに変わっていくだけで、黒は低木の繁みを、まろやかな波は草むらを、垂直の線は細い木の幹を示しているのだろう。さらにその奥は、既知の宇宙を効果的に区切っている生け垣の列か。

スワガーは手首を持ち上げ、腕時計が視界に入るようにした。

日の出から七秒が過ぎ、いま八秒が過ぎ、秒針が文字盤を回るにつれて刻々と時が過ぎていく。十秒……十五秒……

「餌に食いついてこないな。この相手は賢い。何かが見えたのだ」スワガーはしばし考えをめぐらせてから、「銃手、私の曳光弾に合わせて短く連射しろ」と命じた。

彼は立ち上がって暗闇を見渡し、標的が隠れていそうな場所を探した。明暗の濃いところは雑木のかたまりにちがいない。トンプソン・サブマシンガンの覗き穴に目を凝らし、そこを狙って五発撃った。曳光弾が光を揺らめかせて飛んでいく。雑木をなぎ倒せるかもしれない。すぐに自動小銃の追い撃ちが始まり、耳をつんざく音が静かな夜に響きわたる。そちらの曳光弾のほうが速くまっすぐ飛んで着弾し、土煙を舞わせた。一発か二発、岩に当たって方向を変えたものもあった。だが、スワガーはその結果を見る前に、標的が隠れていそうな別の場所を見つけ、あとからブローニングで掃射できるようにめぼしをつけた。

BAR曳光弾の弾倉を二本分撃ち尽くすと、銃手たちはその場にうずくまった。アーチャーが背後から近づいてきた。

「やつはダミーを撃たなかった」アーチャーは動転していた。

「仕掛けを見抜いたんだ」と、リーツが言った。「いま頃はもう、ストックホルムへの道のりの半分は行っているかもしれない。だが、こっちのエリア射撃が命中した可能性もないわけじゃない。そんなにすばやく動けるはずがない。いくら悪魔のような男でも」

「追いますか?」

「ちょっと待て」と、スワガーが言った。「生きていたら、向こうに利がある。知識の厚みと視覚機能の両方で。われわれには火力と人的資源（マンパワー）があるが、無駄に仲間を失いたくない。もう少し明るくなったら二手に分かれて動き、痕跡がないか確かめてみよう」

世界が爆発した。罠（わな）と察知していなければ、直前までいた地面に自動火器の集中射撃が襲いかかったとき、右へ転がることはできなかったろう。土と石と有機物が小さな玉と化して超音速で襲いかかってきた。身体のどこかはっきりしないが、二カ所に痛みが走った。

射撃はしばらく続いた。世界を明るくし、着弾点を切り裂く。岩に跳ね返った曳光弾が周囲を錯乱した風景に一変させた。土埃が激しく舞い、緑の破片が奔流となって降りそそぐなか、炎がすさまじい勢いであちらへこちらへと転げまわる。

次の瞬間、それがぴたりと止まった。

彼らは、私がここにいることを知っている。正確な位置を把握していないだけなのだ。いそうな場所を攻撃してきた。一瞬早く気づいたおかげで、死と出会うことになっていた場所から逃げ出すことができた。さあ、どうする？ 脱出できるだろうか？

しかしこれは、意志と体力と運だけの問題ではない。問題は、どれだけの傷を負っているかだ。骨折していたら、ここで最後の抵抗を試みることになる。何人かは道連れにできるかもしれない。しかし、移動できれば話は別だ。

意志の力で気持ちを鎮め、痛みを特定しようとした。一つ目は太腿。奥のほうに痛みがある。しかし、手を当てても出血はなく、SS迷彩服にも穴は開いていない。つまり何か跳ねてきたものが当たったのだ。たぶん、割れて空間を飛び交っていた跳弾のかけらで、まだ大きなエネルギーを内包していたが、命に関わるほどではなかった。骨はどこも折れていない。

だが、もう片方は出血していた。肘から肩までまっすぐ溝が刻まれていた。そこで弾と身体が別々の道を歩んだらしい。かすり傷と呼ぶには重く、軽傷と呼ぶには深いが、重要な臓器からは離れた場所だから、致命傷とは言えない。骨は折れておらず、出血量から見て静脈や動脈が切断されたわけでもない。しかし、包帯を巻いて圧迫するまでは出血が続くだろう。幸い傷を負ったのは左腕で、彼の射撃の中核をなす側ではない。時間ができたとき、医療品パックからガーゼを取り出してしっかり巻けば、縫わなくても治癒するだろう。何年後かにサファリで焚き火を囲んだとき、人に見せて自慢できる傷跡になる。自分の伝説の一つになるだろう。

では、次だ。彼らは追ってくるだろうか?

追ってくる、と彼は思った。あれだけの手間をかけて殺そうとしたのだ、こちらが発砲せず、小細工が功を奏さなかったことにさぞ落胆しているだろう。当然、彼らはやって来る。傷を負ったことを示す血が見つからないか、たどれる血痕がないかを確かめるためだけにでも。血痕があるとわかった時点で、彼らは追跡を始める。

次の問題。追跡してくるとして、どんな追跡になるだろう? 大勢で来たら音を立てずにはすまない。騒ぎを聞きつけたドイツ軍が部隊を送って調べさせるかもしれず、誰も関心のない利害をめぐって、誰も望まない銃撃戦が起こりかねない。

血痕を見つけても、追ってくるのは一人だけだ、と彼は結論した。追ってくるのは、今回の策略を練った人物、頭の切れる男だ。その男もハンターなのか。少なくとも数多(あまた)の戦闘で血を見てきた人物にちがいない。話ができたらさぞ面白かろう。きっと、このゲームの参加者のなかでは数少ない自分の同類なのだろう。その考えがブリックスの脳を刺激し、一つのプランが頭のなかでかたちをなし始めた。ハンターの本能を逆手に取る。楽しいこと、間違いない！

上出来だ！　すばらしい！　ハンターの心をもてあそぶ！

これのために自分はここに来たのだ！　と、彼は思った。

あと必要なのは、ウサギを一匹見つけることだけだ。

「血です、少佐」と誰かが叫び、スワガーはそこへ駆けつけた。

確かに血痕だ。大量ではないが、かすり傷でもない。重傷かどうかはともかく、薄闇のなかで男が身体を転がし、起き上がって動きだしたところの地面が乱れていた。

こいつはどこへ行く気だろう？

スワガーは目を上げて景色を見渡した。まさに、ノルマンディーだ。起伏のなだらかな牧草地、ときおり顔を出すやせ細った木々、不ぞろいにかたまっている低木の繁み、千年間にわたって雨が刻んだいくつもの小さな谷、遠くの生け垣、小川や一段低くなった道路があるしるしかもしれない大きな並木、そして最後に森の一画。

「やつはあそこに行く」と、スワガーは森を指差した。

スナイパーには隠れ場所が必要だが、逃げる必要もある。やつは日本人ではない。

生き延びるのは恥ではなく、大切なことだ。一見平坦(へいたん)に見える土地は小さな植生や雨裂のせいでうねる海原のように複雑になっているが、それでも逃げ道はない。どこからでも銃撃は可能だが、四方から攻撃されれば逃げようがない。殺すのには手間どるかもしれないが、結局、時間の問題だ。

それに対して、森は連続するプロセスを提供してくれる。撃って、移動し、引き返し、また撃つ。幹から幹、繁みから繁み、雨裂から雨裂へ、隠れながら移動できる。何人か、いや相当な人数を倒せるかもしれないし、長く持ちこたえられれば、ドイツ軍の偵察隊が駆けつける可能性が高くなる。

スワガーは地面にひざまずき、リュックを下ろして開けた。二つに分けてそれぞれタオルにくるまれた〈ホーランド&ホーランド〉製のライフルを取り出す。言葉にできないくらい美しい。丹念にかたちづくられた木製部分は交響曲のように複雑で、青い金属はシルクの質感で完璧なブルーに仕上げられている。金持ち用のライフルだが、いまは歩兵部隊が使うことになる。戦時中に貧乏人が最後に行き着く先、泥と匍匐前進の世界で。それが軍事上、必要だからだ。戦時下ではその軍事的必要性が、仲間に対する博愛主義的愛情に始まり、単純な感傷や武器の美しさや特異性にいたるまで、あらゆることに優先する。それが全兵士が等しく持っている信念だ。

スワガーはライフルの二つの部分をつなぎ、見事に加工・研磨された金属接合部のなめらかさを感じながら回した。最後までしっかりひねって二つをぴったり合わせ、二本の掛け金を留めて操作を完了する。それで二四〇口径エイペックス仕様の〈ホーランド〉アフリカン・ストーカーライフルは全能力を発揮できる状態になった。銃身には分解や組み立ての際に邪魔にならないハイチューブのスコープが付いている。この四倍率スコープは世界最高のドイツ製ガラスを英国の工学技術で増強したもので、スピットファイアが証明したように、世界のどれをとっても引けを取らない。

「よし」と、スワガーはアーチャーに言い、キノック二四〇口径のカートリッジを弾倉に押しこんだ。「仲間を連れてここを出ろ。全員で追えば、半分以上が殺される。そのあいだにドイツ軍が、自陣から一キロ離れたところでゲームが進行中と気づいて、偵察隊を送ってくるだろう。ちょっとした銃撃戦は楽しめるかもしれないが、そんなことをして何になる？　何の意味もない。すぐ先に大攻撃が控えている状況だ。仲間を連れてここを出ろ。こいつはおれが追う」

「少佐」と、アーチャーが言った。「もう一挺、銃が必要です」

「軍曹、仲間を連れてここを離れろと言ったのだ」

「この男には二人で連携して立ち向かう必要があります。向こうには、潜伏、正確性、忍耐力という強みがある。追ってくるのは一人だと向こうが思えば、そこにチャンスが生まれます」

「誰にもおとり役を頼む気はない」と、スワガーは言った。

「あなたが頼んでいるんじゃありません。ぼくが志願しているんです。これしかないのはおわかりでしょう。偵察隊はブリコヴィッツ伍長に連れ帰ってもらえばいい。一緒に行かせてください。ぼくが音を立てます。やつが撃ってくれれば銃口炎が見えるから、やつの目に高速弾を撃ちこんでやれる」

「おまえの命を犠牲にしてな」

「撃ち損じるかもしれない。よくあることです」

「そうなったためしはない」

「それが正しい行動であるのはおわかりでしょう」

スワガーはためらった。確かにアーチャーの言うとおりだ。二人態勢なら成功の確率は飛躍的に高まる。だが、軍曹が銃弾を浴びる可能性も飛躍的に高くなる。

彼は自分のトンプソン・サブマシンガンを一番近くにいた若者に渡した。

「グリースガンを持っていけ」と、彼はアーチャーに言った。「ブリコヴィッツ、この坊やたちを引き連れて急いで陣地に戻れ。仕事をすませたら、われわれも合流する」

鋭敏な目を持ち、鮮烈な体験をしてきたブリックスにすれば、彼らを見つけるのは簡単だった。四匹いる。だが、見つけただけでは十分ではない。穴はただの穴ではなく、太った老ウサギの穴だ。身を守るために深い穴を掘りたくないくらい疲れていて、もはや守るべき子供も母もいないから、長年生き抜いてきた経験から一メートルもあれば十分と思っている——確かに、普通ならそれで十分だ。

手を突っこむなりすぐに嚙まれたが、痛みにかまわず手を伸ばし、雄ウサギの喉をつかんで穴から引きずり出した。人はウサギを、抱きしめたくなるくらいかわいい動物、幼い女の子が大好きな動物だと思っている。だが、そうではない。生まれつき獰猛な動物で、死と隣り合わせの世界観を持つ。殺すか殺されるかだ。老いた雄ウサギはこの種にしては巨大で、戦士であるのは明らかだった。頭と顔に刻まれた傷跡は、自分の取り分を手に入れるために若いウサギたちと死闘を繰り広げ、勝利を収めてきた証しだった。

体重二十五キロ強、力が強く、太腿の筋肉が発達しており、多くの若い雄ウサギが身をもって学び、後悔したように前脚には相手を引き裂く爪が備わっていた。前歯二本は黄色い鍾乳石のようで、動物でも植物でも鉱物でも嚙み砕くことができる。ブリックスにつかまれたウサギは激しく身をよじらせ、歯と爪のどちらかで襲撃者を深く切り裂こうとした。通常、これほど激しい抵抗を受けたら、この戦士を落として逃がしてしまうだろう。だが、ブリックスにはそんな贅沢は許されない。

彼はウサギを放さず、てこの原理で力を加えられるように少し握り直し、頭をしっかりつかんで何度か強く振った。ウサギは多くの罪を犯してきたが、おしゃべり好きはそのなかに入っていない。首が乾いた音を立ててポキッと折れ、ウサギはこれまで生きてきた静寂のなかで死に、ブリックスの手からぶらりと垂れ下がった。

それをシャツのなかへ押しこむ。死後一時間くらいは残る温もりが感じられた。この大事な仕事をすませたところで彼は思考を始めて、自分がノルマンディーの森に百メートル近く入ったところにいるのを確かめた。それで気持ちが落ち着いた。彼は森で育った。森で狩りをした。野牛やサイやライオンと同様、森で象も追い、そのどれもが傷を負って死に物狂いになった。彼は人生の多くを危険な森で過ごしてきた。そこではそのささやきが聞こえるくらい死が近くにあり、不注意であれば必ず夕食に招かれる——客ではなく、料理として。

太腿がまだ痛みを訴えていた。そこはこれまでも彼の期待を裏切り、二度ほど踏ん張れなくなって、地面に倒れたことがある。痛みはむしろ増していた。役に立つのはブランデーと休息だけだが、どちらもすぐには手に入らない。しばらく無理だろう。左腕の傷口からもまだ血が出ていた。大量というわけではないが、それなりの勢いで噴き出しており、地面に痕跡があるのがはっきり見てとれる。都会育ちのアメリカ兵でも、これほどの痕跡があれば楽に追えるだろう。

樹木が光がさえぎっているのは、彼に有利な状況だった。他の人には見えない多くのものが彼には見えた。いっそうありがたいことに、よく晴れた一日にはなりそうもなく、通り雨があるかもしれない。すっかり明るくなるのは三十分後で、人目につかずに行動できる時間はまだ残されている。彼は自分のいる小区域の地形を見て、計画に最も適した位置を探した。

二百メートルほど後方に光のかたまりらしきものが見えた。つまり空き地だ。空き地はありがたい。森の仕事の大半は空き地で完結する。一匹の獣が巧みにもう一匹を誘い出し、またたく間にケリをつける。だとすれば、あそこが舞台になる。あの空き地へ行こう。すばやい幕引きをしよう。勝利に向かって、最後の一撃を。

自分はこのときのために生まれてきたのだ、と彼は胸のなかでつぶやいた。

スワガーとアーチャーは、二手に分かれて森の端へ達した。アーチャーは身をかがめ、数十メートルごとに地面に伏せながら、牧草地をまっすぐ横断した。スワガーは、撃ってくることはまずないと言っていた。相手は森の奥に潜りこんで、態勢を整えるのに忙しいはずだ。やむを得ない状況でないかぎり、急ぐことも、即興で動くこともない、と。アーチャーはその言葉を信じつつも、はらわたに忍び寄る恐怖を感じながら、着実に前進し、ついに目的地にたどり着いた。スワガーはすでにそこにいた。

スワガーは別ルートをたどった。生け垣を突っ切ってきた。切り傷を負い、痛みが走り、皮膚が裂けたが、それがどうした？　生け垣の脇の小さな空間を走り抜けて、アーチャーと同じ森の端へ向かう。推測どおり、生け垣はまもなく途切れた。目的地に着き、開けた野原を走るアーチャーを見ながら、そっと右へ移動する。リーツと同じく、アーチャーもアメフトをやっていたのだろうか？

合流したところで、二人は話し合った。

「小道がある。出入り口（ゲートウェイ）ではなく、歩道でもないが、一人、ないしは一列縦隊なら通れる。牛がつくったもので、六百年前からそこにある。血の痕（あと）が見えるはずだ。大量ではない。腹や肺に命中したのではなく、血痕から見て腕か脚に傷を負っている可能性が高い。移動はできるが、速くは動けない。だから、しかるべき場所に位置を定めて、おまえの接近を予測し、集中力を高めて痛みを鎮め、狙いすました一撃を放つつもりだ。わかるか？」

「はい、わかります」

「それを念頭に置いて行動しろ。あわてたり、馬鹿げたチャンスに飛びついたりしないこと。おれは森に十メートルくらい入ったところを隠れて移動する。おまえに合わせて動くが、大声で呼びかけてはならない。おれが見えなくても動く音は聞こえるはずだ。おれはそばにいる」

「遅れずついてこられますか？」

「できると思うよ。プランの大筋はわかったな。おまえの仕事は、相手に銃を撃たせることだ。銃口炎が見えたら、そいつの目を撃ち抜くのがおれの仕事だ。ただ、やつの選んだ場所を特定するまで、どんな展開になるか予測がつかない」

「特定できなかったら？」

「この先、毎年七月二十二日におまえの英雄的行為を思い出すことになる……名前は何だったかな？」

「やれやれ」と、アーチャーは言った。

「おまえが昇進してよかった」と、スワガーは言った。「これは軍曹の仕事だ」

アーチャーが樹木の境界線に沿って急いで移動すると、なるほど、すぐ小道が見つかった。暗いトンネルを覗きこむ。地面は荒れ果てていた。数えきれないほどの牧童が、牛を家に戻そうと急ぎ足で踏みつけていった場所だ。

アーチャーは地面にひざまずいた。

「あった。ここに血痕がある。多くはない、ほんの少しだ。背景が暗くて、ここが明るいから見えるだけだ」

「それが見えるのは、向こうがきみに見てほしいからだ」と、近くではあるが見えない場所から、スワガーが言った。「向こうは撃つ前に偵察を行う必要がある。追ってくるのが一人か、機械化歩兵一個連隊か、やつにはまだわかっていない。さっきも言ったとおり、やつはしかるべき場所に位置を定め、射線を選び、おまえがそこへ足を踏み入れるのを待つ。やつは辛抱強い。ハンターの性(さが)、スナイパーの性だ」

「準備できました」

「深呼吸しろ。あまり時間はない」

「はい」

「準備はいいか？」

「万端です」

ゆっくりと、慎重に、アーチャーは森へ向かった。

思っていた以上にうまくいった。射撃地点を探し当て、態勢が整った。下生えのなかの伏射になるが、標的の入る区域までの明確な射線を確保した。プランのどの部分も予測したとおりで、それぞれの部分が完璧な連携、正確な間隔をとっており、きわめて処理しやすい。ライフルに狂いがないか確かめたが、どこにも問題はなかった。仰角二十八目盛り、角度(分)(ミニッツ・オブ・アングル)四目盛りで、約百四十メートル地点に正確に着弾する。風による偏向はなく、ライフルはしっかり手に馴染んでいる。射撃地点は時間がたつにつれて劣化するから、まだ位置を定める必要はない。標的が現れ、自分が射撃地点へ行ってスコープを覗いたときには、ぜひ筋肉に力とエネルギーが満たされていてほしい。

　青空の一日にはなりそうもなかった。空が白目色と銀色のさざ波に覆われ、雲が低く垂れこめているのを見ると、まもなく雨が降りだすだろう。そのほうがありがたい。仕事にケリをつけ、足を引きずりながら帰途につく。何の騒ぎか調べに出た第三五三歩兵師団のドイツ兵に出会うのは間違いない。彼らが送り届けてくれるかもしれない。部下と狩猟小屋で合流し、日暮れまでに出発する。ほとんど終わったも同然……

　そのとき、相手の立てる音が聞こえた。

　空気中の湿気が、一つ一つの音を増幅させる。金属部品がぶつかり合う音がした。なぜこんなに音を立てるのだ？　学習していないのか？　それに、（これは気のせいかもしれないが）乾いた荒い息遣い。男はおびえている。まあ当然か。それでも勇敢であるのは間違いない。おそらくは、敵のなかで最高の男。そこは認めてやろう。経験も豊富だ。

　ブリックスは神経を集中した。まだ影のなかだが、男が動いていた。あの滑稽なヘルメット。自然に反している。この十億年かそこら、自然はあんなに丸いものを生み出したことはない。ブリックスの凝らした目に細かい部分が映し出された。

カーキ色の服は身体に合っておらず、これまたアメリカ的だ。多すぎる装備品を、すべてを吊り革やベルトにくっつけている。ぶかぶかのズボン。シュマイザー型に近いサブマシンガンはおそらく、スナイパーに汚染された森に銃弾をばらまくためのものだ。楕円形に格子縞の小さな手榴弾は、アメリカ人の想像力に欠かせない野球のボールを連想させる。

ライフルの銃口が上がり、標的が身をかがめる前の一瞬、若々しい端正な顔が見えた。ひたむきで、義務感に駆られた角張った顔は、いかにもアメリカ人らしい。クッキー工場でつくられたように、みんなが同じ顔をしている。しかし、その男は兵士そのものだった。少なくとも、人生のこの最終局面では。

ブリックスほどの男でなければ撃っていただろうが、彼の求める確実性にはまだ時間が足りなかった。すぐ発砲すれば、トリガーを絞る動きが速まり、狙いを外す。ブリックスの忍耐力と自分の才能に寄せる全幅の信頼が、休め、待て、リラックスしろと命じていた。

まだ何かあるのか? 何も見えず、何も聞こえない。偵察部隊なら、もっと音を立てるはずだ。別の人間がいる気配もない。森には小鳥の動きすらなく、湿った涼しい大気から、人が通るときの低いくぐもった音は伝わってこない。あの若者と空き地までの小道と若者のためらい以外、何の気配もない。

なぜあの男がためらっているのか、ブリックスは知っていた。自分がそういうふうに仕立てたからだ。若者は心を決めかねている。居心地の悪い思いをしている。自分が目にしたものへの喜びと、戦時の人間が決して克服できないスナイパー恐怖症が奥深いところで葛藤(かっとう)していた。また、若者の姿が見えた。彼はヘルメットを脱ぎ、すぐ撃てるようにサブマシンガンを構え、ワイヤー銃床(ストック)を肩にぎゅっと押しつけて安定させていた。勇気を奮い立たせている。自分を納得させていた。行動を起こすまで、あと少しだ。

ブリックスは最適の位置を見つけた。世界がぱっと鮮明になった。それまでの四倍の大きさで。細部がより明確になった。若者は髭を剃っていなかった。危険への恐怖から長い弾倉を握った左手が落ち着かず、指が無意識のうちに想像上のピアノの鍵盤(けんばん)をたたいていた。

何が起こるか、ブリックスは知っていた。彼の完璧なプランのなかですでに決まっていた。血の狂気(ブルート・フェアリユックト)。その魅力、その呼びかけ、その救済の申し出を誰が拒めるだろう? ブリックスは銃口を少し右へ移した。若者がまもなく踏み出す空間へ。準備は万端だ。

若者が立ち上がった。

スコープの三本のレチクルが交わるところ——まさにその場所に若者はいた。

指のほうが脳より速かった。ブリックスは撃った、完璧に。

70　SCR-300

リーツが携行型無線機SCR-300で話していた。

「ナツメグ・レッド・リーダー、こちらナツメグ・ブルー・ジョージ1。どうぞ」

「受信中、ジョージ1、大佐に代わります、どうぞ」

リーツは、フランスを横断する渡り部隊の大ざっぱな集合体であるG中隊の地域本部にいた。そこは、土嚢と機関銃と兵士でしっかり守られていた。彼はいま着いたばかりだったが、他の人々も同様だった。「ナツメグ・ジョージ1、こちら6、どうぞ」

「はい。帰還しましたが、お知らせしておくべきと考えまして。いまレッド・キング3が戻りました。というか、その大部分が。スワガーとアーチャー軍曹がまだ任務中です」

「どういうことだ、ジョージ1？」

「このチームの標的は餌に食いつかず、撃ってこなかったのです。エリア射撃をかけると、血痕が見つかりました。スワガー少佐とアーチャー軍曹がその人物を追っています。ドイツ軍偵察部隊による反撃を心配して、他の兵士は帰還させましたが」

「よしてくれ」と、大佐が言った。「そんな必要はないのに。七名を殺害、二名を捕獲した。われわれの勝利だ。もう一人いようがいまいが、気にする必要がどこにある？」

「スワガーには気にする必要があるのです」と、リーツが言った。

遠くからライフルの乾いた銃声が聞こえた。

71 血の狂気

弱い日差しの下でも、いたるところに赤黒い血が見えた。

「やった！」と、アーチャーが叫んだ。抑えきれない喜びで声が震えた。「ぼくらはやつを殺しました。いまから……」

「いかん！」と、スワガーが叫んだ。「そこで待て、アーチャー。動くな、じっとしていろ、何もするんじゃない」

「でも、ぼくは……」

「アーチャー、落ち着け、聞こえるか？　何でもいい、とにかくそこにいろ」

「でも、ぼくは……」

「アーチャー、ちゃんと話を聞け。いま何が見える？」

「空き地が見えます。いっぱい血が見える。あちこち血だらけだ。やつはエリア射撃で被弾し、傷にボロ布を巻きつけるか何かして、よろめく足で歩きだした。一キロ半くらい進んだところで、ぼろ布がすべり落ち、同時に卒倒したか、つまずいたかで倒れ、自制心を失って大声でわめきだした。まったく、どこもかしこも血だらけだ。やつは瀕死(ひんし)の状態で空き地にたどり着き、よろめいて、倒れた。そこに倒れて、そのまま息絶えた。あれだけ出血して、まだ息をしているやつがいるわけがない。ぼくがいまから……」

「アーチャー、やつの血じゃない(イット・エイント・ヒズ・ブラッド)」この二カ月間で初めて口にした文法の間違いだったが、スワガーは気づいていなかったし、気にもしなかった。

「少佐、でも、やつはあそこにいる……ぼくらがやっつけたんだ。すべて終わったんです」

「まだ始まってさえいないぞ、アーチャー。犬か猫かわからないが、動物の血だ。はらわたを抜いて、搾(しぼ)った血だ。おまえが正気を失うように。確かに、おまえは正気を失っている。確認のため空き地に足を踏み入れると同時に、やつは二百メートル先からおまえの鼻の左の穴に弾を撃ちこみ、ポークチョップとビールが待つ家へ帰っていく」

アーチャーは言葉を失った。偉大なる戦いが急にちっぽけなものに思えた。

「ここからが勝負だ。おれは森の境界まで進んで、準備を整える。あたりの景色を観察して、やつの居場所を把握する。ゴーサインを出したら、あの空き地に近づけ。死体を確認に駆けつけるんだ。あわててグリースガンに弾倉を差しながら、死体を探せ。

だが、一秒後におまえは勢いよく、地面にうつ伏せに倒れる。立っているのは一秒だけだ。敵はその一秒で、トリガーに指をかけながら、スコープに映った像に最後の微調整を加える。一瞬の遅れが死をもたらす。わかったか？」

「はい、わかりました」

「おれはやつの銃口炎を狙い撃つ」

「ぼくを見るなり撃ってきたら？」

「そうはならない。やつはすでにおまえの姿を見ている。おまえが確認しに来ると思っている。動物の死骸を見せたい。だまされたことを教えたい。出し抜かれたことをおまえに思い知らせたいと思っている」

「わかりました」

「あわてるな」

　スワガーはゆっくり前進し、灌木のあいだをできるだけ音を立てずに通り抜け、藪をそっとかき分け、若木のそばをすり抜け、このノルマンディーの狭い一画に生える植物が、彼がここにいると警報を発しないように気をつけて移動した。日差しから一メートル半下がって影のなかに入り、目の前の光景をじっくりと観察する。

　黄ばんだ枯れ草に覆われた空き地――ブタクサに似た草があちらこちらで野生の花や低木の繁みに分断されている。中心を少し外れたところに一本、木の幹だけが残っていたが、樹齢百年はありそうで、年月と腐敗で灰色に変色していた。森の境界の向こうは影になっており、細かい凹凸は見えなかった。色は緑というより、緑とさまざまな濃淡や色調が周期性もなく、自然の無秩序さの要請によって入り交じっている。森の境界は混沌としたものであふれていた。

どれだ？

次の瞬間、スワガーは気づいた。

空き地の向こう側ではない。

おれたちの後ろだ。

敵は動物を引き裂いて血をまき散らしてから道を引き返し、アーチャーをやり過ごしたのだ。背後から撃ちたがっている。やつのお気に入りの、プロの象ハンターの腕前を見せつける後頭部へのベル・ショットを望んでいる。

スワガーは地面に身を投げ、左へ転がって移動した。アーチャーが来た道を目でたどる。百三十メートル先に闇に隠れたくぼみがあった。スワガーはジグザグの進路をとってじわじわと前進し、やがて繁みに覆われた見通しの利く場所を見つけた。地面にうつ伏せて、動きを止める。ライフルは軽くて扱いやすく、彼の肩にぴったり押しつけられるのを待ち望んでいた。

スコープに目を凝らし、暗いくぼみの中央に向きを合わせた。そのあと、スコープのうえから目視するために一センチほど目を上げた。

「アーチャー、空き地へ移動しろ。死体を探しているように大きく左を向け。そこで動きを止めろ。動物だと気づく。一秒だ。それから地面に身を投げろ。わかったか？」

「わかりました」と、アーチャーは言った。

「三つ数えたら行け」

スワガーは頭のなかで三つ数えた。アーチャーが起き上がって野原へ突進し、向きを変えると、金属のぶつかり合う音が聞こえた。

その一撃は、光の痙攣であり、瞬間の破片であり、暗いくぼみの中心から瞬きより速く生まれて消えた新星だった。彼はそれを見てから、ライフルを構え、スコープ内の三本のレチクルが交差する箇所に新星の消えた場所を重ねた。意識をすっ飛ばして、脳から直接光速で届いた信号を、指がしっかり受けとめる。

銃声に交じって、確かにその音が聞こえた。数カ月に及ぶ努力と長い追跡の成果――ビシッ、ピシャッ、バチン――弾が肉体に突き刺さる音だ。

72 悪い知らせ

彼女にがっかりさせられたことは一度もない。何から何まで完璧だった。そのうえ彼は、あらゆる男性と同じく彼女に恋していたし、一緒に出かけるパーティを楽しみにしていた。しかし、今夜は違った。

「申し訳ありません、ブルース大佐」と、彼女は言った。「戦時情報局（ＯＷＩ）に友人がいます。ゾーラという人で、パンフレット作成の部門で重要な役割を果たしています。彼女は飛行士と――Ｐ－51のパイロットと付き合っていました。その彼が今日、爆撃機の護衛中にドイツ上空で撃墜されたという知らせが入りました。彼女はひどく打ちのめされています」

「気の毒に」と、ブルース大佐は言った。「しばらくはつらいことだろう」

「今夜の予定ですが」と、ミリーは言った。「モルトビー邸にはお供できません。彼女のそばにいてあげたいので。ご理解いただけますか」

それどころか、いやというほど理解できた。モルトビーは頭脳や才能でなく財産のおかげでＭＩ６に在籍している大まぬけで、今夜はいろんな人種が集まって彼のウィスキーを飲み、陰で彼のことを笑う集まりだ。妻や女友だち、スパイの世界に異常なほど惹かれた頭のおかしな美女たち、そんな連中が集う。女優も一人か二人いるかもしれない。ヴィヴィアン・リーはこの手の催しに敏感だし、例のハンサムでうすのろの夫と出席するかもしれない。

　実は特殊作戦局（ＳＯＥ）のコリン・ガビンズ卿にぜひと言われて招待を受けたのだが、コリン卿はヨーロッパ大陸に殺し屋を派遣していないときはミリーに恋い焦がれ、他の多くの男性と同様、彼女が手に入らないことを知りながら、英国艦艇〝破壊者（デヴァステイター）〟みたいな妻を同伴してもなお、ミリーの姿を見て、彼女のにおいを嗅ぎ、軽く触れ、おそらくは夢を見たいと願っている。だから、コリン卿はさぞがっかりするだろう。

　戦争というやつは、まったく。ミリーを夢見るだけで、空っぽのベッドや空っぽの妻が待つ家へ帰っていく輩（やから）に仕えなくてはならない。「戦争は地獄だ」と言った人は、現実をよく知っているのだ。

「花を贈るのは失礼にあたらないだろうか？」と、大佐は尋ねた。

「あまりのショックで、気づかないかもしれませんね。でも、あそこのオフィスはかなり進歩的なので、立ち直って前進するための休暇をくれると思います」

「それで気づいたが、きみは一度も休暇を申請したことがないな。きみにかかっているプレッシャーは、並大抵のものではないはずだ。今日もしくはこの先三、四日、私以上にきみを必要としている友人と過ごしてきてはどうだろう?」

「ああ、ありがとうございます。でも、大丈夫です。リーツ中尉が前線から戻ったときは、ひょっとしたら休ませていただくかもしれません。週末のスコットランド旅行を計画していたので」

「ああ、それは楽しみだね」と、大佐は言った。しかし、三五一室の一団がみな姿を消して、何をしているのか、どこにいるかさえわからないいま、リーツの名前を聞くのはいささか気が重かった。前線にいるのか? 運転手の転勤騒ぎもあった。名前は……うん、セバスチャンだ。オジー・セバスチャンの息子で、デフ・セバスチャンの甥。突然異動を願い出てきた。あらゆる手管を使って強く異動を求め、その手管の多さといったら! あれはいったい何だったのか?

しかし彼は、どんな場合でも、頑として自分の無知を認めないのが最上と心得ていたから、その一件には触れなかった。この疑問を解消してくれる知り合いが、第一軍にいなかっただろうか? そう、あのマクベイン大佐なら……いや、彼もヨーロッパへ行ってしまった。まだブッシー・パークに誰か残っていなかったか?

「友だちのところへ行ってくるといい、ミリー。モルトビー家訪問の件は自力でなんとか乗りきるよ。しかし、きみがいないとＭＩ６のスタッフが寂しがるだろうね」

「ありがとうございます」と彼女は言い、〝死ぬほどうれしい〟という笑みを浮かべて帰っていった。

73 倒された男

銃撃後の静寂。森は空っぽだった。あらゆる生命が粒子レベルまで沈黙した。花は芽吹かず、葉は広がらず、風のささやきもない。鳥は歌わず、ピーピー鳴くことも、ヒナを孵すこともない。

「アーチャー、無事か?」

若者は無事にちがいないと、スワガーは思っていた。スナイパーの撃った弾が当たった音はしなかった。

かすかなざわめき、何かがこすれるような音、鋼鉄のバックルに水筒が当たる音。

「なんとか」

「怪我は?」

「ありません。でも、弾が通過したとき、墓地の風を感じましたよ。五センチ離れていたかどうか。やっつけましたか?」

「死んだのは間違いない」

「ヤッホー！」と、アーチャーが快哉を叫んだ。

「おれは右から近づく。おまえは左から。いつでも銃を撃てる準備をしておけ。まだ弾倉を一つ空にする必要があるかもしれない」

「了解しました」

二人は立ち上がり、相前後して、小道の両わきの灌木の繁みから、理論的には死んだと思われるスナイパーの仮想の部屋へと近づいていった。ライフルを肩にかけたスワガーが先を行く。手には四五口径。撃鉄を上げ、ロックしていない。

生き物が動く気配はなかった。ウサギ一匹。落ち葉を踏みしめる音以外、何も聞こえない。スワガーは前進を続けたが、自分も〝血の狂気〟に陥りかけていることにうんざりしていた。銃が待ち構えるところへ無分別に突進して、ここまでの努力を台無しにしてはならない。あいつはまだ生きているかもしれない。

生きていた。だが、虫の息だった。

彼は前にも負傷したことがあった。野牛に三度投げられて肋骨を七本折った。手負いの豹に噛まれて左腕を負傷したときは、ロバートが百五十メートル離れたところからボルトアクション・ライフル、マンリヒャーシュナウワーで豹の脳を一撃して仕留めてくれた。ワニに脚を折られたシーズンもあった。ナイロビの〈ノーフォーク・ホテル〉のバーでは何人かの夫に顎を殴られた。〝しらふのときはきみが大好き、酔ったときはきみが大嫌い〟という男へミングウェイは、回し蹴りを繰り出してきた。ブリックスは簡単にそれをよけたが、床に落ちていたライムツイストに足をすべらせてひっくり返った。これもホテルのバーの出来事だった。翌朝、へミングウェイは謝ってきたが、ブリックスの腰に謝罪の効き目はなかった。痛みは何カ月か続いた。

しかし、こういうのは初めてだ。弾が橇のような力でぶつかり、後ろ向きに木へ吹き飛ばされ、幹に跳ね返って地面に落ち、気を失った。七秒ほどで気がつくと、血まみれになっていて、すでに腰から下の感覚がなかった。

弾は心臓のわずか右上から入り、左の肺を突き抜け、肩甲骨の下を通って、入口の三倍の大きさがある出口から大さじ数杯分のまだら状の肺組織と一緒に飛び出していた。呼吸は楽でなかったが息をしないわけにはいかず、傷口から空気が漏れると壊れたアコーディオンのような効果が生まれ、笛のヒューヒューと、うがいのガラガラの中間みたいな奇妙な振動が生じた。何かが胸の傷をしゃぶっているようだった。

本能的にライフルの吊り革を手首に巻いて地面を這った。しかし、それがいかに無意味なことか、すぐ理解して、自分の勝算を考えた。もはや勝算はない。木の上の黒豹のように、死が黄色い目で彼を見つめていた。

やあ、旧友、と彼は言った。ついに私を見つけたか？　まあ、少なくとも互角に張り合ったよ。

彼は仰向けになってライフルを放し、死んだも同然の下半身を引きずって木の幹へたどり着いた。背もたれに対して座面が長いシェーズロング・ソファに身体をあずけるみたいに意志の力で上半身を少し起こしたとき、ヘルメットをかぶっていない男が二人、森から出てくるのが見えた。例の若い兵士。そしてもちろんもう一人は、彼を負かした年上の男だ。その風貌は、五千年前から生きていて、トロイに始まり、マラトン、ワーテルロー、イーペルの戦いをくぐり抜けてきたかのようだった。スワヒリ族の盾に使われるライオン革のような色の顔。丘を越えてテルモピュライへ続く道路のような質感の肌。地図化できないくらいねじれた皺。あれは何だったかな？ ヘミングウェイがいつもそうなることを願って引用していたが、一度もなれなかった言葉。アメリカ人、ストイック、孤独、殺し屋。そんな感じの言葉だった。静かにあたりの光景を観察しているこの男の目に、驚きの色は微塵もなかった。

男は若い兵士を先に行かせ、拳銃をホルスターに収めて近づいてきた。

スワガーは四五口径をホルスターに収め、死にかけている男に近づいた。

「なあ」と、ブリックスはイギリス英語で呼びかけた。「タバコはないか？」

スワガーは膝をつき、キャメルの箱から一本取り出して血の染みがついた唇に差しこんで、米軍支給のジッポで火をつけた。

スウェーデン人は大きく息を吸い、その風味と、彼のそれ以外の感覚をわずかに鈍らせるかすかな震えを楽しんだ。そのあと息を吐くと、胸に開いた穴からヒューという小さな音とともに小さな煙の柱が螺旋状に立ち上った。

「元気の出る光景じゃないだろう?」と、彼は言った。

「あまりいいものじゃない」と、スワガーは返した。

「とびきりの一撃だったよ」

「H&H二四〇口径エイペックス。きみの友人のウィルソンが提供してくれた」

「ああ、ロバートか。奥さんと寝たのに気づいてから、ずっと私に恨みを抱いていた」

「その話は聞いていない」

「英国人らしいな。余計なことは言わない。彼らは美しいライフルを作る」

「そうだろう? この銃はすばらしい。返したくなくなるくらい」

「無理もない。いや、長いこと引き止めてすまなかった。もう行ったほうがいい。フォン・クルンフンクロッパーだか誰だかが、〝バイエルンの養豚場の一団〟を送りこんでくるぞ。せっかくのお祝いを台無しにすることはない」

「時間はある」と、スワガーは言った。

「プロの気遣いか。われわれの職業ではめずらしいな。一人で狩りに出て、一人で狩りを終える。そんな稼業だからな。礼を言う」

「何か伝えたいことは?」

「カレンには――いや、彼女には何も言わなくていい。どこにいるかは誰にもわからない。アーネストには――いや、あいつは自分のことは自分でなんとかする。ロバートには、おまえは最高だと伝えてくれ。奥さんの話が出たら、彼女を許してやれと言ってくれ。偉大なるブリックスがブリックスらしくしていたせいだと。私の血塗られた伝説に巻きこまれただけだ。他にも何人か妻がいた気がするが、名前を思い出せない。ケニアのキクユ族の四百人の乙女たちには、私が彼女たちをよく覚えているように、私をよく覚えていてくれと伝えてくれ……おお、くそっ」と、彼は言った。

彼は虚空を見上げて、少し呟きこんだ。

「おお、くそっ」ともう一度言い、そこで事切れた。

スワガーはアーチャーの十分後に到着して、多くの祝福を受けた。リーツも駆けつけており、熱く歓迎した。D中隊指揮官やマッキニー軍曹、縁なし眼鏡をかけた大隊G-2、偵察部隊の全員と居残り組の全員で、ささやかなパーティを開いた。陸軍の規則で厳しく禁じられているため、入手経路は誰も知らなかったが、なぜか冷えたフランス産ビールが一ケース届き、全員でそれを楽しんだ。ドイツ軍さえ遠慮して近づこうとしなかった。

「連絡したほうがよろしいのでは？」と、リーツが言った。「彼らは待っています」

「連絡はきみがしてくれ」と、スワガーは言った。片手にビール、片手にタバコを持ち、ブリックスのM41をテーブルに立てかけていた。

リーツは無線係を手招きし、SCR-300トランシーバーを手に取って、送信ボタンを二度クリックした。

「ブルー・リーダー1、こちらレッド・キング3、どうぞ」

カチッ、パチパチッ、カチッ。そのあと電波宇宙のさまざまな障害物を突き破って声が届いた。「レッド・キング3、受信中、どうぞ」

「レッド・キング3より任務完了を報告します。死傷者なし、これより帰還します、どうぞ」

興奮した大佐が無線のプロトコルを無視して割りこんだ。

「スワガーが仕留めたのか？」

「彼が標的を冥土（ヴァルハラ）行きの特急に乗せました」と、リーツが言った。

第5部

ミスター・レイヴン

74　モルトビー邸

乾季に入ると、彼は老人になる。あちこち痛み出し、なかでも魂が最も痛む。ゆっくり時間をかけてシャワーを浴び、パウダーを振りかけ、新しいシャツを着て新しいネクタイを締め、テディが靴をぴかぴかに磨いてくれているのを確かめた。

「お酒に気をつけてね、デイヴィッド」と、バルビツール酸系の催眠薬の常用――メロン財団の数百万ドルは治療の役には立たなかった――で出られなくなったベッドから、妻が声をかけた。

「気をつけるよ」と、ブルース大佐は答えたが、それは嘘で、スコッチを飲みたくてたまらなかった。

運転手は遅れてきた。それもたっぷりと。まあ、許そう。道にも迷った。それも許そう、新入りなのだから。

「申し訳ありません。運転規則が昔のものに戻ったので緊張してしまいました」

「気にするな。すぐに慣れる」と、大佐は言った。いつもながら、オマハ出身の五等特技兵（テック・ファイブ）にまで如才ない態度をとった。「V‐1ロケット弾（バズ・ボム）に当たらないように努めてくれよ」と付け加えると、若者は冗談がわからずに「わかりました」と答えた。

モルトビーの住まいがあるのは田舎とは言えないが、町とも言いがたい場所だった。ヴィクトリア朝時代の成金が買い漁（あさ）っていたたぐいの巨大な建物だ。血筋や家柄ではなく、ただひたすら金と権力を誇示するための邸である。石炭業者が買い、鉄鋼業者が買い、鉄道業者が買ったが、その住人は一人もブレンハイムで戦ったことがなく、ブレンハイムが何であるかも知らなかった（ブレンハイムはスペイン継承戦争の主戦場の一つ。英国・オーストリア連合軍がフランス・バイエルン連合軍を撃破した）。

運転手はこの大邸宅の大きな扉の前で大佐を降ろした。扉には、どこかのお調子者が思いついた跳ね橋のデザインが使われていた。大佐は憂鬱そうなため息をついて、邸のなかに入った。

うはっ！　ランカスター重爆撃機に夜襲をかけられたハンブルクの街のような煙の臭いがした。おしゃべりの騒音は最高潮に達していた。執事が腰を折り曲げてお辞儀（ボウ・アンド・スクレープ）をし、帽子を受け取り、テラスと敷地を見晴らせる広々とした部屋へ案内した。そのあいだに、大佐は戦略を練った。モルトビー家のバーへ直行して一杯やり、コリン卿夫妻と少し談笑し、顔見知りのMI6とMI5の高官たちと挨拶や握手をして、ひょっとしたら、いずれ役に立つかもしれない新しい仲間に紹介され、外交官たちに会釈し、たまたま居合わせたアメリカの高官たちとしばらく懇談し、またスコッチを一杯やりながら美女たちをちらちら眺め、まぬけなモルトビーと結婚相手の元子役（三人目の妻だったか？）に挨拶し、みんなより先に失礼しよう。

ああ、ミリーがいてくれたらもっとずっと楽なのに！

ミリー、きみが恋しい！

みんな、会いたがっているぞ！

その愚かな戦闘機乗りは、なぜよりによって今日撃墜されたのだ。なぜゾーラはそんなに早く神経衰弱になったのか？　悲しみはたいてい、時間がたってからやって来るのを知らないのか？　まったく、不都合な話だ。

大きな部屋に入ると、大佐はまばゆすぎる照明に目をぱちくりさせ、顔に向かって押し寄せてくる煙の壁を見て唾をごくりと飲み、コリン卿を探して見つけ、目が合うまで辛抱強く待ち、ようやく目が合ったので……

「来たぞ！」

「OSSのブルースだ！」

「いいぞ！」と、別の誰かが言った。

「よく来てくれた！」

「さすがだ、大佐！」

「アメリカ合衆国に万歳三唱！」

「おお（O）、とても（S）、社交的（S）に、万歳あと三唱！」

何秒かで人だかりができ、異国風の軍服やダブルのバンカーストライプのスーツに身を包み、顔をピンク色に上気させた酔客たちがグラスを高々と掲げて大佐を取り囲んだ。男性のそばにはうっとりと見とれる女性の顔が見える。大佐は、熱波のように熱い思いが押し寄せてくるのを感じた。

「ああ、その……」

降って湧いたように、すぐ隣にコリン卿が現れ、うすのろモルトビーと、Xという呼び名しか知られていないMI6の男（まあ、重要人物はみな彼の本名を知っていたが）などが周りに集まって、手を握ったり、背中や肩をたたいたりした。

「スピーチ！　スピーチ！　スピーチ！」の大合唱が起こった。

「きみを崇拝する人々に挨拶してあげなくては」と、コリン卿がささやいた。「こんな夜を迎えられるのは人生で一度きりで、今夜はきみの夜だ。大切にしなくてはいけないよ」

ブルース大佐は集まった人々と向き合った。

言葉に詰まったのか？

冗談だろう？

「ありがとう、感謝します」と、大佐は言った。「どなたかスコッチを持ってきていただけませんか? どうか、グレンリベットを」

笑いが起こったが、ダイヤモンド形の氷の上で回転する琥珀色の液体が入ったグラスが魔法のように彼の手に渡され、これまた魔法にかかったように、そのひと口で彼の気分は落ち着いた。

「いや、心から感謝します。こう申し上げるしかない。われわれの成し遂げたことは、第一にチームワークの賜物(たまもの)であり、私は単なる飾りにすぎません。第二に、英国の方々、このゲームの達人たちのお話をしっかり聞いてヒントや助言とし、やる気をかき立てたことが要因となりました」

大佐はグラスを掲げて、ぐっと傾けた。うーん。頭が少しぼやけ、次にガツンと来た。いい気分だ。似たような言葉を何度も使い、六回、九回と似たような演説を繰り返した。大きな部屋の酸素を吸い尽くして、もっとスコッチが必要だと感じるまで。

「最後に、いま私たちはみな喜びに浸っていますが、これが最初の一歩にすぎないことを自覚しなければなりません。成功には終わったが、まだ勝利への途上にいるのだと。当然のことだが、常に勝利ばかりとは限らず、悲劇に見舞われることもあるでしょう。それでも間違いなく、われわれは気概と勇気と意志によって、優れた指導力のもと、必ず勝利します!」

セレモニーの次の段階が〝歓談〟なのは言うまでもない。もちろん気は進まなかったが、求められる役割を果たすことも必要だった。それが〝義務〟というものだ。歩きまわって、肩や背中をポンとたたかれたり、さすられたりし、祝福され、謎の女性たちに抱きつかれて胸を押しつけられ、盛式ミサの聖遺物や場末の売春婦のように部屋のなかを順々に回された。微笑んで、酒を飲み、握手はさほど多くなかったがハグにも応え、なんとか最大限の努力はできたように思えた。

バーカウンターへ戻って酒を補充した。グレンリベット卿、どうぞ何なりとご用命を。そのあとまっすぐコリン卿のもとへ向かい、手を尽くして人を追い払い、二人きりになったところで、ついに、ようやく、「コリン、いったいこれはどういうことなんです？」と尋ねることができた。

「知らないのか？　いやはや、なんとも大した演技だ。ほんとうに知らないのか？」

「さっぱり」

コリンは上着の内ポケットに手を入れ、紙を一枚取り出した。

「SHAEFの人間がさっきこれを手に入れて、送ってくれた。いま、全戦域に配布中だ」

大佐が紙を広げると、それは貧弱な謄写版刷りの印刷物で、ぼやけぎみの文字は小さくてよく見えなかった。

眼鏡を取り出して鼻と耳にかけ、またグレンリベットをひと口あおってから読んだ。

極秘

第一軍司令部

一般命令　ＡＰＯ＃30

第二十六号　一九四四年七月二十三日

Ⅰ　司令部は今朝のトト作戦の成功を宣言する。

Ⅱ　極秘のＧ‐２が立案した計画に基づいてノルマンディーの田園地帯（ボカージュ）に駐留する二個歩兵師団の士官と兵士が遂行し、ドイツ武装親衛隊（ＳＳ）の特殊狙撃作戦を粉砕した。

Ⅲ　敵スナイパー十名を殺害もしくは負傷させて捕獲。ドイツ軍部隊、コードネーム〝ＳＳタウゼント突撃グループ〟は、暗闇における活動のために特別な訓練を受けた銃手で構成されていた。同グループは侵攻以来、数多くの偵察隊指揮官が死を遂げる要因となっていた。

Ⅳ　同グループの粉砕は今後数週間にわたり、敵の士気、特に狙撃作戦に多大な影響を与えるものと考えられる。

司令官　ブラッドレー将軍

75　セバスチャン

いや、スワガーは大隊Ｇ‐２に入りたかったわけではない。師団Ｇ‐２に入りたかったわけでもない。軍団Ｇ‐２に、陸軍のＧ‐２に、ＳＨＡＥＦのＧ‐２に入りたかったわけでもないが、アイゼンハワーの憎まれ役（ハチェット・マン）で尻たたき屋（バットキッカー）のスミス将軍から頼まれたのは名誉なことだった。普通、その役に選ばれるのはブリッジをやる人間だけだからだ。

「ありがとうございます。お役に立てたのであれば幸いです。少佐役も楽しませていただきました。しかし、海兵隊は私の家であり、未来でもあります。私の家族です。まだ粉砕すべき島がいくつかあり、その島を粉砕する任務を与えられた若者たちを誰かが指揮しなければならない。そこが私の居場所です。私のいるべき場所なのです」

「少佐」と、ほっそりとした身体つきで、気難しい性格のスミス将軍が言った。「私がヴァンデグリフト将軍に手紙を送り、ただちに辞任してきみを司令官に任命すべきだと進言しても、きみは腹を立てないだろうな？」

「いつのことかは忘れましたが、対抗戦で海軍が陸軍に勝って以来、将軍は大笑いをしていないはずです。きっと喜ぶでしょう」

その後、すべての軍人が大嫌いと断言しながらも、つい病みつきになる数々の面倒事が続いた。報告書、誰も疎外感を持たないようにさまざまなスタッフに対して行われる概況報告、移動の手配、荷造り、安全に輸送するための武器のチェック、ロンドン標準の身だしなみへの復帰などなど。スワガーの第一軍における最後の公的活動は、アーチャーへの銀星章授与の推薦状を書くことだった。与えられるかどうかはわからなかった。スワガー本人は何かしらの勲章を受け取ってほしいと陸軍から言われたが断った。海兵隊の制服には付けられないからだ。

翌日の夜遅く、B‐26マローダー中型爆撃機が、ロンドンから百五十キロほど北にあるOSSの訓練・補給地ミルトン・ホールに近い飛行場へスワガーとリーツを運んだ。マローダーはくだけた会話の場では〝ボルティモアの娼婦〟と呼ばれていた。製造された都市と、太めの胴体に小さめの翼、速度を上げるために無塗装で飛んだからだ。二人は戦闘服とブーツ、ベルトや吊り革の類、武器、弾薬、ナイフを全部提出して、確認ずみかどうかの調べを受けた。彼らは夏季用のクラスAシャツ姿に戻り、セバスチャンを待った。

車が近づいてきた。

おや、車は同じだが、運転手は違う。

その車を降りて機敏に敬礼をした男は、長身で柳のように身体が細く、下士官Aのあつらえの軍服に身を包んでいたが、ミルトン・ホールのランプの光に照らされると、服は奇妙なオレンジ色に見えた。

「スワガー少佐、リーツ中尉、五等特技兵のロジャー・エヴァンスです。ブルース大佐から新任の運転手兼助手に任命されました」

二人は視線を交わした。

「通常なら、ブルース大佐みずからお越しになるところなのですが」と、十九歳くらいの若者は言った。並べると猿の腕くらい長いコネを使って選抜リストに入ったアイヴィーリーグの新入生にちがいない。見かけからすると、由緒ある家柄と大学なのだろう。しゃれた服装も世襲財産の継承者であることを物語っていた。「十分な大きさの車がなかったものですから」と続ける。「ですが、大佐は到着し次第、すぐお二人に会いたいとおっしゃっています」

彼がフォードのドアを開け、二人は乗りこんだ。

「なぜそんなに日焼けしているんだ、エヴァンス?」と、暗い風景のなかをロンドンへ向かうあいだに、スワガーが尋ねた。「太平洋側の出身なのか?」

「いいえ、違います。私はテニスの選手をしておりまして。大会のシングルスで準……」

「セバスチャンはどうした？」と、テニスの話に興味のないリーツが尋ねた。

「ああ、異動しました」

「おいおい」と、リーツは言った。「この仕事が過酷すぎたのか？」

「彼は任務遂行に全力を尽くしました。陸軍の仕組みはご存じでしょう。彼は人脈が広かった。それで……」

「いま、どこにいるんだ？　ビヴァリーヒルズ駐屯地か？　フォート・マンハッタンか？　ジュネーヴの大使館か？」

「いいえ」

「では……」

「イタリア駐留の第一レンジャー大隊に移りました」と、エヴァンスは言った。「レンジャーの訓練を受けていなかったので、特免措置が必要でした。簡単なことではなかった。あなたならわかってくれると言っていました」

「わかるよ」と、スワガーは言った。

76 待機

彼は、締まりつつあるロープの輪のなかにいた。他に何もなく、ただ何かが自分の首を締めつけている感覚だけがあった。外出もできず、新しい仕事も引き受けられず、どことも知れない場所に宙吊りになったまま、ただひたすら待って、待って、待つだけだった。

服は全部着たまま、ワンルーム・アパートの暗闇で寝転んでいた。天井には何もなく、闇が広がっているだけだった。窓は開いており、ロンドンの街のまとまりない騒音、無意味な音が流れこんできては、跡形もなく消えていった。

スパイどもめ！　いまいましいスパイどもめ！　やつらはひどく扱いにくいくそ野郎で、自分たちの領域で狡猾かつ巧みに行動し、陰謀のなかにさらに陰謀を、計略のなかにさらに計略を仕込んだりする。やつらと契約を結ぶのは、狂気への航海に署名したに等しい。もし……

ようやくノックの音がして、ここが現実の世界であることが証明された。

「何だ?」

「あら、ミスター・レイヴン、いるのね。いま男の人から電話がありました。折り返し電話が欲しいと。番号を書き留めたので、下から……」

ドアの下からすべりこませてもらう必要はない。立ち上がって、ドアを開けて、恥ずかしい顔をスカーフにくるみ、短く二歩スキップしてドアに向かった。女家主から紙片を受け取る。濃すぎる化粧が今日はとりわけ不快で、黙ってそばを通り過ぎて外へ出た。

「良い一日を、ミスター・レイヴン。それじゃ」

彼は一つ目でも二つ目でもなく、三つ目のブースへ行き、尾行されていないかどうかを確かめた。誰もいない。夜が深まるにつれ、通りは人で埋め尽くされた。飲み騒ぐ人々、恋人たち、メイドや機械工、狂人たちが渦巻いている。赤いボックスに入り、ドアを閉めてプライバシーを確保し、受話器に向かって一ペンス入れ、交換手が出るのを待った。

「電話サービスです。相手先と番号をお願いします」

彼は番号を告げた。初めて見る番号だった。

「はい?」応答したのはやはり初めて聞く男性の声で、この気取った感じは同性愛者かもしれない。やつらはみんなゲイなのか?

「もしもし？」

「レイヴンだ」

「早かったな」

「何をぐずぐずしている！　どれだけ時間がたったと思っているんだ」

「われわれの責任じゃない。こっちの自由になることではないからな」

「まあいい」

「ところで、最後に送った若いやつに、ずいぶん乱暴な真似をしてくれたな」

「まだ便所の床で小便に浸かっているのか？」

「男らしく回復したと思うよ」

「あのちびの洒落者（しゃれもの）は卑猥（ひわい）な提案をしてきた。正してやる必要があった」

「おれたちはそんなに高い水準で暮らしてるのか？」

「さっさと話に入れ」

「時間はたっぷりある。タクシーも必要ない。地下鉄でも一時間の余裕を持って着く。ヒーローは戦争から戻ってきて、さらに立派なヒーローになった。男は明晩、恋人の女に会う。それは間違いないと思う。メイフェアの木の葉のささやきを聞きながら、恋人たちは再会する。映画で何度も見た光景だ」

「今夜の結末はハッピーエンドではない」

「どうすればいいかはわかっているな？　最新の指示に従うんだぞ。決まったやり方でやってもらわなければ困る。面倒や流血、メロドラマや大活劇はなしで。きみに金を払うのはありふれた手段を使ってほしいからだ。大枚を払うのはそのためだ」

「依頼人を失望させたことはこれまで一度もない」

「完璧にやれば五十ポンドの追加報酬がある。大事なのは整然とやることだ」

「そろそろ私の価値を認める人が出てきてもいい頃なんだがな」

「確かにな。それにレイヴン、こういうやり方をするのは、今度のことの結果があらゆる種類の人々にとってきわめて重要であることを、きみにしっかり理解してもらうためなのだ。きみは頼りにされているぞ。いい子だ」

77　局

三人は革張りのカウチに座っていた。英国の戦時夏時間で〇四〇〇時になろうとしていた。ロンドンの街は静かで、暗く、安全だった。V‐1ロケット弾（ドゥードル）が落ちてきたが、燃料計が壊れていたのか、街の東側に落下し、何もない野原を何もないクレーターに変えただけで、みんなにとっては悪くない結果だ。ドイツ軍も少し飽きてきたのか、その日はそれ以上撃ってこなかった。

三人はそれぞれ四十代、三十代、二十代だったが、そんな年齢の違いには何の意味もないふりをしていた。高級アイリッシュ・ウィスキー、ブッシュミルズの壜（びん）が置かれている。ランプが一個あるだけで、建物のなかは静かだった。壁に犬の絵は掛かっておらず、壁に立てかける書類棚もない。もともと壁がないからだ。火があればもっと儀式的な雰囲気なのだろうが、気温は二十度台前半で、火を使うには暖かすぎた。奥の隅に置かれたランプが部屋を照らす目的で点（つ）けられていたが、その目標は達成できず、部屋は影に覆われて暗いままだった。

それは戦争の話、スワガーが大佐に渡したブリックスのライフルの話から始まった。「神かけて」と、大佐は言った。「これは私が所有するあらゆる家の暖炉に飾られ、最年長の孫の家の暖炉にも飾られることになる」彼は暖炉の上にそれを置き、闇のなかに沈ませた。

「さあ、お願いだ。洗いざらい話してくれ」

それがどう計画され、どう実行され、どう成功したかを、リーツがかいつまんで説明した。感動的だった。大佐は蚊帳の外に置かれたことに腹を立てていたが、口には出さなかった。胸のすく話だったからだ。

話は大勝利宣言のことに移った。ブルース大佐は涙ぐみ、パーティの話をした。「諸君、これほど感動し、誇りに思ったことはない。言葉では言い尽くせない。ハリーにも大統領にもこの話を聞かせなくては。きっと彼らも喜んでくれるだろう。ところで、アール、きみは海兵隊への復帰を熱望しているとか。理解できるし、可能なかぎり早期に実現するよう計らうつもりだ。しかし、その前に……」と、大佐は彼なりの勧誘活動に着手し、中佐への昇進と、タインが管轄していた特殊作戦部門の指揮権をスワガーに約束した。

「この戦争に勝利したら」と、大佐は続けた。「ＯＳＳは閉鎖されるかもしれない。ドノヴァン将軍でさえ認めるだろうが、ＯＳＳの存続についてはずっと議論が続いていた。それにロンドンの舵取り役として、私は最適任ではなかったかもしれない。それでも、一年かそこらしたらきっと別の名称で生まれ変わるから、私の言うことを覚えておいてほしい。そこには優秀で経験豊富なOSSの人員が配置される。配置されなければならない。アール、きみはその一翼を担うことができる。特に私の推薦があれば。大きな役割を担ってもらいたい」

スワガーはいつもの断りの文句を口にした。リーツが何度も聞いた台詞だったが、今回、疲れていて遅い時間だったにもかかわらず、彼はしっかり相手に納得させることができた。

「アール、いずれリクルーターがきみを訪ねていくはずだ。それは忘れないでほしい。遅すぎることはない。いつでもスパイの世界にきみの居場所は用意されている。きみの天職なんだ」

「感謝します」

「さあ、ブッシュミルズのお代わりを」と、大佐が言った。

それぞれ、もう一杯ずつ飲んだ。いい酒だ。

低い声の会話だったが、楽しくとりとめのない話が続いた。セバスチャンの異動と、それにどれだけの数の大物が関わったかという話も出た。大佐のオフィスでは、その手続きに丸一日費やしたという。

「ミリーはくただった」

そのあと、リーツの将来が話題になった。まだ医学部（メディカル・スクール）に籍があるのか？　ＯＳＳで上げたすばらしい業績が、さまざまな興味深い分野の扉を開いてくれるはずだ。急いで決める必要はない。

あくびが出始めた。そろそろお開きかと思われた。だが、そうではなかった。三人のうち二人は、まだ始まってもいないことに気づいていなかった。暗いなかでもなんとか見える暖炉の上の掛け時計は、英国の戦時夏時間〇五〇〇時を指していた。

スワガーが口を開いた。「ところで、大佐、解決しておきたい問題が一つあります。かまいませんか？」

「ああ……まあ、どうぞ」

「実のところ、その問題の解決にはリーツ中尉の力を借りなければなりません。リーツ、おれに話していないことがあるだろう。いままでは訊かずにいたが、きみが何か隠していて、そのことで悩んでいるのはわかっている。隠そうとすれば、士官には知られずにすむかもしれないが、おれは軍曹だ。上級将校には見えないものが見える。だから、その話をしよう」

リーツはこれ以上ないほど気まずそうな顔をしていた。

「少佐、ぼくは……」

「時間はたっぷりある。これはブルース大佐にも知っておいてもらいたい。さあ、中尉」

「ほんとうにぼくは……」

「チーム・ケイシーの話だ」と、スワガーが言った。「そろそろケイシーのことを教えてもらっていい頃だ」

話すのに一時間かかった。スワガーが質問をした。

「銃撃戦の最中にブレンガンを持った連中が撤収してしまったのか？」

「SSダス・ライヒはなぜそんなに早く駆けつけられたんだ？」

「セントフローリアンは、グループ・ロジェにスパイがいるとほのめかしていなかったか？」

「その太った男――スペインで戦った肉屋はどこに所属していたかわかるか？　マルクス主義統一労働者党（POUM）じゃなかったのか？」

「それだけ調べて、セントフローリアン大尉の情報はゼロなのか？　何らかの捜索活動をした者はいないのか？　事件後に処刑されたという報告は記録に残っていないのか？」

「戻ってからきみが行った状況報告はどうなったんだ？　それをもとに、徹底的に調査したように見えたか？　われわれを信頼したように、彼らも信頼できたか？　できなかった？　なぜだ？　何を思い悩んでいたんだ？」

「少佐、ちょっといいか」と、大佐が言った。「話がどこへ向かっているのか、私には理解できない。〝ジェドバラ〟作戦は、計画の不備があり、拙速に実行された失敗例として歴史の厳しい評価を受けるだろう。きっと多くの歴史書で、私が責任を問われることになる。パーティ三昧だったこと、監督と目標設定が不十分だったこと、マキ構成員との連携が不備だったこと。とはいえ、戦争ではよくあることではないのか？」

「ときとしては」と、少佐は答えた。

リーツは最後まで話し終えた。英国の戦時夏時間〇六〇七時になっていた。

「チーム・ケイシーは密告されたのです」と、リーツは言った。「それは間違いない」

あとの二人はしばし沈黙した。

やがて、大佐が口を開いた。「中尉、その申し立てについては、明日ミリーに報告書を提出してくれ。局外から調査技術を持った人物を任命して、調べに当たらせよう。おそらく……」

「大佐、リーツはミリーに報告書を提出できません」と、スワガーが言った。「彼女がそのスパイなのです」

78 フランスのどこかで

「よし」と、アーチャーが言った。「新兵、集合」

暗闇で数多くのドラマが生まれている。これから大きなことが起きるのは間違いなかった。夜の激突の準備をする何も知らされていない軍隊。渋滞する道路を大型車両が移動し、隊列が木々のあいだを縫い、懐中電灯の光があちらこちらを切り裂き、命令の声が鋭く激しく空気を切るのが感じられる。大きな隊列や車列が徐々に分割され、並べ替えられ、休憩し、待機場所へと急ぐ振動が伝わってくる。

若い兵たちが集まってきた。ぎこちない動きにためらう気持ちが見てとれる。髭も生えていない七人の戦士は田園地帯（ボカージュ）へ来たばかりで、D（ドッグ）中隊第二小隊第二分隊へ来たばかりで、戦地へ来たばかりで、死の近くへ来たばかりだった。あらゆることを恐れながら、状況を何ひとつ理解しておらず、目を大きく見開いている。

「休め。すいたければタバコをすえ。荷物を降ろしてリラックスしろ」

リラックスの部分を除いて、彼らは命令に従った。リラックスなどできるはずがなかった。彼らばかりか、第九歩兵師団の誰にも、第一軍の他の十一の師団の誰にもできはしない。

「怖いのはわかる」と、アーチャーは言った。首の吊り革からグリースガンをぶら下げ、M41フィールドジャケットのうえに破砕性手榴弾を詰めこんだベストを着ている。「ぼくも怖い、みんなも怖い。これから数時間以内に、厄介な代物がたくさん宙を飛び交うことになる。それが当たって死ぬ者も出るだろう。もしかしたら、おまえたちもその一人かもしれない。それがここで起きることで、ぼくは現実を取り繕（つくろ）う気はない。二つだけ覚えておけ。戦闘には混乱がつきもので、敵と遭遇したあともそのまま継続できるプランなど存在しない。だから、大尉が何度説明しようが、そのとおりにはならない。煙が立ちこめ、騒音と閃光に埋め尽くされ、地図に書かれた位置もたちまちわからなくなる。もしかしたら、われわれの目標であるサン＝ジルの尖塔も見えないかもしれない。だが、それでも構わない。大事なのは、中隊との連絡を絶やさないこと。仲間が見えるところにいること。見失えば深刻な状況に陥りかねない。姿勢を低く保ち、隊列が動いたら自分も動け。

　少なくとも初日は、英雄的な行動に出ないこと。ドイツ軍が見える可能性もあるが、おそらく見ることはないだろう。やつらは幽霊のように現れては消えていく。移動中は安全装置をかけておくが、止まったらそれを外して標的を探す。これは殺しではなく、射撃だ。きみたちが十分な訓練を受けた射撃なのだ」

「軍曹」と、十二歳にも見える若者が質問した。「捕虜はどうするんですか?」

「捕虜のことは経験豊富な連中にまかせろ。彼らを援護して、しっかり目を見開いていることだ。降伏した者を撃ってはならない。何を聞いたか知らないが、ここではそういう決まりになっている。他に何か?」

訊くことがなかったのか、それとも「自分は死ぬんでしょうか?」と尋ねる勇気のある者が一人もいなかったのか。

「よし」と言って、アーチャーは腕時計を確認した。「出発までまだ何時間かある。もう一度言うが、リラックスして、眠れるなら眠っておけ。明日はブリコヴィッツ、ロゼッリ両軍曹の命令に従え。いい人たちで、面倒をみてくれる。きみらもおたがいに面倒をみあうんだぞ」

いまの話が少しは助けになるかもしれないし、まったくならないかもしれない。それは誰にもわからなかった。だが、自分にできるのはこれしかない。新兵たちは立ち上がり、重い足を引きずって自分の分隊へ戻っていった。だが、なかにはよく見られる無関心な目つきとは異なる目をアーチャーに向けた者も一人二人いた。その目には崇拝とも言える色が浮かんでいた。

そのときアーチャーは気づいた。自分は軍神になったのだ。

79 バークレー・スクエア

話はもっぱら大攻撃のことだった。コブラ作戦と呼ばれる攻撃によって、味方はサン＝ジルとマリニーでドイツ軍の戦線を突破した。だからあんなに急いだのだ、とリーツは納得した。この冒険に乗り出す前に対スナイパー作戦成功の知らせを広めて、士気を高めるのが狙いだった。夜間偵察はもう怖くない、特殊狙撃部隊が葬られたいま、薄明かりのなかのドイツ軍は盲目も同然だ、と米軍兵士に伝えたかったのだ。

「さぞ誇らしいでしょうね」と、ミリーは言った。「なにしろ全部、ＯＳＳの少佐と中尉の活躍のおかげですもの。あなたがたは、大変な困難を乗り越えてやり遂げたんだわ」

リーツは笑った。

「やり遂げたのは少佐さ。ぼくは彼の上着を持ってただけだ。そんな程度だよ」

「ずいぶん控えめなのね。まったく、あなたみたいな人はどこで造られてるの？」

「控えめにやるべきことはたくさんある」と、リーツは言った。

二人は歩いた。夜七時を過ぎたところだった。その朝、リーツはミリーにメッセージを残した。着いたのが遅く、四十八時間眠らずに仕事をすることになるので、眠る必要がある。日中は寝て過ごし、七時にグローヴナー七〇番地へ迎えに行く、という内容だった。

彼女はそこで待っていた。街灯がその役目を果たし始めた頃、無味乾燥な建物の前に立っていた。どんな映画撮影技師でも、その古代ギリシャ・ローマ的な面立ち、神秘的な明るい瞳、輝きのベールに包まれた華奢な身体のしなやかな優雅さを、それ以上に際立たせることはできなかっただろう。陸軍女性部隊（ＷＡＣ）中尉の制服をまとった女神は、この野暮ったい服さえあでやかな装いに変えてしまう。彼女がにっこり微笑むと、輝きの存在しない世界にも輝きが花開く。

リーツはそんな彼女を心から愛した。そして、心から憎んだ。

二人で少し歩いた。

「お腹はすいていないの？」

「ああ、スパムミートとパイナップルのアップサイドダウン・ケーキを嫌というほど詰めこんでしまったんでね。胃のなかにぬかるみができているよ」

「公園へ行きましょう。黄昏時を楽しみに。そのあとカクテルを飲んで、のんびり歩いて帰りましょう。私たちには、これといって話し合わなければならないことはない。

先のことを心配しても始まらないわ」
二人は手をつないだ。肩が触れ合うと、肉体と肉体が接したときのゾクッとする感覚がリーツの全身を駆け抜けた。これが一九四四年のセックスだ。それで十分だった。沈みゆく太陽が投げかける最後の光が、空の一角に浮かぶ雲を紫色に染めるなか、二人は公園を歩き出した。小鳥の声、プラタナスの葉を揺らす風、花の香り、彼女の香り。低く垂れこめた霧が流れこんできて、まるで過剰に演出された一場面のように、ほとんど信じられない光景があたりに広がった。そう、ときにはこんなことも起きるのだ。

二人は腰を下ろした。

「大佐は」と、ミリーは言った。「一日中外出していたわ。きっとブッシー・パークでコブラ作戦の要約説明を受けていたのね。神様、とうとう終わりの始まりが来たのでありますように」

「友だちのゾーラはどうしてる?」と、リーツは尋ねた。「立ち直れそうか?」

「強い人だから、きっと立ち直る。早くあなたに紹介したいわ。あなたもきっと好きになるはずよ」

「楽しみにしているよ」と、リーツは言った。

「トムが気の毒。コブラ作戦の前に撃墜されてしまって」

「捕虜収容所かもしれない」

「私たちはそう願い、そう祈っている」

「ところで」と、リーツは一瞬、間を置いてから言った。「Ｐ‐51はこの二週間、一機も撃墜されていないんだ。それに、ＯＷＩにゾーラという女性は存在しない。もしかしたら、スパイの暗号名かもしれないな」

また一瞬、間が空いた。ミリーはタバコを取り出して火をつけ、濃い煙を吐き出した。

「ぼくらは知っているんだ」と、彼は言った。「ミリー、ぼくらにはわかっているんだよ」

「何の話かわからないわ」

「きみは誰かのために働いている。ＯＳＳの誰かではない。きみは彼らに情報を送っている」

また間が空く。

「訳のわからないことを言わないで。何か薬でも飲んだの？　誰かに夢物語でも吹きこまれたの？　いったいどうして、私がナチのために働かなければならないの？　私は彼らを嫌い、軽蔑（けいべつ）している。彼らのしていることを憎んでいる。殺人も大量殺人も拘束も憎い。彼らの憎悪を憎んでいる。私は……」

また間が空いた。これは何を意味する間なのだろう？　驚いたのか？　戦略を立て直す時間が欲しいのか？　その両方なのか？

「ナチではない」と、リーツは言った。「ソ連だ」

「それでは理屈に合わないわ、ジム、ソ連は同盟国なのよ」

「いまの戦争ではな。だが彼らは、すでにこの戦争に勝ったことを知っている。四三年のクルスク戦で確信したんだ。彼らの頭はもう次の戦争に向いている。ぼくらが考えもしなかった、ぼくらとの戦争に。熱い戦争か冷たい戦争かはわからないが、彼らはいま一九八四年の戦争を戦っている」

「いったい何のことか……」

「彼らは、ベルリンが陥落すればフランスが動くと考えている。あの国ではすでに、その戦いのために武器を蓄えている何百というゲリラ集団を統制している。そして、フランスでのわが国の活動を混乱させたいと思っている。ぼくらが教会を爆破し、橋や鉄道を爆破し、村を荒らし、市民を殺し、森を焼くことを願っている。彼らの〝人民〟がわれわれを憎むように仕向けたいんだ。それが一九八四年に行き着く最短ルートであり、〝現実政治（リアルポリティクス）〟なんだ」

「ジム、そんな証拠のかけらもないことを」

「必要な証拠はすべてそろっている。少佐が……」

「あの人は私を憎んでいるのよ。あなたのことも憎んでいるかもしれない。事実をねじ曲げて……」

「いや、少佐はきみを憎んでいない。きみがそう思うのは、ぼくや大佐やまぬけのフランク・タインと違って、きみの知っている男のなかで、きみに恋をしていない唯一の人物だからだ。それがきみの最大の武器で、その武器を実に巧みに操っている」

「ジム……」

「黙って話を聞いてほしい。ぼくらが最初の偵察に出たとき、ドイツ軍はぼくらの存在をまったく知らなかった。きみの作成する概要報告にいっさい書かれていなかったからだ。だからスワガーは、ドイツ軍は歩哨を出さないのを知っていた。敵は、夜は休みだと考えていた。そして数日前、この仮説を検証するために、少佐はOSSの局内に配布するSHAEFの戦域概要報告をきみに渡すよう、第一軍を通じて手配した。きみがここに来てから毎日一六〇〇時に行っている各戦域の概要報告と同じように。ただし、今度の概要報告を受け取ったのはきみだけだった。きみはそれを謄写版の原紙にタイプし、技術者に印刷して配布するよう命じた。技術者は印刷したものをセバスチャンに渡した。だが、それはどこへも出まわらなかった。見たのはきみだけだ。それなのに、〝タウゼント突撃グループ〟のスナイパーは全員、所定の位置で待機していた。きみの送った情報を利用して。きみはゾーラに情報を渡し、ゾーラがソ連の内部人民委員部(ＮＫＶＤ)の窓口に渡し、その窓口が直接ドイツ軍に手渡した。事実、われわれがいつどこへ夜間偵察部隊を送り出すか、ドイツ軍はずっと前から知っていた。ＮＫＶＤが教えたんだ。ＮＫＶＤはチュールで、肉屋にブレンガンを引き上げるように命じた。ＮＫＶＤの情報源がＳＳダス・ライヒに、トラックを前もって前進させておくよう仕向けた。われわれが橋を爆破する前に、トラックは出発していたんだ」

「私はベイジルを知らなかった。あなたも知らなかった。個人的な事情ではなかった。あくまで政治的事情からだった」

「教えてくれ、ミリー。ちゃんと教えてくれ。どうやってベイジルを殺したのかを」

80　ミリー再登場

ミリー・フェンウィック再登場。ミリセントの愛称であるミリー、フェンウィック一族のミリー。そう、ロングアイランドの北海岸のフェンウィック一族だ。ミリーは愛らしい娘で、悪魔のように頭が切れる。スミス大学を優秀な成績で卒業したが、それを誇ったり、賢く立ちまわったりはしなかった。最初の就職はマンハッタンの『ライフ』誌の秘書で、創立者の恐るべきヘンリー・ロビンソン・ルースと、そのもっと恐ろしい妻クレアのもとで働いた。父親のコネで上院議員のスタッフとしても働いたが、やがて戦争が勃発し、彼女は戦略事務局に強く惹きつけられ、それと同じぐらい戦略事務局も彼女に惹きつけられた。人が自分の属すべき組織を知っているように、組織のほうもどんな人間を身内にすべきかを知っており、ドノヴァン将軍の補佐役もこのしなやかな身体つきのブロンド女性に――どんなパーティでも異彩を放ち、思わずうっとりするようなしぐさでタバコをすい、気だるげでありながら何もかも見抜いてしまう聡明な目を持つ女性にひと目惚れした。誰もが彼女の肩にふわりと髪が落ちる様子を愛した。ドレスかブラウスが、手足の長いいかにも女性らしい身体に半透明になって張りつく様子を愛した。彼女の長い脚を、若い女性なら誰でもはいているハイヒールから覗く非の打ちどころのないくるぶしを愛した。

四三年になると、彼女はグローヴナー七〇番地にあるロンドン支局に異動になり、ブルース大佐の補佐役の一人となって、陸軍婦人部隊の軍服を着用した。そして、大佐の予定表の管理という〝おお、とても、社交的〟にとって重要な役割を果たすことになる。大佐にかかってきた電話を取ったり、大佐に代わって電話をかけたりもしたが、やっていたのはそれ以上のことだった。彼女は街を知り尽くしており、優先順位を決めることができた。彼女が支局に来る前の大佐は救いようがなく、来る招待来る招待を全部受けていた。

彼女はなくてはならない存在だった。冷酷で、効率的で、美しく、才気煥発。OSS内のNKVD上級諜報員で、INO（対外諜報部）のスターだった。アンティーブ岬で田舎暮らしを楽しんでいるとみんなが思っていたとき、彼女はモスクワ環状線の東二十五キロにあるバラシハの特別任務学校で訓練を受けていた。

あの日の午後三時、ミリーは何かあったことを嗅ぎつけた。ブルース大佐の雰囲気がぱっと明るくなったからだ。この日話題になっていたのは〝ジェドバラ〟作戦だった。ノルマンディー上陸作戦開始直後のドイツの通信・輸送路に大打撃を与える目的で、米戦略事務局（OSS）、英特殊作戦局（SOE）、フランス国内軍（FFI）の諜報員三人ひと組のチームがいくつか前線の背後にパラシュート降下するという計画である。だが、その日まで成果は出ていなかった。目標をたたいたチームはなく、多くのチームが降下中にばらばらになり、案内をしてくれるはずのマキ構成員部隊と合流できずにいた。無線で到着の連絡を送ってこない者もあって、戦闘中行方不明と見なされた。大失敗かと思われた。ブルース大佐はSOEのトップ、コリン・ガビンズ卿と会えば、コリン卿がこの失敗の三分の一をアメリカ軍のせいにするのはわかっていた。この作戦の成功はきわめて重要だった。

ところが一八〇〇時ごろ、SOEの連絡係が大佐に、無線を傍受した結果、一つのチームがしかるべき位置にいて、その夜十二時、ダス・ライヒの海岸堡へのルート上にある橋を攻撃する可能性が高いと伝えてきた。

「ミリー、わかるか？　これこそが私たちに必要だったことだ」

OSSの抱える大きな問題は、未熟な存在と見られていることだった。情報に精通するイギリスの諜報機関に比べてはるかに劣る、素人集団と見なされていた。ドノヴァン将軍とその雑用係であるブルース大佐は、そのことが腹立たしくてならなかった。

「わかります」

「ああ、あの若者たち」と、ブルース大佐は言った。「あのすばらしい、すばらしい若者たち、彼らは私の誇りだ。打席に立ったケイシーに乾杯！」

もちろんミリーはコードネームを知らないし、どのグループがどこで活動しているかも知らなかった。入手可能な情報をすべてすくい上げ、ＮＫＶＤの指示役であるヘッジパスという男に渡してあった。戦前は公共事業促進局（ＷＰＡ）に勤め、その後ネットワークラジオのＰＲで活躍し、現在は戦時情報局（ＯＷＩ）でミスター・シャーウッド直属の部下になった人物だ。ミリーはヘッジパスを尊敬していた。それはもちろん、彼がミリーの魅力や美貌に屈することも動じることもない、この世で数少ない男性の一人だったからだ。彼がホモセクシャルで、どんな美女にも――どんな若い女性にも――免疫があったことなど、彼女は知る由もなかった。

ミリーは経理課の電話を使ってヘッジパスに連絡した。グローヴナー七〇番地と、その近くにあるロンドンのＯＷＩ本部などのアメリカの機関で交わされる内部通話をモニターする者などいなかったので、まったく危険を感じなかった。使ったのはケイト・ジェシーの電話で、ケイトはミリーが秘密の恋人であるイギリス空軍の爆撃機パイロットと話すのに使っていると信じていた。ケイトの弱点は、女性誌の『レッドブック』をあまりにも熱心に読みすぎることだった。

「もしもし」と、ヘッジパスが応答した。

「ミリーです」

「うん、きみか」

　ミリーは、その日知ったこと――大佐のスケジュール、彼宛ての電話や報告書、オフィス内の噂話、経費など――の要点を改めて伝えた。そして最後に、その日の夜に予定されているショーらしきものの話と、「〝ケイシー〟が打席に立つ」と、大佐が大いに喜んだ奇妙な出来事に言及した。

「ああ、野球の話か」と、ミスター・ヘッジパスは言った。「私は野球が大嫌いだ。ほとんどがボサッと立っているだけだろう？　とても退屈だ。そのケイシーというのは誰だ？」

「有名な詩に出てくる人です。〝マイティ・ケイシー〟と呼ばれる、ベーブ・ルースみたいな人で。みんなの希望が彼に託されている。すごくドラマチックなんですよ」

「野球にドラマがあるなんて意外だね」

「とにかく、『ケイシー、打席に立つ』は、ヒーローが大一番に勝利をもたらすチャンスを描いたものです。確か、彼は失敗します。悲劇とされています。たぶん、この〝ケイシー〟は〝ジェドバラ〟作戦と呼ばれているものに関係があると思われます」

「〝ジェドバラ〟？」

「ふーむ」と、ヘッジパスは言った。あの恐るべきジボルニーが参謀本部情報総局（GRU）に緊急通信を送ったことを、彼はモスクワNKVD本部から聞いて知ったが、本部はGRUの暗号を完全に解読できず、メッセージの主題が〝ジェドバラ〟と呼ばれる米英仏の合同作戦で、戦後に大きな費用をかけて建て直さなくてはならないとわかっていながら構築物を破壊する愚かな作戦であることしかわからなかった。GRUが責任を問われず、どこでも活動できることをNKVDは嫌っており、両機関は心底憎み合っていた。NKVD本部が突然〝ジェド〟作戦に興味を持ったのは、勝利を確信していた対独戦争の一環としてではなく、戦争が終わったときに情報機関の支配権をGRUと争うことになるからだ。

「〝ジェド〟作戦への浸透がきみの急務だ」と、NKVDは命令していた。

「親愛なるミス・フェンウィック」と、ミスター・ヘッジパスは言った。「今夜、この〝ケイシー〟に神経を集中してくれないか？ それにとても関心がある。カウボーイの一人に媚びを売るなどして、できるだけ早く情報をつかんでくれないか？ できれば就寝前に〝仲間たち〟に短信を送りたい」

ミリーはため息をついた。何をしなければならないかを、彼女は正確に理解した。ニューヨークのアイルランド系で、威張り散らして偉そうに振る舞う元警官のフランク・タインと酒を飲むのだ。彼は二年くらい前からフランスに出入りしているという話で、実際にドイツ人を何人か殺したとも噂されていた。もっと重要なのは、彼が彼女に熱を上げ、何週間も前からデートに誘っている点だった。

その夜、彼の夢は実現した。

「彼らはとても勇敢なんでしょうね」と、ミリーは自分にぞっこんの哀れなフランク・タインに言った。当人が言うところでは、彼はアイルランドの血を引いているのでドノヴァン将軍に特に目をかけられていて、日頃からドノヴァンを〝あの将軍〟呼ばわりしていた。出世のためなら、そういう情報を利用するのを決していとわず、がさつで、直情的で、好色で、愚かな男だった。ヒーローのはずなのに、頭のなかにあるのは自分自身と、その他の有害物質だけらしい。

「気のいい連中だよ。ようやく、ドイツ野郎にこっちの力を見せつけてやる機会がめぐってきたわけだ。あの将軍にもそれがわかっていた。だからどのチームも、力を十分発揮できる組織にぼくがまとめ上げたんだ」

それが独り善がりの結論であることは、ミリーにもわかった。

「今夜がその夜なの？」

「今夜がその夜だ」タインは不快な輝きを放つ目でそう言った。その怪しげな光は、今夜が別の意味でも〝その夜〟になることをほのめかしていた。

二人は、タバコの煙と酔っぱらい、逢い引き中の男女に囲まれて、〈コーチ＆ホーシーズ〉のカウンター席に座っていた。

「フランク、大いに誇りにすべきだわ。あなたが立てた計画なんですもの。ほんとうにすごいことをしている。だって、いまやられていることの大半は政治や社交や交渉ばかりで、戦争とは何の関係もない。私、ときどき落ちこむのよ。ブルース大佐でさえ、一生懸命仕事をするし愛すべき人だけど、有能とは言いがたい。その点、フランク——あなたはナチの前進を阻止している。これはとても重要なことよ。誰かがその戦いをしなければならないんだもの！」

ミリーがタインの手首にそっと触れ、まばゆいばかりの笑みを浮かべると、哀れなアイルランド系アメリカ人は大きく相好（そうごう）を崩した。そして、急に喉へ押し寄せてきた痰を押しとどめながら、「なあ、ここを出よう」と言った。

「フランク、だめよ。だって……」

「ミス・フェンウィック……ミリー……ミリーと呼んでいいね？」

「もちろんよ」

「ミリー、今夜は戦士の夜だ。お祝いをすべきだ。局へ戻ろう。上等のパイクスヴィル・ライをひと壜隠してあるんだ。プライバシーも守れる。今夜はすばらしい一夜になるから、チーム・ケイシーの攻撃の第一報が入るのを待ちながらお祝いしよう」

ミリーはただいま考え中の表情を装い、〝ええ、もちろん〟と〝いいえ、そういうことは〟を何度か繰り返したのち、〝ええ、もちろん〟に落ち着いたように見せかけた。

「ええ、もちろん」とミリーは言ったが、タインはすでに軍服のうえにレインコートを羽織っていた。

彼女の目の前で、フランク・タインがそれを机の上に広げた。〝ジェドバラ〟作戦。スタッフが忙しく立ち働いている二階下の作戦部の地図を複製したものだ。それでも、政府の仕事にふさわしい正確性を備えていた。

ノルマンディー半島とフランス南西部に配置されている各チームの位置とその目標を一望できた。顔を黒く塗り、口にナイフをくわえて潜入した若者たちの姿が目に浮かぶようだ。フレデリックとヒュー、ハリーとイアン、ウィリスとフェリックス、フランシスとデイヴィッドの各チームがヨーロッパを火の海にする使命を帯びていた。

「ああ、フランク」と、彼女は言った。「あなたがこれを考え出したのね。あなたの計画なのね。戦い、敵を殺す気高い勇士たち――みんな、あなたの指示で動いているんだわ」

タインはちょっと自慢そうだったが、やがてやや謙虚な態度になった。

「きみ（スウィーティ）、これはあくまでチームの取り組みであって、三つの組織間の兵站や連絡が関わっていることを理解してほしい。ぼくはそれを思いついて組織化しただけさ。それがぼくの役割だ。ドラマチックなことは何もない。ヒーローだなんて思わないでくれ。ヒーローはあの若者たちだ」

ミリーは異常なほど熱心に地図に視線を走らせた。まぬけなタインの脳に少しでも知能があれば、その一心不乱ぶりが彼女に似つかわしくないことに気づいたはずだが、言うまでもなく彼は心ここにあらずの状態だった。常軌を逸していた。ワインボトルと同じくらいペニスが大きくふくらんでいた。

「あら!」と、彼女は少女のような甲高い声をあげた。「これは何なの? 〝ケイシー〟って?」

「噂が耳に入ってないかい? 今夜は〝ケイシー〟の出番なんだ。ドイツの装甲師団が使うルートのど真ん中に橋がある。〝ケイシー〟はそれを爆破する。ドカーン! 戦車に大きな顔はさせない、ぼくの目が黒いうちは」

「まさに、ヒーローね」

「ヒーローが活躍する余地があればいいんだがね。その前に、政治がらみの大嘘(ブルシット)、おっと失礼、まやかし(ブル・クラップ)を見抜かなければならない。フランスはドイツ軍と戦っているだけでなく、フランス人同士が戦後、政治的に優位な立場に立つために、始終くっついたり離れたりしている」

タインは、自分が内部情報に通じているところを見せたかったのだ。「〝ケイシー〟は足止めを食った。共産党のゲリラが協力しなかったからだ。だが、ぼくには何本か電話をかけることができた——相手の名を明かせないのは、わかってくれるだろう——それで、共産主義者は協力を命じられた」彼は得意げににやりとしてネクタイをゆるめ、ライ・ウィスキーをもうひと口飲んだ。

「それが今夜、実行されるの？」

彼は特殊部隊ふうに文字盤を手首の内側に回した腕時計を見た。

「もうすぐだ。夜明けまでには結果がわかる」

「ぞくぞくするわね」

「ミリー、こっちのソファに来て、もっとくつろいで、もう少し飲もう。そのあとぼくは作戦部へ行って、〝ケイシー〟に進展があったかどうか確かめてくる」

「ああ、フランク」とミリーは言って、デスクとくたびれた書類棚と金庫とともに、タインのオフィスを構成する家具の一つである古びたソファに腰を下ろした。タインにすり寄ると、彼が肉付きのいい腕を肩に回してくるのを感じた。

「ああ、ミリー、ミリー、なあ、ミリー、きみがわかってくれたら。ああ、ミリー、きみがおれに抱いているのと同じ気持ちを、ぼくもきみに抱いている。戦争がぼくたちを引き合わせてくれてほんとうによかった、ああ、ミリー……」

ミリーはにっこりと微笑み、タインが目を閉じてキスをしようと口を近づけた瞬間に、抱水クロラールにアルコールを混ぜた眠り薬をたっぷり浸したハンカチを彼の鼻孔に押し当てた。タインの身体は少し抵抗したが、すぐにぐったりとなった。

ミリーはすばやく立ち上がると、地図のそばに行き、チーム・ケイシーの作戦区域の座標に印をつけた。当然のことながら、一部始終を知らせなければならないと思った。共産主義者のグループが〝ジェド〟の支援に同意したことは大きなニュースだ。つまり、彼らはフランス国内軍（ＦＦＩ）を支援することにもなる。そう聞けば、モスクワは激怒するにちがいない。ミリーもそれは間違いであり、不当なことだと思った。ＦＦＩを支援すれば、戦争をしたことが無意味になる。この戦いが終われば、何もかもが戦前と同じに戻ってしまうだろう。大きな富がすべてを支配し、庶民は押さえつけられて何も言えなくなる。弱い者いじめをする連中、金を持ったゲスども、スミス大学で彼女をなでまわそうと手を伸ばしてきたやつら、下品で酒臭い酔っぱらいのフランク・タイン――そういう男たちが戦争に勝ったことになる。そうであるなら、なぜ戦争をしたのか、戦争に何の意味があったのか？　唯一の希望はソビエト連邦だ。〝ヨシフおじさん〟ことスターリンの偉大さ、搾取に依存することなく、人間が気高く、寛大で、愛情深くなれる正義のシステム。戦って勝ちとる価値のある世界はそれしかないのだ。自分は銃を持っていないが、電話を使って戦うことはできる、とミリーは思った。

受話器を取り上げ、ダイヤルした。一九四四年六月八日の二二一四時にＯＳＳのフランク・タインが戦時情報局のアラン・ヘッジパスに電話することを怪しむ人間はどこにもいない。

81 ザ・レイヴン

何より霧がありがたかった。通りの反対側、低木の繁みのなかにいれば安全だ。そこは公園を取り囲む大邸宅の一つの陰になっており、視界も開けている。最初はさほどでもなかったが、霧が靴の高さまで立ち上り、さらに腰のあたりまで上がり、最後は公園全体、いや、ロンドン全体を覆う紗幕(しゃまく)となった。

公園の中央に植えられたプラタナスの並木のすき間から、ベンチで話しこんでいる二人の姿が見えた。そのまま動かないでくれるとありがたい。他にも何人か、公園を散策している人がいた。彼らがいなくなればさらにずっとやりやすくなるのだが。そうこうするうちに、片手にランプを持ち、制服の上着に笛を入れてパトロールしている巡査が二人のそばを通りかかり、何か声をかけたようだった。ヒーロー中尉の「こちらこそ、おまわりさん」という返事が聞こえた。警察官は巡回を終えて去って行った。警察の巡回経路と巡回時間を頭にたたきこんでいるミスター・レイヴンには、警官が十一時近くまで戻ってこないのがわかっていた。いまはまだ八時三十分だ。

彼は待った。辛抱強く待った。一番あとに公園に入ってきたのは、スコティッシュ・テリアにリードを付けて散歩している紳士で、その紳士が向かい側の出入り口から出て行くと、公園にいるのはアメリカ人二人だけになった。そのときが来た。コートの襞のなかで握っている拳銃が重く感じられた。行動を起こすときが目前に迫ったいま、自分が勃起(ぼっき)しているのに気がついた。それはめずらしいことではなかった。

「大佐のお供をして病院に行くまで、〝リーツ〟がどんな人なのかまったく知らなかった。私の見た大柄でハンサムな男性は、自分に賞賛が集まらないようにするのに懸命だった。顔に苦痛が表れていたけれど、それだけではなかった。失ったものの重みを抱えこんでいた。私はそれが全部自分のせいであるのを知っていた。あなたは、私のあなたへの愛はまやかしで、半分共産主義者である私の一部だと思っているのでしょうね。でも、そうではないのよ、ジム。何があろうと、決してそうではないの」

パトロール警官がそばを通りかかった。礼儀正しい人物で、愛想がよかった。

「こんばんは、ご主人、奥さん」と声をかけてきた警官に、リーツは挨拶を返し、去って行く後ろ姿を見送った。そして、彼女のほうに向き直った。

「ぼくは意地悪な人間になって、きみは本性を隠すために自分の魅力と美しさを利用してぼくをだましたと言うこともできる。もしぼくがきみを愛していたら――ああ、くそっ、愛しているんだ、これからもずっと——ほんとうのきみから目をそらすだろう。現実主義者にはなれず、証拠から目をそらし、疑いを胸の奥にしまいこむだろう」

「嘘じゃない、私は一度もそんなことは考えなかった。確かに、まぬけなフランク・タインを操ったこともあるし、気の毒な大佐にも同じことをしたかもしれない。本物の現実主義者が現れるまでは続けられると思っていた。予想した以上に早く現れてしまったけど。でも、あなたへの気持ちは違う。あなたに言ったことは全部本心だった」

「ああ、神様、何か別のやり方があればいいのに」

「やめてくれ」

「あるわ、ジム」

「いいから、聞いて。あなたは私の旅に付き合うことができる。この戦争で上げた功績をもとにして出世し、高い地位に就くこともできる。そして新しい世界のために働くことができる。すばらしいことができるのよ。大切なのは、いま起きている殺戮や破壊に意義と価値を持たせること。ただもとへ戻っただけでは、すべてが無駄になってしまうわ」

「ゴールドバーグ二等兵がその考えに賛成するかどうかは疑問だな」

「ゴールドバーグ二等兵？」

「亡くなったゴールドバーグ二等兵さ。国のために命を捧げようと決意し、進んでそのとおりにした男だ。セントフローリアン大尉も同じ。国際人らしい皮肉で洗練された人物だったが、信念の人でもあった。チュールの丘でダス・ライヒに撃ち殺されたたフランスの若者たちも同じだ。アメリカだとか、連合国だとかじゃない、彼らなんだ。ぼくは彼らに借りがある。きみを抱きしめたくてたまらないいまでさえ」

「かわいそうなジム」と、ミリーは言った。

「ぼくの提案はこうだ——明日、二人でFBIへ出頭する。あそこなら、ぼくも知っている人間がいる。きみは自白する。翌日には飛行機に乗せられる。FBI本部へ連れて行かれる。洗いざらい話す。誰にスカウトされたか、誰に会ったか、どこでどんな訓練を受けたか、を。ゾーラのことも隠さない。全部話すんだ。きみの言うとおり、ロシアは同盟国だ。少なくとも、かたちのうえでは。善意のアメリカ人がたくさん〝よりよい明日のために〟という謳い文句にだまされたのは、FBIも知っている。だから理解を示して、きみを刑務所に送らずにすませるかもしれない。そのあとは……そのあとは、まあ、成り行きにまかせよう」

「ジム、私にはできない。あなたはわかっていないの。私は信じているのよ。父に気にかけてもらうためでも、飲んだくれの母に復讐するためでもない。大学で共産主義者の教授に誘惑されたからでも、私の顔を見ていながら、私を無視してきた世界に拳を振るいたいからでもない。私は信じているの」

霧のなかから、ふっと小柄な男が現れた。山高帽をかぶり、外套を着て、スカーフで顔を覆っていた。妙な目つきをしていた。

「こんばんは、ご主人、奥さん」と、彼は言った。「驚かせたのでなければいいのだが」

その手には拳銃が握られていた。

ようやく、そのときが来た。

すぐ近くにいたから、話は聞こえていた。こういう連中にはめずらしい、感情に駆られた、かなり切迫した内容の話らしい。二人ともひたむきに訴えかけているのが、レイヴンにもわかった。

生まれて初めて同情を覚えた。

ほんとうにこれをするのか？　しなければならないのか？　急に、そうすることが間違いのような気がしてきた。

二人は理想のカップルで、深く愛し合っており、どちらもとても美しい。第一次世界大戦の前に描かれたロマンチックな絵画の一場面を思わせる。神話、中世の物語、古書、民俗的な集合記憶。アーサー王伝説のランスロットとギネヴィア、エロイーズとアベラール、トリスタンとイゾルデ、ロミオとジュリエット。邪魔するのは無作法な気がした。殺すのは神を冒瀆するように思われた。レイヴンはこのまま立ち去りたかった。もちろん、そんなことをすれば自分はおしまいだ。評判は地に堕ちる。この顔で、他に何ができるというのだ？ 子どもは怖がり、女は目をそらし、男は眉をひそめる。この生き方しかないのだ。

一歩前へ出た。

「こんばんは、ご主人、奥さん」と、彼は言った。「驚かせたのでなければいいのだが」

二人の緊張が破れた。二人はまじまじと彼を見つめた。

レイヴンが拳銃を見せた。

二人はパニックを起こすことなく、叫び声も発しなかった。黙って見つめていた。待っていた。起きるべきことが起きるのを受け入れるかのように。女が男に何か言い、男の手を握った。

レイヴンは指示に従った。

しなければならないことをした。彼は引き金をひいた。

霧に包まれたロンドンの静かな公園に、大きな銃声が響き渡った。

レイヴンは二人に背を向けた。自分自身と自分の仕事を呪いながら歩き去った。

男はどこか決まりの悪そうな目をしていた。見えたのは目だけだった。殺しに来たのだが、任務の性格がいささか気まずかったのだ。

「ジム、あなたを心から愛してる」と、ミリーは言い、彼の手を握った。「でも、革命は多くの人に寛容であるために、違う場所では少数の人を残酷な目に合わせることは、私も知っている」

小柄な男は銃を撃った。

弾はミリーの美しさに優しかった。右目の上に穴を開け、それ以外何ひとつ壊さずにすべてを崩壊させた。彼女は右側に傾き、ベンチのうえに倒れこんだ。

82 イギリス空軍ホーラム基地

エヴァンスが運転する車はリーツとスワガーを乗せて、第八空軍第九十二爆撃群の拠点サフォーク州のホーラム空軍基地に到着した。ゲートで身分証明書の確認をすませたあと、車は管制塔管理事務所の横に停まった。

「エヴァンス、なかに入って、少佐のサインか何かが必要かどうか確かめてきてくれ」

「わかりました」と、エヴァンスは言い、車を離れた。

残った二人は、あつらえのクラスAのシャツを粋に着こなした青二才が去って行くのを黙って見送った。

「それで、大佐はきみに何の用があるんだ?」と、スワガーが尋ねた。「何か聞いているか?」

「ぼくにではありません。エヴァンスに用があるんです。ロンドンのお偉いさんたちにテニスのレッスンができるように、彼は午後、自由な時間をもらえるんです。そのあいだ、ぼくはグローヴァー七〇番地に戻って、SWETというものの指揮をとることになっている。小火器評価チーム（スモール・ウエポン・エヴァリユエーション・チーム）の頭字語ですよ。ぼくと、手が空いていればエヴァンスも加わる巨大部隊です。ドイツ軍の新世代小火器が手に入ったらそれを評価し、技術報告書を書く。専門的であればあるほどいい。時間をつぶせるし、誰も読まないから」

「射撃場に通う時間もできそうだな」

「エヴァンス伍長のスケジュールが許せば」

「あの女性のことは大丈夫なのか？」

「ええ、まあ……」と、リーツは言った。「この先、眠れない夜が何日か、あるいは数週間か続くでしょうが。もちろん後悔はあるし、悲しみもある。痛みもあるけれど、戦争に痛みは付き物です。ベイジルのときほどではなく、ゴールドバーグのときほどでもない。彼女は自分のやったことを正しいと信じていた。覚悟していたかどうかはともかく、その行為がもたらすものを受け入れるしかなかった。他の誰でもない、彼女が選んだことです」

「彼女は知りすぎていた。ソ連としては、こちらの手に渡すわけにいかなかった」

「彼女は感づいていたのか、それともぼくと同じで、まったくの驚きだったのか――ぼくらには知るすべがない。自殺だったのか、殺人だったのか？　一生思いめぐらすことになるでしょう」

エヴァンスが窓をノックした。リーツが窓を開けた。

「整備場へ直行します。二番機の〝ダフィーズ・サーカス〟。出発準備はすんでいます」

リーツはうなずいた。若い兵士は運転席に乗りこみ、リーマン将軍の一六〇〇時のレッスン予約をキャンセルする必要があるかどうか一度だけ腕時計を確かめてから、二人を乗せて出発した。着陸装置を出して斜めに機体を傾け、誇らしげに尾翼を空に突き出している四発エンジンの巨大な軍用機の列の前を通り過ぎた。プレキシガラスと銀が輝きを放ち、銃が外に突き出ていて、弾痕はふさがれている。機体の周囲では、ベルリンやミュンヘンなどへの爆撃飛行のために、巨大な錆びたソーセージを思わせる爆弾の搭載作業に余念がなかった。B‐17よ、さらに高みへ！　まもなく上空七三〇〇メートルでドイツ空軍の標的となる飛行士たちは、A2フライトジャケットを着て、出撃四十回帽子をつぶしてかぶり、巨大なタイヤと胴体搭乗口につながる梯子の周囲に立って、冗談を言っては笑い、タバコをふかしていた。

車は〝ダフィーズ・サーカス〟に到着した。

「アール、ほんとうにあの職務を引き受けなくていいんですか？　いまからでも遅くないですよ。発音もできないような土地のどこかの密林で撃たれてバラバラにされるところを想像すると、胸が痛んで耐えられない。まったくの無駄遣いだ」

「気になるなら教えてやるが、確かペリリューと発音されるはずだ。ワシントンでも一番広く知られている機密だ。無駄遣い？　そうかもしれんが、おれにはわからん。無駄遣いかどうかを議論する許可を与えられていないんでな。それは将軍や政治家がすることだ。われわれは戦いを止めるために戦っている。それがおれの立場だ。何かをしなければならないときは、自分のしていることをちゃんと心得ている人間がやるほうがいい。そうしたほうが、死ぬ人間は少なくなる」

「それなら、海兵隊の任務に就くべきですよ。あなたなら、三十秒で手に入る」

「嘘だと言うかもしれないが、ジャップと戦うときは少佐より軍曹のほうが利用価値がある。あれは軍曹の仕事だ」

二人は握手を交わした。

「気楽に構えろ、中尉。きみは最高だ」

年上の男はくるりと背を向けると、乗務員に挨拶に行った。

管制塔の展望台からリーツが見守るなか、空飛ぶ要塞（フライング・フォートレス）はタキシングで滑走路へ移動して位置を定め、一瞬の間を置いてからエンジンの回転数を上げ、機体を震わせて発進した。英国の滑走路を疾走し、十分加速したところで離陸。機体を傾け、着陸装置をエンジンカバーのなかに折り畳んで遠ざかっていった。

リーツは一部始終を見守っていた。あの航空機は、ペリリューと呼ばれる珊瑚が隆起した島よりもっと荘厳な、ヴァルハラとかオリンポスといった場所へ向かった気がした。大きな鳥が一羽、太陽のセレナーデを聴きながら、そびえ立つ積雲の城を上っていく。やがて輪郭だけになり、次に形がぼやけ、最後は銀色の斑点になった。そして、青空へ消えていった。

リーツは考えていた。どこへ行けば、ああいう男が見つけられるのだろう？　彼らがいなくなったら、ぼくらはいったいどうなるのだろう？

謝辞

私はこの本の成立を正確な瞬間までたどることができる。二〇一八年のあるとき、私とバレット・ティルマンはスナイパーの伝承についてメールでやりとりをしていた。航空産業で働き、戦争歴史家でもあるバレットは、オマール・ブラッドレー将軍が一九四四年七月のノルマンディーの戦いでドイツのスナイパーが味方の兵士を次々と捕食していることに激怒し、灰緑色の軍服を着たスナイパーを逮捕した場合は即刻、処刑するよう命じたという話を教えてくれた。冷静な人間がそばにいて、実行を思いとどまらせたらしいが。

その瞬間、私には一冊の本が見えた。次の瞬間、自分の計算ではタラワ島で生き延びたあとペリリューに行くまでのアール・スワガーが〝利用可能〟であるという答えが出た。私はずっと前からアールと〝第二次世界大戦〟に戻りたいと考えていた。一九四〇年代と五〇年代を生きた人なら理解できるだろう。アールが海兵隊の軍曹で、陸軍士官でないことは障害ではなく、挑戦しがいのある目標と見なした。三つ目の瞬間に、二〇一〇年にオットー・ペンズラーの依頼で書いた「ケイシー、打席に立つ（Casey at the Bat）」という短篇小説の未解決部分をどうやればケリをつけられるかがわかった。瞬間三つだけで、悪くない成果だ。

次に何が起こったか？　それがよくわからない。もしかしたら、私は知らないうちに眠ってしまったのかもしれない。大出版社からの指示で進路が変えられたのかもしれない。誰かに却下されたのかもしれない。とにかくその企画は、霧となって消えてしまった。そして、二〇二〇年になって、友人のゲイリー・ゴールドバーグの家の庭で、ペンシルヴェニア州から来た友人、デイヴ・ダンとトニー・クレメンツとともにシガーとバーボンを楽しんでいると、私は次にどんなものを書くのだという話題になった。彼らは皆それを知りたがったし、私自身も知りたかった。

『弾丸の庭』のアイデアがあふれ出たのはそのときだった。それは〝ハンター潜在意識〟のR-4トンネル、第11洞窟、B-19付属施設からやって来た。そこでは、純粋なまま氷漬けにされ、岩と同じくらい稠密（ちゅうみつ）な状態でシュリンク・ラップされていた。それをその場で解凍してみると、友人たちの反応も、私自身の反応もあまりにもよいのに驚かされた。それを次作にすべきだという点で全員の――特に私の――強い同意が得られた。

出版の手続きが必要になり、私のエージェントであるエスター・ニューバーグが巧みに、一つの出版契約から別の出版契約に振り替えてくれた。今回はエミリー・ベスラーとの契約で、そこはサイモン&シュスターの古い友人たちの支援を受けられるレベルだった。何もかも申し分のない仕事ぶりで、自分の仕事がそれに匹敵する水準に達していたことを願うばかりだ。

これは言っておかなければならないが、この作品は「ケイシー、打席に立つ」の続篇であると同時に、四十三年前に出版された最初の長篇『マスター・スナイパー』の前日譚でもあることは、私もちゃんと気づいている。それだけでなく、もしその大昔の遺物の中身を覚えている人がいれば、この本とのつながりが必ずしも完璧ではないのに気づくだろうということもわかっている。たとえば、リーッの負った傷は前の作品ではもっとずっと重かったし、彼にはすでに新しいガールフレンドがいたような気もする。もしこの作品が成功したら、『マスター・スナイパー——最高の修正版』なるタイトルの本の出版にも興味を持つ人が出てくることを期待したい。それで、〝スティーヴンの戦争サーガ〟にも一貫性が保てることになるからだ。それって、すごくクールじゃないか!

おや、いつもより生き生きした表現だな、と気づいた方もいるかもしれない。そのほとんどは、偉大な海外特派員であるマーサ・ゲルホーンの『戦争の顔(*The Face of War*)』からつまみ食いしたものだ(D中隊第二小隊第二分隊の夜間攻撃後、フィールドでドイツ兵の死体が「かたちのない黒い野菜のように」見えるところが私の一番のお気に入りである）。私はすばらしい友人、レニー・ミラーに『戦争の顔』を読んで特に生き生きとしたイメージを探してほしいと頼んだ。ミラーは何の問題もなく見つけてくれた。また、リック・アトキンソンの『最後の光で鳴り響く銃（*The Guns at Last Light*）』から近距離からの生け垣の描写も引用した。ポスト紙時代の元同僚であるリックは、引用を許可してくれただけでなく、田園地帯（ボカージュ）作戦に関する質問にも答えてくれた。

また、第二次世界大戦再現模倣品製造業者のオンライン・コロニーに相談すると、忙しいなか、軍服や装備に関する多くの質問に回答を送ってくれた。彼らはＳＳの迷彩模様の一九四三年版と四四年版の違いを（彼らの顧客同様）ちゃんと知っていた。信じられないかもしれないが、彼らは明けても暮れてもそういったことを考えて生きている人々なのだ。私はＭ41フィールドジャケットまで買ってしまった。ジーンズとセーターのうえに羽織ってバーに行くのはとってもクールだ。買うのであれば、おすすめはAttheFront.comだ。

それ以外では、いつもの顔ぶれが大いに助けてくれた。ゲイリーは度重なるコンピューターの問題について適切な助言をくれ、原稿のフォーマットと編集についてはブルック・ハートの力を借りた。ジェフ・ウィーバー、偉大なジム・グレイディ、デイヴ・ダン、ビル・スマート、そしてNRAのマーク・キーフは、今回もまた大いに恩恵を授けてくれた。バレットは数多くの難解な問題（フランシス・ガブレスキとロバート・ジョンソンの人物像など）に関して、頼れる相談相手だった。クリケットに詳しいマイク・ヒルは、私があまりにもスポーツに無知な人間に見えないようにしてくれた。そして、オン・ターゲット・レンジのエド・デカーロは、スウェーデン製M41についてのすばらしい情報を提供してくれた。

また、この本ではなく『ベイジルの戦争』に関して、オーストラリアのアデレード大学のロブ・フィッツパトリック教授に感謝しなければならない。製作上の都合で本のなかで感謝できなかったが、これだけ遅くなっても、教授には私が深く感謝していることを知ってもらいたい。

プロたちに目を移せば、エスター、エミリー、そしてエミリーの同僚であるララ・ジョーンズが本の製作をすべて担当してくれた。そしてもちろん、オットー・ペンズラー。彼が「ケイシー、打席に立つ」を二〇一〇年刊のスパイ小説のアンソロジー『裏切りのエージェント（*Agents of Treachery*）』のために執筆依頼してくれなければ、何も始まらなかった。それからいつものように、妻のコーヒーが私を目覚めさせ、居眠りをしないようにしてくれた。妻がボルチモア・サン紙の偉大なコラムニスト、ジーン・マーベラとして活躍しているあいだも、コーヒーの用意がされていなかったことは一度もなかった。

いつものように、こうしたすばらしい人々には、この作品に関わるミスや愚かな決断、愚言、誤解についての責任はいっさいない。全部、私一人の責任である。

〈解説〉四十三年目のハンター

寳村信二（書評家）

本書は、二〇二三年に刊行されたスティーヴン・ハンターの最新作で、ボブ・リー・スワガーの父親、アールが一九四四年のヨーロッパ戦線で活躍する作品である。アールが主役となる作品は、『ハバナの男たち』（二〇〇三年刊行）以来、実に二十年ぶりとなる。

まずは作品の背景について。

謝辞でも述べられているとおり、オットー・ペンズラーの依頼で執筆した「ケイシー、打席に立つ（Casey at the Bat）」と題された短編の「未解決部分」に「ケリをつけ」たいという著者の思いが執筆の契機となっている。

ちなみに、ペンズラーは当時、ハンターを含む十四人の作家——その中にはゲイル・リンズやジョゼフ・フィンダー、リー・チャイルド、アンドリュー・クラヴァン、オレン・スタインハウアーといった錚々たる顔ぶれが揃っている——に作品を依頼して『裏切りのエージェント（*Agents of Treachery*）』という短編集を編纂している（二〇一〇年刊行）。

『銃弾の庭』は〝Casey at the Bat〟の続編であり、デビュー作『マスター・スナイパー』（一九八〇年刊行）の前日譚、と著者は述べているが、更に言うと『ベイジルの戦争』（二〇二一年）の後日譚でもある。

物語は〈プレリュード〉と題された序章——SOE（英国特殊作戦局）のベイジル・セントフローリアン大尉とOSS（米国戦略事務局）のジム・リーツ中尉がマキ（ドイツ占領下のフランスで活動した抵抗組織）のリーダー、ロジェに作戦の協力を求める場面——から幕を開ける。

二人の軍人はノルマンディーに上陸した連合軍の進攻を支援する〝ジェドバラ〟作戦の一翼を担い、ドイツ占領下のフランスに潜入していた。

そして舞台は第1部〈王権に統べられた島〉で数週間後の米国へ、「海兵隊の手荒い洗礼を施す」パリス・アイランドへと移り、太平洋戦線で負傷して新兵の訓練教官として配置換えになっていたアール・スワガーに新たな任務が提示される。

スワガーは、ドイツ軍の夜間狙撃によって進軍もままならず、膠着状態となってしまった米軍の状況を打開するべく司令部から対狙撃作戦の立案を命じられ、直ちにロンドンへと赴く。

現地では海兵隊一等軍曹ではなく、陸軍少佐の肩書を得てOSSの全面的な支援の下、まずは――ドイツ軍スナイパーの訓練課程や装備から、米軍の死傷者報告に至るまで――ありとあらゆる情報の収集に着手する。

しかし、敵はドイツ軍だけではなく、権力闘争の場でもあるOSSの中にも潜んでおり……

夜間狙撃と書くと、ナチス親衛隊が仕掛ける「ニーベルング作戦」を描いた『マスター・スナイパー』を想起される方も多いに違いない。

勿論、『銃弾の庭』はそういった要素も大いに備えているものの、多くの読者はまず冒頭のセントフローリアンとリーツ、そしてロジェの不条理劇じみた会話に面食らうだろう。

スワガーが登場する章では、パリス・アイランドにおいて任務の説明が始まったのも束の間、次の章ではフランスの前線部隊にいる米軍の二人の高IQ招集兵、ジャック・アーチャーとゲイリー・ゴールドバーグの行動が描かれる。

「この先はどうなるのか」と読者に思わせておいて、別の場面へと切り換わる展開は何度か繰り返され、その都度物語の勢いは微妙に削がれ、読者は迷路に迷い込んでしまった気分を味わう。

それでも著者の巧みな語り口に幻惑されて、一九四四年のフランス戦線へと誘い込まれ、気づいた時にはもう引き返すことはできなくなっている。

この作品の魅力はそれだけにとどまらない。〈プレリュード〉で登場するセントフローリアンをはじめ、一癖も二癖もある人物が揃っている。

ベイジル・セントフローリアンは〝Casey at the Bat〟で初登場後、二〇一五年に発表された短編〝Citadel〟（この作品が長編へ拡張されたものが『ベイジルの戦争』）で辣腕を揮っている。

「いまやっていることを全部、真面目に考えていないのではないか」と言われるお調子者といった印象ながら、したたかに立ち回る役柄だ。

五等特技兵のエドウィン・セバスチャン伍長はスワガーが「一発口に喰らわせてやりたい」と思うほど「もの柔らかで自信たっぷりの態度」の持ち主であると同時に意外な才能を発揮し、スワガーとリーツの任務を陰から支えることになる。

この二人に比べると『マスター・スナイパー』にも登場しているジム・リーツは実直な人柄で、本作ではスワガーの副官として活躍する（余談だが、本作ではあと二人ので、探してみていただきたい）。

――英国人と米国人が一名ずつ――『マスター・スナイパー』に登場した人物がいる

そして曲者が揃っているからこそ、「戦争の神」スワガーの存在が際立ってくる。

情報収集、司令部への報告、そして作戦決行、どの局面でも冷静沈着に行動し、隙がない。物語の中盤からは『さらば、カタロニア戦線』（一九八五年）を彷彿とさせる裏切りと騙し合いも加わり、ますます著者が構築した世界へ引きずり込まれていく。

デビュー以来、四十年以上の歳月が経過してもハンターの勢いが衰えていない証拠とも言える作品を、是非ご堪能あれ。

◉著作リスト

〈アール・スワガー〉シリーズ

Black Light／一九九六年／『ブラックライト』（扶）

Hot Springs／二〇〇〇年／『悪徳の都』（扶）

Pale Horse Coming／二〇〇一年／『最も危険な場所』（扶）

Havana／二〇〇三年／『ハバナの男たち』（扶）

The Bullet Garden／二〇二三年／『銃弾の庭』（本書、扶）

〈ボブ・リー・スワガー〉シリーズ
Point of Impact／一九九三年／『極大射程』(新)
→二〇一三年に同題で扶桑社より再刊。
Black Light／一九九六年／『ブラックライト』(扶)
Time to Hunt／一九九八年／『狩りのとき』(扶)
The 47th Samurai／二〇〇七年／『四十七人目の男』(扶)
Night of Thunder／二〇〇八年／『黄昏の狙撃手』(扶)
I, Sniper／二〇〇九年／『蘇るスナイパー』(扶)
Dead Zero／二〇一〇年／『デッド・ゼロ　一撃必殺』(扶)
The Third Bullet／二〇一三年／『第三の銃弾』(扶)
Sniper's Honor／二〇一四年／『スナイパーの誇り』(扶)
G-Man／二〇一七年／『Gマン 宿命の銃弾』(扶)
Game of Snipers／二〇一九年／『狙撃手のゲーム』(扶)
Targeted／二〇二二年／『囚われのスナイパー』(扶)

〈レイ・クルーズ〉シリーズ
Dead Zero／二〇一〇年／『デッド・ゼロ　一撃必殺』(扶)

Soft Target／二〇一二年／『ソフト・ターゲット』（扶）

その他の作品

The Master Sniper／一九八〇年／『魔弾』（新）
↓二〇一八年に『マスター・スナイパー』として扶桑社より再刊。
The Second Saladin／一九八二年／『クルドの暗殺者』（新）
The Spanish Gambit（後に *Tapestry of Spies* と改題）／一九八五年／
『さらば、カタロニア戦線』（早）↓二〇〇〇年に同題で扶桑社より再刊。
The Day Before Midnight／一九八九年／『真夜中のデッド・リミット』（新）
↓二〇二〇年に同題で扶桑社より再刊。
Dirty White Boys／一九九四年／『ダーティホワイトボーイズ』（扶）
I, Ripper／二〇一五年／『我が名は切り裂きジャック』（扶）
Basil's War／二〇二一年／『ベイジルの戦争』（扶）

※出版社は新潮社（新）、早川書房（早）、扶桑社（扶）。
（二〇二三年六月）

◉訳者紹介　染田屋茂（そめたや　しげる）

1950年、東京都生まれ。おもな訳書に、ハンター『極大射程』『真夜中のデッド・リミット』（以上、扶桑社ミステリー）、アルステルダール『忘れたとは言わせない』（KADOKAWA）、ポンフレット『鉄のカーテンをこじあけろ：NATO拡大に奔走した米・ポーランドのスパイたち』（朝日新聞出版）、ジンサー『誰よりも、うまく書く：心をつかむプロの文章術』（慶應義塾大学出版会）など。

銃弾の庭（下）

発行日　2023年7月10日　初版第1刷発行

著　者　スティーヴン・ハンター
訳　者　染田屋茂

発行者　小池英彦
発行所　株式会社 扶桑社
〒105-8070
東京都港区芝浦1-1-1　浜松町ビルディング
電話　03-6368-8870(編集)
03-6368-8891(郵便室)
www.fusosha.co.jp

印刷・製本　図書印刷株式会社

定価はカバーに表示してあります。

Printed in Japan
ISBN 978-4-594-09512-3　C0197